文学教育

新媒体时代的探索与实践

首都师范大学文学院
教育教学改革研究论文集

孙士聪 主编

社会科学文献出版社
SOCIAL SCIENCES ACADEMIC PRESS(CHINA)

目 录

| 教材研究 |

文学教育与汉语言文学专业能力培养

（代序）

——简论新媒体时代的大学师范专业建设

孙士聪

两千多年前的古希腊哲人苏格拉底讲了一个故事（《斐德罗篇》，载《柏拉图全集》第二卷），说在埃及瑙克拉提地方有个名为塞乌斯的神，发明了数字、几何学、跳棋、骰子和文字等，想传其于埃及人。于是他来到当时埃及的国王萨姆斯面前，为之详作介绍。谈及文字，塞乌斯赞此药能改善记忆力，使埃及人博闻强记、更加聪明。萨姆斯听后却认为臣民没有文字反而更好，便拒绝了塞乌斯。德里达后来有文题为《柏拉图的药》，揭示西方传统哲学之逻各斯中心主义，其实紧接德里达引文之后，还有萨姆斯拒绝塞乌斯的理由，即人们借诸文字鲸吞丰富的知识，看似无所不知，实则一无所知。撇开柏拉图围绕理念论的阐发不论，这理由颇值得琢磨。通过文字获取知识，在笛卡儿之后便一举确立所谓"知识即力量"的真理性地位，这在自然科学那里显得尤其理直气壮，至人文领域则有些晦暗不明，毕竟吞下知识是一回事情，提升追求真理的能力却是另一回事情。这就在某种程度上切近了本文所谈的文学教育论题。毋庸讳言，新媒体时代的大学文学教育面临诸种挑战，对此，学界有识之士早有理论思考与实践探索，然当此大学专业建设改革与教学范式转型潮流全球性汹涌之际，两千多年前塞乌斯的药与塞乌斯的思，在某种程度上颇类寓言，或为新媒体时代的文学教育与汉语言文学专业建设论域中洒下一线启示之光。

一　新媒体时代的挑战与反思

大学文学教育在新媒体时代所面临的挑战，择其要者有五：一是相对于基础教育阶段，大学教育阶段大学生阅读文学经典的热情降低，据山东大学当代中国文学生活研究中心调查，这一数字从 55.2% 降至 27%；二是大学生对于文学相关活动参与程度下降；三是民族传统经典阅读中畏惧语言障碍（如文言文）的态势愈加强烈；四是以专业发展为借口，挤压学生文学阅读时间与空间；五是文学学习无用论蔓延，学生文学能力与素养有待进一步提升。大学文学教育所面临的挑战不同程度地影响了当代大学生文学素养的提升，阻碍了现代个体人格的全面发展。对于师范大学文学素养教育来说，这一影响的严重性还在于，它最终会不同程度地涉及一个民族的创新精神、道德生活与文化未来。一个没有受到良好文学教育、没有较高文学素养的教师，将很难真正承担培养优秀社会主义接班人的使命。

在新媒体语境中，全面考察新媒体变迁与当代大学生文学素养之间的关系，关注教育实际、发挥自身优势，积极探索新世纪师范大学文学素养教育新路径，扎实推进师范大学文学素养教育教学改革，有效提升未来中小学教师的文学素养，无疑应是大学文学教育以及大学文学专业建设与改革必须思考的重要课题，而理解新媒体与当代大学生文学素养实际之间的关系以及文学危机与文学素养教育危机之间的关系，则是研究这一课题的前提。

新媒体，意指相对于报刊、广播、电视等传统媒体，利用电脑及网络等新科技，实现交互传播的媒体新形态，以网络新媒体、手机新媒体、新型电视媒体为主要物质呈现形式。新媒体不同程度地改变了信息传播权力模式、内容阅读感知结构、知识生产逻辑行程以及日常阅读方式等。大学文学教学课堂上手机刷屏的低头族、专注电脑屏幕的宅族、文学鉴赏与语言文字能力弱化的火星族等，都或多或少地成为新媒体时代文学经典渐行渐远、文学素养教育危机日显的具体征候。新媒体技术发展所带来的冲击，更多的时候被认为是文学的危机、文学研究的危机。

将新媒体技术与文学的存在合法性联系在一起，甚或断言文学研究的终结，其实并不是一个新命题，近者有世纪之交的所谓千禧年忧虑，远者有黑格尔的艺术终结论，再远则是柏拉图驱逐诗人出理想国了。径直将文学及其研究的危机与信息技术之间的关系纳入因果论框架，对于当下文学研究而言固然不是一个可视而不见的命题，然而，在现代信息技术大背景下面临危机的并非仅仅是文学及其研究，在更宽广的视野中文学素养及其教育的危机同样不容遮蔽。文学及其研究的危机与文学素养教育的危机之间存在密切关系，但二者并不能相互取代。对于师范大学文学教育而言，对文学素养问题的相对遗忘表现为文学教育原则工具主义、实用主义趋向，以及文学教育客体的去理想化、去情感化趋向，等等，这亟须文学教育教学改革予以严肃面对、深入反思。在此基础上，从审美教育与人格塑造的层面厘清新媒体与当代大学生文学素养的关系，关注教育教学改革现实问题，整合学科－专业－教学资源优势，积极探索师范大学文学素养教育新途径，创新新世纪师范生人才培养模式，不断提高文学教育教学质量，其中既包含文学教育维度，也包含文学学科建设维度、文学课程建设与教学改革等。

需要注意的是，对新媒体与文学教育关系的整体认识，既要防止夸大新媒体对于文学教育的负面作用，结果走向技术决定主义，也要防止以技术教育取代文学素养教育，结果走向对新媒体之于大学文学教育的影响视而不见的鸵鸟主义。不能任由审美育人的社会担当飘散于新媒体浪潮之中，更不能淡化新世纪师范大学文学素养教育的使命意识。紧扣新媒体时代文学教育现实诉求以及新世纪文学教育教学改革大潮，化新媒体挑战为文学素养教育教学改革的压力与动力。立足师范大学文学素养教育教学实际，强调现实问题引领，突出以教育教学为抓手，积极发挥文学研究在文学素养教育教学中的主动性和示范性，形成文学专业建设－文学研究－文学课程教学改革的三角合力，探索搭建文学教育平台，全面提升师范大学生的人文素养和审美能力。

文学学科专业建设维度当然要关注当代网络文学以及其他相关新媒体形式文学现状，但更重要的却是准确切入问题的核心与关键，思考在新媒体背景下汉语言文学专业建设究竟要为现代人奠定怎样的专业基础、培养怎样的专业核心能力，专业基础与专业核心能力之间的当代性关系如何，进一步的，如何根据这一关系的当代性审查来探索更具当代性、实践性的专业培养方案与课程体系，等等。关注研究网络文学这一新兴文学存在样式在当代师范大学生阅读中的角色与地位，揭示其进入大学生阅读实践的动力机制、逻辑行程、影响生发点，力求有的放矢、理论穿透现象。另外，也要关注大学生中的网络写手及其现象，当代大学生中新近出现的这些校园现象，既有深厚的社会经济土壤，也有青年大学生对于新媒体语境中的文学写作的探索与尝试，急需文学素养教育阐发现象背后的本质、现状以及未来发展趋向，揭示它在大学生文学生活中的功能与影响，并做出实事求是的评估，给予包容性、开放性引导。

然而，如若不能首先回到对于汉语言文学专业建设的整体性思考上来，那么，任何对具体问题的关注也许并不能有效应对，甚或遮蔽了根本性问题，择其要者，有以下三种。首先，什么是汉语言文学专业的核心能力？只有牢牢揪住这一问题，才能将提高人才培养质量落到实处，否则，难免将文学教育降低到职业教育的层面上去，将师范中文教育简单降低到职业技能教育的维度上去，将作为培养未来人才的师范大学生降低到福特主义现代工厂生产线上的工人那里去。其次，什么是提高汉语言文学专业核心能力的专业基础？合抱之木，生于毫末。如果说当代人的生存与终身学习紧密联系在一起，那么，大学教育所提供的用以支撑终身学习的专业基础究竟是什么，具言之，对于汉语言文学专业而言，哪些是其不可更易的基础，以至于它直接决定了专业核心能力的培养。最后，专业基础与专业核心能力之间的当代关系，在一个技能至上的时代似已漫漶难识，对于人才培养质量迫近眼前的短期观察往往会遮蔽远方的地平线。质言之，相对于直接的、切近的人才培养质量时效，包蕴潜能、指向未来并与人文素养结合在一起的专业基础、专业核心能力，应该置于新媒体时代与文学教育视界中更为醒目的位置上。

文学教育研究维度，是在反思新媒体时代文学存在现实及其危机的基础上，关注研究新媒体与当代文学教育——尤其是师范大学文学素养——培养的关系。一是探讨当代师范大学生文学阅读现实与文学教育实际，明确新世纪基础教育对于师范大学教育教学的诉求；二是尝试厘清新媒体对于当代文学素养教育的正负面影响，揭示问题实质；三是探寻教育教学改革突破口，化挑战为动力，积极发现新媒体技术手段可用之长。

文学课程教学改革维度，则是在已有文学教育教学改革丰硕成果的基础上进一步深化与推进。一是要探索发挥新媒体正面力量的各种措施，加强优质文学课程在线－共享，加强视频公开课模式探索，使传统文学课程适应新媒体时代要求、贴近青年学生接受实际。二是探索进一步活跃相关文学活动的路径，这既包括日常文学讲座等传统形式，也包括课下文学社团活动，支持各种文学竞赛活动，从而有效占有校园文学生活阵地，在日常文学审美实践中渗透审美教育，潜移默化地提升学生文学素养。三是探索文学阅读与文学写作训练的方式与途径，有效提升师范大学生文学鉴赏水平以及文学写作能力，夯实其文学基本功及文字基本功。

二 文学教育：为何，何为？

有组织、有目的地实施文学教育，一直是现代大学的重要社会使命与时代担当之一。文学阅读作为现代人的一种生活方式，既是民族文化生命与个体人格修养的重要体现，也是文学教育的中庸实现路径之一。新媒体时代，文学教育既面临严峻挑战，也迎来重要机遇，正因如此，"全民阅读"连续两年被写进政府工作报告。新媒体时代的文学阅读所遭受的影响与冲击突出表现为：阅读变悦读，娱乐性不同程度地取代了文学阅读的精神性，文学体验与审美经验消失；阅读内容快餐化，文学阅读的审美沉浸荡然无存，心灵涵养面临沦为感官消遣的危险；阅读信息碎片化，严肃的经典阅读逐渐远离阅读实践；阅读行为肤浅化（心神涣散），穆然深思在貌似阅读的草草浏览中沦为浅阅读乃至伪阅读。

2015年，广西师范大学出版社曾以"死活读不下去的十五本书"为题做过一个网络调查，结果表明，中国传统文学名著《红楼梦》《三国演义》《水浒传》《西游记》名列其中，分别位列第一、第三、第六、第八位；国外传统文学名著则涵盖《百年孤独》、《追忆似水年华》、《瓦尔登湖》、《生命中不能承受之轻》（又译《不能承受的生命之轻》——编者注）、《钢铁是怎样炼成的》、《尤利西斯》、《纯粹理性批判》、《梦的解析》、《哲学全书》（黑格尔）、《国富论》等。毋庸讳言，这一调查无论是在调查样本还是在调查手段方面都远非无可挑剔，但不容否认的是，它多少揭示出当代文学阅读的某种尴尬现实。"亚马逊中国"在广州发布的中国读者"人生必读100本书"则为此提供了另一观察视角。该书目涵盖文学、社科、经管、少儿、科技、艺术、生活七大类，囊括"四大古典文学名著"以及《百年孤独》《活着》《悲惨世界》《老人与海》《挪威的森林》《人间词话》《唐诗三百首》《呐喊》《撒哈拉的故事》《不能承受的生命之轻》《围城》等38部文学作品。值得注意的是，该书目的产生是经过出版机构和读者推荐、职业编辑审读推荐、网络票选与专家评议等一系列程序而最终推出的，在某种程度上具有一定的代表性；而书目涵盖范围之广，固然有主办方所坦言的"试图在图书品质和阅读兴趣中找到平衡"的意图（"我们不希望由于追求兴趣丧失了对品质和经典的需求，同时我们也要考虑读者的阅读喜好和阅读门槛，不希望把一些太深奥的书推荐出来"），却也客观地揭示出关于当代文学阅读认识的某种新变，比如难读与经典、图书品质和阅读兴趣、商业利润与社会担当等之间的龃龉与对立。

大学的文学教育到底培养何种人才？是培养作家，还是培养文学研究学者，抑或是培养具有文学素养的公民？至今这也是不能够一言概之、黑白分明的问题。历史地看，癸卯学制固然无法摆脱清末救亡图存的基本背景，但不容否认的是，它赋予中国文学以独立的学科地位，推动了古典文学教育向现代文学教育的转型，尤其是在教育目的、教育内容、教学方式、课程设置等方面发生了重要转变，然而具体到培养何种人才，却留下一个见仁见智的话题。西南联大时期，围绕中文系培养目标问题曾有过有益的探索，浦江清先生在《论大学文学院的文学系》[①]一文中明确提出，大学文学系的培养目标首先是培养作家，其次是培养编译人员、新闻记者、文学教员与新式秘书。这一认识将培养作家置于首要位置，同时，将培养专业人才列为大学中文系的重要职责。与此不同，在此后相当长的历史时期，培养专门人才一直被规定为大学中文系的首要使命，以至于有观点断言"大学中文系不培养作家"。时至1985年，武汉大学开设作家班，稍后北京师范大学与中国作协联合开设了创作研究生班，2007年复旦大学中文系设置文学写作专业，开始招收文学写作硕士研究生，南京大学、北京大学、

---

① 《生命无涯：浦江清随笔》，北京大学出版社，2009，第146～152页。

武汉大学等著名高校也先后招收文学写作或创意写作研究生。至此，围绕大学中文系应该培养何种人才的认识，似乎绕了一圈后又回到了起点。然而，此起点已非彼起点，可以说是黑格尔式辩证上升，新的因素早已于其间生成，比如对于人文素养教育的重视。早在1978年，匡亚明、苏步青等有识之士就力倡大学开设《大学语文》课，以通过大学语文教育提高大学生的文学素养与语文能力；30年后，教育部以教育行政指导意见的形式将其明确下来。从培养作家、专门人才到开设大学语文课程，大学中文系既培养写作人才（或者作家），也培养其他专门人才，同时承担提高大学生人文素养的使命，尽管在具体实现路径等问题上依然见仁见智，但在大学文学教育基本定位上并无大的异议。

关于什么是文学教育，教育理论家张志公先生曾明确指出："文学教育是一种精神教育、思想教育、美学教育。同时它又是一种非常有利于智力开发的教育。学文学有助于发展联想能力、想象能力、创造性的思维能力。文学和科学绝非没有关系。作者很同意这句名言：'很难说牛顿和莎士比亚谁需要的想象力更多一点。'在普通教育阶段，文学教育是绝对不应忽视的。不需要每个受过普通教育的人都成为文学作家，然而非常需要每个受过教育的人都具备一定的文学素养——文学的理解力、欣赏力、鉴别力以及联想力和想象力。"① 将文学素养具体化为文学理解力、欣赏力、鉴别力、联想力和想象力，并作为文学教育的重要育人目标，至今仍为洞见。文学教育并非致力于将每位受教育者培养为作家，而是使他们都成为具有较高文学素养的现代个体，或者依马克思之见，社会发展的最终目的是为使个体成为全面发展的个体，而非异化工具的个体。就此而言，文学教育实为"无用之大用"。无独有偶，70年之前，浦江清先生在《论大学文学院的文学系》中提出文学系重在培养与提高大学文科生的"文学素养"，其内容有四：一是对中外名著的精读；二是文学原理、文艺鉴赏与文学批评能力；三是文学史知识；四是文学写作训练。在课程设置上，对低年级学生开设中西文学课程作为文学入门，高年级则开设文学批评、诗歌、散文、小说、戏剧五门，每一门都包括名著精读、理论与写作。张志公、

① 《张志公语文教育论集》，人民教育出版社，1994，第146页。

浦江清两位先生所论并非仅仅局限于回答什么是文学教育的问题，其中实则蕴含着关于文学教育的工具性与人文性的深刻思考。这也是讨论大学中文系所自为何命题的应有之义。

围绕工具性与人文性，极端化观点曾各执一端：要么强调文学教育的工具性，将文学视为提高包括听说读写在内的文学能力的基本材料，其自身并无独立意义，要么强调文学教育的人文性，将人文性视为文学教育的最终目的，而非工具手段。二者泾渭分明、歧若参商。历史地看，中国自古就有"文以载道"的传统，意指其社会功能；至 20 世纪现代知识体系，则转化为自律性与他律性、审美性与工具性问题，且经历黑格尔式的正－反－合的过程：20 世纪初期以及民主革命战争时期，文学教育突出工具性、他律性；新时期以来则转向对于审美性、自律性的强调；新世纪则重新思考其教育性与审美性。这一历史行程的具体性、现实性、合理性不容一概抹杀，个中要害端在其当代性。当代从来不去历史，也非无未来，它总是孕育于过去之中，又盯住已谋划的将来，是历史与未来的现实存在形式。具体到当代文学教育，则可以说既是中国古典文学教育传统、20 世纪现代文学教育传统以及新时期以来的文学教育传统的当代呈现，也是民族社会对于未来理想个体诸文学素养与存在状态的具体化。具言之，文学教育的当代形式有四：一是社会教育的文学教育，在此意义上，则可以将文学教育归结为法国哲学家阿尔都塞所谓"意识形态国家机器"；二是审美教育的文学教育，这多少可以追溯至康德主义甚或审美主义传统；三是知识教育的文学教育，此可谓笛卡儿所奠基的知识现代性路径；四是技术教育的文学教育，此为发端于社会分工的福特主义路线。上述文学教育的四种形式皆有其合理性与合法性，它们之间也非各自为战，更多时候是相互缠缚、相反相成，难以彼此割裂。

马克思在关于人的发展与社会阶级问题上，曾有一个历史唯物主义论断，即"通过人，并且为了人"。这句话的意思是说，在社会发展的历史阶段中，人总是首先作为工具而非作为目的而存在的，实质是作为异化的人而存在，这就是阶级社会中的人的现实的存在形式；然而这作为工具存在的异化的现实的人并非目的，而只是人与社会发展不能逃脱的历史阶段性，人的全面发展才是最终目的；人的工具化只是通向人的全面发展的社会历史阶段的必经之路，没有"通过人"，则不存在"为了人"，"通过人"正是"为了人"。文学教育的工具性与人文性似可作如是观。文学教育当然是关涉整个社会、民族的教育，它不仅通过个体从而为社会提供一整套政治、伦理等社会基本规范，提供一套关于认识、接受和欣赏文学的基本方法、途径和眼光，而且是关注现代人文教育理念，同时也关涉大学中文系专业育人理念、人才性质、培养方案、课程设置、教学方法论、教材编写、师资配备等诸方面。对此，当代师范大学生文学教育教学已充分认识到自己的时代使命、社会责任与文化担当。近年来，大学文学教育教学改革已经取得了较大进展与突破，"慕课"研究、"翻转课堂"等无不是对这一挑战的有效应对。这些改革方兴未艾，正在向教育教学改革深度进一步推进，向改革视野广度进一步拓展。

然而，必须指出的是，当代文学教育在新时期以来的历史行程中，对于文学教育的人文性、审美性的强调，于今已经到了一个需要重新审视与反思的时候了。这一重审的现实性在于，当代师范大学毕业生的听说读写等文学基本能力的大幅度、普遍性降低，已经成为无法否认的事实；而其必要性、急迫性则在于，这些即将身为人师的师范大学毕业生，却往往担当起了从事基础语文教育的重任。能够想象一位连自己姓名都写得歪歪扭扭的语文老师，可以在学生作文上写出堪为学生书写示范的评语文字吗？能够想象一位自己都写不出一篇像样的文章，或者即便写出来也难免错别字、病句的语文老师，能够教导学生写出规范，甚或优秀的作文吗？能够想象阅读视野狭隘、趣味单一、鉴赏能力低下的语文老师，居然能够指导学生进行有效的语文阅读、提升学生语文素养吗？答案不言自明。离开培养文学基本技能的前提，人文素养的提升难免沦为镜中花水中月；而抛弃了文学素养乃至人文素养的提升这一目的，文学基本技能的培养也终归难逃技术主义的陷阱：二者原本就是一而二、二而一的关系，只是文学教育当代性将其中的某一面现实地凸显出来而已。

以上述思考为前提，现实指向，问题引领，整合资源，发挥优势，直面新媒体时代对文学教育既有教学模式与传统的挑战，便构成师范大学文学院汉语言文学师范专业建设的基本思路。

三　弘道修文与汉语言文学优势专业建设

文学院汉语言文学专业是首都师范大学建校时期最早开办的专业：1954年就开办了汉语言文学专修班，1955年成立了中文系。63年来，汉语言文学专业与学校同呼吸、共命运，脚踏实地、风雨兼程。经过几代学人与教师的艰苦努力，汉语言文学专业已初步建设成为特色鲜明、实力突出、社会评价良好、在国内同类专业中具有较大影响力的优势专业。尤其是近五年，汉语言文学专业建设进一步精心布局、凝练特色、整合资源，致力于将优势专业做大、做强、做出特色，专业建设成效显著。2009年汉语言文学专业获批国家级特色专业，2011年成为教育部专业综合改革试点专业，2015年成为北京市优势专业。

汉语言文学专业建设一直坚持服务于国家经济社会发展战略，牢牢抓住为首都社会文化建设培养合格人才这一根本目标，推动优势专业建设。具体来说，始终坚持以立德树人为中心，弘道修文，突出专业特色，做强专业优势；坚持专业学科一体化，优势学科发展带动优秀教学队伍建设；夯实专业基础，提升专业核心能力，优秀教学队伍支撑优势专业建设；发挥优势专业龙头作用、辐射功能、标尺意义，优势专业带动非优势专业共建共享、共同发展。

汉语言文学专业建设始终在追问：在全国所有的500多个同类专业中，我们为什么存在？我们的汉语言文学专业建设是必需的吗？如果是，我们的独特性在哪里？

（一）弘道修文，突出专业特色，做强专业优势

文学院的院训为"弘道修文"。弘道，语出《论语》，原话是"人能弘道，非道弘人"，大意是说，人格修养能使真理得到弘扬，而不是真理能使人格得到弘扬，孔子以此来教诲人们要锲而不舍地提高自己的道德与人格修养。弘道与修文合起来，表明了汉语言文学专业建设的基本定位，那就是，围绕立德树人，突出专业特色，做强专业优势：一是多要素、全过程育人，智育-美育-德育三位一体；二是突出人文素养教育，专业建设立

足于中华优秀传统文化资源；三是强调学科交叉与融合，培养专业化－国际化复合型人才；四是优势学科发展支撑优势专业建设。

对于人才培养而言，汉语言文学既是修文，也是弘道，是修文与弘道的合二为一，是人文教育与专业教育的统一。汉语言文学优势专业建设并不唯专业技能至上，而是智育－美育－德育、多要素、全过程培养人才。人之所以能够弘道，在于弘道的人有其德，本优势专业建设注重师德建设，目前已有多人获"师德先进个人"称号。而德育又融汇于人文教育与专业教育之中，一方面，本专业建设充分整合文学院丰富的中国优秀传统文化智力资源与科研优势，在课程建设中渗透人文素养教育；另一方面，又将人文素养教育融汇到德育中。此外，人才培养专业化、国际化、信息化、复合型要求，也对学科专业交叉与融合提出了更高的要求。汉语言文学优势专业建设注重跨学科、跨专业交叉，在培养方案设置、课程群建设中，充分整合戏剧、影视、书法等艺术类，以及其他人文类学术资源与师资力量。目前已完成慕课建设 2 门，课程地图建设 2 项，建设校级课程群 3 项，承担各级各类教改项目 40 余项。

（二）专业学科一体化，优势学科发展带动优秀教学队伍建设

文学院汉语言文学专业设有古代文学、文艺理论、汉语言文字学、现当代文学、比较文学与世界文学、少数民族语言文学、语文学科教育学、大学语文以及戏剧影视文学、高级涉外文秘、文化产业管理、汉语国家教育等学科方向。其中，古代文学为国家重点学科，文艺理论、汉语言文字学、比较文学与世界文学为北京市重点学科，数字文献学为北京市重点交叉学科，2012 年又获批北京市一级重点学科。在科研方面，近年来，获批11 项国家社科重大攻关项目、210 项国家/省部项目，获 35 项国家/省部奖。在科研队伍方面，国务院评议组成员、长江学者、教育部教学指导委员会成员、教育部新世纪人才、国家百千万人才、百篇优博、国家/市级教学名师等多人。可以说，本专业学科方向完备，学科基础雄厚，科研实力突出，科研队伍强大，如何将学科优势转化为专业优势，一直是本专业建设需要深入思考、着力探索的核心问题。

一是统一思想，明确认识，坚持专业学科一体化。学科发展与专业建

设不是两张皮，而是一体两面、不可分割：对于现代大学教育而言，脱离专业建设与人才培养的指引，学科发展将有可能迷失方向而遁入象牙塔；离开学科发展的支撑，专业建设与人才培养则可能沦为单纯技能的流水线生产，而忘记了培养人。学科优势原本就是专业建设优势，专业优势也原本就是学科发展优势。二是推进专业学科一体化，坚持优势科研团队与优秀教学团队两位一体，学术大家与教学名师两位一体。本专业著名教授、博士生导师中有 1 人获全国优秀教师称号，6 人获北京市教学名师称号，2 人获北京市"高层次创新创业人才支持计划"教学名师称号。

北京市重点学科文艺理论，在学界享有较高声誉。在陶东风教授、王德胜教授带领下，本学科扎实推进科研－教学一体化，建成文艺理论国家级优秀教学团队，建成美学、文艺理论 2 门国家精品课程和 1 门国家精品共享资源课，获得国家级优秀教学成果奖，出版国家级本科规划教材 2 部。

汉语言文字学为北京市重点学科，他们在黄天树教授、周建设教授带领下，本学科建有国家级甲骨文协同创新中心、语言智能与技术应用协同创新中心。在发展优势学科的同时，根据科研团队中青年教师集中的实际，大牌教授身体力行，对青年教师进行科研－教学传帮带，大力推动教学团队建设，如今已建成汉语言文字学国家级教学团队，获得了国家级优秀教学成果奖。

（三）夯实专业基础，提升专业核心能力，优秀教学队伍支撑优势专业建设

汉语言文学专业为社会培养人才的标准是什么？该专业的优秀人才应该是什么样的？这一问题不仅关涉到专业建设的起点，也关系到专业建设的抓手、着力点和根本目的。当代社会对人才的要求是创新型、复合型，然而，未来真正具有潜力、追求优秀的人才，一定具有坚实的专业基础、扎实的专业核心能力以及深厚的人文素养。那么，什么是汉语言文学的不可更易的专业基础和不可替代的专业核心能力？如何夯实学生的专业基础、提升学生的专业核心能力？要义在于：以优秀的教学队伍支撑优势专业建设，通过人文素养教育、基本专业知识学习、广泛专业积累、牢固专业意识等夯实专业基础，培养专业阅读力、审美感受力、理论思辨力、语言表

达力等核心专业能力。

以该专业国家重点学科古代文学为例。该科研团队获得 3 项国家重大攻关项目、多项省部级哲学社会科学优秀成果奖，学科特色鲜明，学科实力在全国同类高校中领先。其教学团队建设也富有成效，学科带头人赵敏俐教授获北京市高等学校教学名师奖，负责人左东岭教授获教育部优秀青年教师奖。长期以来，该学科专业建设一直强调具有坚实的专业基础，才有扎实的专业核心能力，注重从细节做起、打牢专业基础，据此改革课程体系，推动名篇精读课程群建设，从中国诗歌背诵大赛到必读篇目及其导读、必背篇目及其精读，在此基础上，通过广泛专业阅读提高专业阅读力和审美感受力，通过课程研讨提升了理论思辨力，通过科研参与提升了语言表达力。该学科专业的"高等师范院校中文系中国古代文学课程体系改革"获批教育部高等师范院校教学改革项目，项目成果《高等师范院校中文系中国古代文学课程体系改革方案》获得北京市以及教育部优秀教学成果奖。

（四）发挥优势专业龙头作用、辐射功能、标尺意义，优势专业带动非优势专业共建共享、共同发展

文学院有汉语言文学专业、戏剧影视文学专业、汉语国际教育专业、文化产业管理专业、秘书学专业五个专业，在既有历史性积累的基础上，建设汉语言文学优势专业，并不是要使该专业一枝独秀，而是通过优势专业建设，带动其他非优势专业发展。具体来说，优势专业为其他专业树立发展标尺、发挥龙头作用、实现辐射功能，优势专业与非优势专业共建共享、共同发展。

在文学院上述五个专业中，戏剧影视文学专业、汉语国际教育专业、文化产业管理专业、秘书学专业四个专业，都具有实践性特色鲜明、技能性要求较高，同时又需要以深厚的人文素养为底蕴的特点。汉语言文学优势专业建设为这些专业不仅提供了优势的课程资源、优秀的教师资源，充分发挥了优势专业的辐射功能，而且提供了专业发展规划、专业建设实施等方面的标尺性借鉴。此外，在人才培养信息化、国际化大背景下，汉语言文学优势专业率先打开与国外大学合作的大门，直接带动了其他专业的国际化发展；反过来，实践性、技能性专业的建设与发展，也推动了汉语

言文学专业建设过程中相关实践环节的顺利实施与不断拓展，实现了专业能力－人文素养－专业实践更好地融合。

近年来，通过汉语言文学优势专业的龙头作用、辐射功能、标尺意义，优势专业与其他非优势专业相辅相成、共同发展。2010 年，汉语言文学高级文化产业管理方向升格为文化产业管理专业；2014 年，高级涉外文秘学科方向顺利升格为秘书学专业；戏剧影视文学专业人才培养凭借深厚的人文底蕴，屡屡斩获微电影节最佳编剧等奖项；始设于 2009 年的汉语国际教育专业 2016 年的本科生报考率名列全校第三。而汉语言文学专业优势则越发明显：据《首都师范大学 2016 年招生就业工作年报》统计，2016 年该专业招收文科的平均录取分位居全校第三、招收理科的平均录取分位居全校第一；招收理科的专业（师范）报考率全校第一；招收文科的一专业报考率全校第四，招收理科的一专业（师范）报考率全校第一。

结　语

243 年前，德国哲学家康德在《柏林月刊》上提出"什么是启蒙"的问题，他的答案是：启蒙就是人类脱离自己所加诸自己的不成熟状态（不成熟状态就是不经别人的引导，就不能独立运用自己的理智）。当其原因不在于缺乏理智，而在于不经别人的引导就缺乏勇气与决心而难以运用时，那么这种不成熟状态就是自己加诸自己的了。要有勇气运用你自己的理智！这就是启蒙运动的口号。依福柯之见，康德将启蒙归结为一种正在展开的过程，归结为一项个体必须承担的义务。人应对自身的不成熟状态负责，也必须依靠自己，并通过改变自己而最终摆脱不成熟状态。于今而论，这一义务之于个体依然具有某种现实性，而之于文学教育，为个体履行启蒙义务提供有力前提、奠定坚实基础，则同样为历史性义务担当，新媒体时代的汉语言文学师范专业建设则当仁不让。

［本文系北京高等学校教育好学改革项目"新媒体与师范大学生文学素养教育好学改革研究"（项目号：2015－ms166）阶段性成果之一］

专业建设与课程建设

中文专业课程地图建设与学生核心能力培养的独特性研究

杜文博[*]

摘 要：近年来，内地部分高校中文专业人才培养不同程度地存在一些问题，比如培养目标笼统，课程设置与人才培养目标及学生核心能力培养脱节、逻辑混乱等。课程地图的引入是解决问题的可能性途径之一。本文尝试从课程地图建设的角度对中文专业学生核心能力培养及课程体系设置方面进行初步设计，尝试探索人才培养模式突围的路径。

关键词：中文专业 课程地图建设 学生核心能力培养

经过多年的发展，中文专业在培养模式、就业领域与发展方向上形成了独特的方式和路径，其所培养的专业人才在核心能力上有其鲜明的特色。但随着社会的变革与发展，部分院校中文专业的培养模式已逐渐进入与社会需求脱节的窘境，所培养的专业人才不再被社会认可，就业领域狭窄，欠缺社会所需求的能力，这些现实状况对高校中文专业人才培养模式产生了巨大的冲击，但同时也提供了变革的契机。本文尝试从课程地图建设的角度对中文专业学生核心能力培养及课程体系设置方面进行初步设计，尝试探索人才培养模式突围的路径。

---

* 作者简介：杜文博，首都师范大学文学院教师。

一　中文类专业人才培养模式与课程体系
设计的现状和困境

据近些年与师范类兄弟院校及一部分知名综合性高校的交流经验与调研数据，现今部分高校专业人才培养不同程度地存在培养目标笼统、课程设置与人才培养目标及学生核心能力培养脱节、逻辑混乱等现象，这在中文专业中尤为突出。

中文专业本身不属于应用型专业，学生的培养与社会需求的契合度在某种程度上低于理科专业，学生核心能力的培养较为虚化，课程设置与核心能力培养的结合度也有待提高。而且在中文类专业培养方案及课程设置中，受学科理性主义影响比较严重，普遍存在闭门造车，以纯粹理想主义的态度设计培养方案的现象，缺乏对社会需求的深入调研和反馈，同时也缺乏对学生参与的关注。

在培养方案的制定方面，出于稳定性的考虑，中文专业的培养目标、培养要求一直秉持最传统的中文学科的特点与要求，在学生文学理论、语言基础理论、学科发展史等方面做了明显的倾斜，如要求具有正确的文艺观点、语言文字观点和坚实的汉语言文学基础知识，具备较为坚实的文史基础以及较宽广的文化视野；同时要求熟悉中外古今的文学史和文艺理论批评，具备文艺审美鉴赏批评能力；还要求了解本专业及相关专业各学科学术发展的历史，重视传统文化的继承和发展，同时具有一定的哲学和自然科学素养等。这些要求在师范类院校的中文专业培养方案中很常见，在很多综合性重点大学的中文专业培养方案中也存在。这些要求虽然在知识的广度和深度方面对学生培养起到了一定的引导作用，但都不约而同地忽视了对学生实际应用文学理论与语言文字基本能力的训练和培养，而这些能力在某种程度上正是中文专业学生应该具备的核心能力，尤其是本科专业的学生，他们中间只有一小部分会在专业领域进一步深造，进行研究生阶段的学习，而大部分学生会直接面临社会的选择。从就业市场反馈的需求指标看，在中小学教育领域、企事业单位相应岗位及公务员岗位上，中文专业的本科生比较薄弱的是写作和基本语言文字的应用，从这个角度看，中文专业培养方案的设计在指向目标和核心能力的定位上有避实就虚，脱离实际之嫌。

在课程体系的设计方面，同样也存在课程设置与培养目标、实际需求脱节，能力培养定位不准，且与课程体系不配套的弊端。在整体课程设置尤其是选修课设定中，存在较为严重的因人设课的现象，这在一定程度上引起了课程体系的混乱，对核心能力的培养甚至会产生负面效应。在很多中文专业培养方案中，理论性课程占据课程总量的多数，尤其是文学类理论课程，其课时普遍接近总课时量的一半，在主干课程中如文学史、文学批评类课程更是占到了四分之三强，而语言文字类基础课程相对较少，只占不到四分之一。应用能力培养的课程更是少之又少，专业实践类课程在很多学校只有专业实习一个环节，写作类课程在基础课程中大多只有一门，一般不超过3学分，这样的课程设置在人才培养的过程中是令人无所适从的，而过多的理论知识灌输和训练也无助于学生在4年的本科学习中锻炼符合社会需求的核心能力。

培养目标和要求的偏离，课程体系设置的混乱，课程模块之间缺少科学的框架区分，课程与课程之间没有明确的逻辑关系和明确的指向性，课程类型也没有科学的设计和配比且偏离培养目标，所有这些现实状况都极大地损害了中文专业的人才培养质量，也进一步阻碍了中文专业的发展。

改变上述困境，使培养方案的设计、课程体系设置和社会需求保持一致，或者说保证人才培养能达到预期的设计目标，使学生获得相应的核心能力培养和锻炼，这是我们进行研究的初衷。近年来，欧美一些国家以及我国港澳台地区部分高校开始使用的课程地图可以供我们参考借鉴，并成为改变中文专业人才培养模式和课程体系的重要契机。从台湾地区及大陆部分高校已经成功的经验来看，课程地图的导入将进一步优化课程体系，明晰和凸显核心能力培养与课程之间的逻辑联系，对中文专业人才培养有良好的导向作用。

二 课程地图对中文类专业学生核心能力培养的导入

何谓课程地图？课程地图是以课程规划来指引学生未来升学与就业的

发展方向，是为让学生更好地了解所学专业、课程规划与未来职业选择之关联，以便学生进行自我职业生涯规划，进而改善学生的学习成绩与提升学习兴趣，并在指向性明确的核心能力上得到有意识的培养和训练[1]。课程地图理念发端于美国和西欧的一些顶尖高校，自 20 世纪 60 年代流行以来，将对教学实践没有产生实质性影响的传统目标转变成一种更加明确、直观和具体的目标。课程地图致力于对学生学习成果进行描述，并通过课程体系的逻辑化引导学生认识到自己具体能做什么，而不只是关注笼统和不可测量的目标，这在一定意义上是学生能证明达到最低要求的目标标准。课程地图产生的初衷是为了保证学习成果能够在教学计划、课程教学和学业测评中落到实处，从而保证人才培养的最低质量要求。随着课程地图的发展，其功能和内涵也在发展变化，它正在成为欧美等国以及我国港澳台地区部分高校教学和学习的平台与工具，近年来也逐渐为内地高校所重视，实践证明，课程地图的引入对于提高人才培养质量发挥着越来越重要的作用。[2]

通观近年来中文专业课程建设和教学改革中存在的问题，迫切需要结合市场人才需求特性、学生未来就业规划及学生核心能力培养，将专业中对应核心能力的主干课程按照教学任务、教学目标、课程体系结构及课程间的关联性进行优化，同时推进课程群建设，这是未来人才培养的重要教学改革趋势。因此，以课程地图构建为切入点，分步骤、有计划地进行主干课程群的改革创新和建设，带动教学内容、教学队伍、实践教学、教学手段、教学方法和教学模式的建设和快速发展，使中文专业人才具备全面的知识结构、能力结构和综合素养，从而切实提高人才培养质量和就业竞争力，最终满足社会经济发展对人才的需求。

课程地图建设与人才培养目标及对应专业学生的核心能力培养存在内在的逻辑关系。中文类专业学生的核心能力培养及课程地图建设有其独特性。因此，从中文类专业课程地图建设与中文专业学生核心能力培养的独特性以及两者之间关系上进行探索和研究将具有必然性和借鉴意义，也有利于中文类乃至文科专业加强专业建设及提高人才培养质量。同时，通过对中文类专业课程地图建设与学生核心能力培养的独特性研究，为中文类专业课程地图建设和实践提供更有力的支撑和参考，进而助力于提高中文类专业人才培养质量。

三　中文类专业人才培养的独特性与
困境的突围

针对中文类专业人才培养的现状和独特性，笔者一方面搜集借鉴我国港澳台等地高校中文专业的培养方案设计或课程地图建设经验，另一方面对国内重点高校中文类专业学生核心能力培养及现行培养方案的契合度进行调研，在此基础上，同时借助文学院相关中文专业培养方案的修订及课程地图建设的契机，与中文系各学科及教研室专任教师进行沟通，初步梳理出中文类专业学生核心能力建设的重点及在课程地图建设中的表现点，进一步明晰了中文类专业学生核心能力建设与社会需求动态平衡的契合点。

就当今社会对中文专业本科生的职业需求来分析，核心能力主要集中在语言文字的理解与应用、实用写作、基本的文学与美学素养三个方面，同时，这也是中文专业区别于其他专业，凸显其独特性及竞争优势的核心能力。当然，如果考虑到部分中文专业学生有继续深造和学习的需求，可以再加上学术研究与创新能力，但从最能表现中文专业的独特性角度分析，主要应关注上述三个核心能力的培养，并围绕此三项能力的培养进行课程体系及实践环节的设置。

在课程体系设计实践中，拟有针对性地加强三个核心能力的课程群建设，理清课程群中具体课程与核心能力培养的逻辑关系，同时充分发挥相关精品课程的辐射示范作用，带动课程群中其他主干课程的建设和发展，改善教学条件，并根据专业建设定位，结合最新的教育教学改革理念，以优化学生知识、培养学生能力和素质结构为目标，协调课程群之间的教学关联和内容建设，突出各门课程之间关联知识点的融会贯通，构建将知识传授和能力培养有机结合起来的高水平和系列化本科优质教学资源，提高人才培养质量。

三个核心能力分别对应三个课程群，具体来说，语言文字的理解与应用能力对应语言文字类课程，设置包括语言学概论、语言与文化、现代汉语、古代汉语、音韵学、文字学、语音学、语义学、汉语词汇学、修辞学、逻辑学等基础主干课程，对中文专业本科生语言文字的理解和应用能力进行系统建构和训练；实用写作能力对应基础写作，诗词鉴赏与写作，文学批评论文写作，散文、话剧、短篇小说等专题写作的研读与训练，主要对中文专业本科生实际写作规范和能力进行训练和培养；基本的文学与美学素养能力对应文艺理论与文学类课程，包括文艺理论类课程、古代文学类课程、现当代文学类课程、外国文学类课程四大课程群，在具体的课程设置上，有意识地减少文学概论类、文学史类课程的比重，更加注重经典文本的阅读与解读。基础主干课程包括文艺理论类的大众文化与导论、文学批评方法与案例、美学、当代审美思潮、文化理论专题、中国文论经典导读、西方文论经典导读等；古代文学类的儒家经典导读、《庄子·内篇》精读、《诗经》精读、《楚辞》精读、《孟子》精读、《左传》精读、先秦两汉散文精读等中国古代经典研读类课程；现当代文学类的鲁迅作品研读、曹禺作品研读、老舍作品研读、沈从文作品研读、莫言作品研读等名人名家经典作品研读类课程；外国文学类的美国文学作品研读、日本文学作品研读、法国文学作品研读、俄国文学作品研读等分国别作品研读类课程。根据学生接受规律及难易程度，这三个大的有针对性的课程群将被安排在不同的学期进行，并根据其与核心能力培养的关系强弱进行学分和课时的合理分配。

除了上述主干课程，我们也将根据三大独特性核心能力培养的需要设置更多的选修课，让学生根据自己更细致的职业规划选择相应课程进行知识储备和能力锻炼。在选修课的设置上将尽量避免因人设课，使课程体系更加精干，避免对学生造成思维混乱和减少学生不必要的精力投入，以使学生的核心能力锻炼更加明确和简洁，也更具有针对性。

除上述三个方面的核心能力外，通过课程地图加强中文专业的实践环节也是人才培养方式变革的一个重要趋向。文科类专业的实践环节普遍较为薄弱，中文专业更是如此，具体如中文师范专业的本科生教师基本技能训练缺乏，微格训练流于形式，基本的多媒体操作技能不高，甚至有些学生在四年大学学习中从未接触过远程多媒体教学技术；中文类秘书学专业的学生在档案管理、文档制作方面缺乏系统的实践环节，公文写作与应用文写作脱离实际、方式落后等，这些问题极大地妨碍了中文专业学生在社会需求市场中的竞争力，同时也削弱了中文专业学生独特的核心竞争力，因此，我们在通过课程体系设置导向三大核心竞争力训练的同时，也应加大对实践环节的倾斜，包括设置更多的有针对性的实践课程，增加实践环节的学时分配，建立更多的实践基地，配备更优秀的实践指导教师等。

结　语

课程地图的重要性正逐渐为国内高校所重视，在建立课程地图之时，不同的专业有不同的人才培养理念和精神。就中文专业面临的人才培养现状和困境来说，课程地图的引入是解决问题的可能性途径之一，地图本身有指引之意，它不仅为学生的选课提供向导，帮助学生规划大学期间的学习路径，还为整体教学提供轨道，指引方向。同时，课程地图体现课程的横向与纵向的逻辑关系，在专业基础课程、专业核心课程、专业实践课程之间实现整合，并在一定程度上预设了未来职场的需求。面对社会对中文专业人才培养的需求，中文专业的课程设置及不同课程群之间的逻辑联系应紧紧围绕中文专业本科生核心能力培养进行，将知识传授、能力培养与素质提高相结合，突出中文专业学生的三大核心能力，即语言文字的理解与应用、实用写作、基本的文学与美学素养。在有意识地进行核心能力训练的同时，中文专业也要因应社会的需求，在中文专业学生实践训练方面加大投入和支持，由此提高中文专业的人才培养水平，走出当今人才培养与社会需求脱节的困境。

参考文献

1. 季诚钧、张亚莉.高校课程地图的理念、要素与特征：基于台湾经验［J］.中国高教研究，2015（12）：78－81.
2. 巩建闽、萧蓓蕾.台湾高校课程地图对大陆课程地图发展的启示［J］.中国高教研究，2014（5）：105－110.

论高校古代文学教学的现状与改革

郭　丽*

摘　要：中国古代文学是中国传统文化的重要载体，学习中国古代文学是大学生提高审美能力和人文素养的重要途径。目前高校古代文学教学中存在教学时间压缩和文学史与作品选割裂的问题。这些问题应该在教学过程中有针对性地加以解决。强调作品记诵、培养问题意识、丰富教学手段都是值得尝试的解决方法。

关键词：高校　古代文学　教学　现状　改革

中国古代文学博大精深，是传统文化的重要载体，也是高校文科类学生的必修课程。高校古代文学教学的目的是提高学生的人文素养，注重学生人格的塑造和审美能力的提高。而现行高校古代文学教学在实现这一目标的过程中存在不少弊端：

一是教学时间的压缩。随着高校课程体系改革步伐的加快，中国古代文学学科的教学课时被大幅削减。这种改革的初衷是为了适应市场对于人才的需求，注重培养学生各种综合素质和相应技能。但就古代文学教学而言，全国大部分高校古代文学课程目前所使用的教材是袁行霈主编《中国文学史》（共四卷四册），辅之以朱东润主编《中国历代文学作品选》（共三编六册），这样就产生了教学内容过多与教学时数过少的矛盾。中国古代文学教学课时一减再减，已经很难保质保量地完成教学任务。

---

*　作者简介：郭丽，文学博士，首都师范大学文学院副教授、硕士生导师，主要研究方向为唐代文学。

二是文学史与作品选的割裂。在课时全面缩减的情况下，目前大多数高校为保证完成教学任务，或压缩文学作品的阅读与分析，或压缩文学史脉络的学习来讲述作品，这两种做法都造成了作品选解析流于形式和文学史教学蜻蜓点水的弊端。这些做法都是将文学史和作品选割裂的表现。

既然高校古代文学的教学中存在这些问题，那么，作为高校教师，就应该在教学过程中对这些问题有针对地加以解决。笔者以为，可以在教学中强调以下几点。

一　强调作品记诵

古代文学的所有精华都体现在古代文学作品上，这些作品不仅是构成中国文学史的基石，提升学生人文素养的基本素材，还是了解中国文化精髓的重要载体。因此，在古代文学教学过程中应格外强调以作品为主，一方面是在课堂讲授中，除了介绍文学史脉络，将时间更多地分配在作品的解析上；另一方面就是强调作品的记诵。

俗话说"熟读唐诗三百首，不会作诗也会吟"。如果不记诵相当数量的作品，学习古代文学的基础就不牢固，学习文学史就成为空话，提升人文素养也就无从说起。而记诵是千百年来总结出来的最行之有效的方法，中国古代文学的主流是诗歌，学习古代诗歌，记诵是第一步，也是最重要的一步。在高校将近四年的古代文学学习中，学生能背诵几百首诗，上百篇散文，本身就是知识，本身就增长了学问，提高了素质。诚如是，学生的国学基础会夯实，整体文学素质就会上一个新台阶。

记诵的要求需要采取一些强制性的规定，比如要求学生课下熟读背诵《诗经》20首、《楚辞》5篇、唐诗100首等。至于具体的数量和篇目，可以根据学生的接受程度和各自专业实际做合理的规定和选择。需要注意的是，确定的指标不能定得太高，太高难以完成，形同虚设；又不能太低，太低起不到作用。通过大量的作品记诵，学生可以很直观感性地体会到古代文学作品的语言、结构、风格等诸多方面的魅力，这不仅有利于培养学生阅读古代文学作品的兴趣及其审美感悟能力，而且，这些熟读的文学精品也会成为他们文学修养的重要组成部分让他们受益终生。

另外，在古代文学的教学中，还应强调对经典原著的学习，鼓励学生在大学期间认真地通读几部在中华民族文化传统的形成中影响巨大的文化经典，如《诗经》《楚辞》《论语》《庄子》《史记》《陶渊明集》《李太白全集》《杜甫全集》等在中国文学史上艺术成就很高、历来为人所称道的作品原著。至于四大名著，则规定中文系的学生必须去读，这应是一项起码的要求。只有引导学生阅读尽可能多的古代文学作品，才能使他们积累较多的原始材料，在感性认识的基础上产生理性认识，将知识转化为能力。

当然，如果有足够的时间保证和物质保障，那么开展一些诸如记诵比赛或者吟诵会等活动，通过竞争和鼓励机制去调动学生的积极性，将学生的自觉记诵与教师的强化检查结合起来，则效果会更好。

二 培养问题意识

当今是一个讲究快速高效的时代，高校的教学和学习也不可避免地沾染了这种时代特征。学生为了应对考试熟记文学史结论的能力极强，但发现问题的意识却极为淡薄。很多学生在完成课程作业和着手学年论文或毕业论文写作时就开始显得茫然不知所措，不知道如何去寻找可写的题目。这是要引起高校古代文学教师重视的问题。

高校教师的两大职能是教学和科研。古代文学课程的分段讲授和古代文学学科的分段研究是一致的。作为本专业的教师，将自己的学术研究成果和心得运用在课程教学当中，既是可能的，也是必须的。

文学史教材的特色在于，它所吸收的都是比较经典的结论，在一定程度上也就偏于保守，不能体现学术的发展前沿和最新成果。教师在课程教学中，不妨引入一些自己思考比较成熟的学术成果，或向学生介绍一些学术界的最新研究成果，让学生自己去思考和判断。比如，在讲授齐梁诗坛中萧纲的文学观点"立身之道，与文章异；立身先须谨重，文章且须放荡"（《诫当阳公大心书》）时，就应将学术界现有研究成果中对这一文学理论的解释介绍给学生，告诉他们当今学者对此的理解各有不同，还有学者以为这是提倡一种描摹色情的理论主张，他们通过淫声媚态的宫体诗以满足变态性心理的需求（游国恩《中国文学史》）；有学者以为这是萧纲想把放荡的要求寄托在文章上，用属文来代替纵欲和荒淫［王瑶《隶事·声律（宫体——论齐梁诗）》］；有学者以为这句话非关淫佚放荡，而是不主故常、不拘成法的意思（赵昌平《"文章且须放荡"辨》）。让学生根据自己的理解去判断诸家学说中哪一种解释更合乎事实。

讲出与文学史教材不一样的新见解，对于高校教师来说是学术素养的体现，对于学生来说则正是问题意识的培养。如果只知记诵文学史结论而不善于怀疑，不善于提问，不知如何发现问题和解决问题，也就谈不上能力的培养。在文学史教学过程中，应始终注意培养学生的问题意识。比如在讲授西晋潘岳《悼亡诗》时，就应引导学生将潘岳的《悼亡诗》放到悼亡诗的历史线索中去考察，将其与元稹《遣悲怀三首》、陆游《沈园二首》等悼亡诗相比较，从而去评价潘岳《悼亡诗》的特色和地位。这样的做法，很容易让学生对同类的作品产生阅读兴趣，从而用比较的眼光和方法对同类作品进行对比，在对比中学会寻找学术切入点，结合一定的理论基础和艺术审美能力，对相关问题进行深入探析。

古代文学教学的课内时间是有限的，但可以通过多种方式，将有限的课堂教学延伸到更为广阔的课外训练，进一步挖掘学生的学术潜能。对于那些对古代文学的学术研究有兴趣或意在将来深造的学生，笔者会尽量做到在课下指导他们读书、查阅资料、选定研究题目、撰写提纲、学习论文的写作。经过一段时间的严格学术训练，这些学生的研究能力有了长足的进步，有的学生的论文确实有让人眼前一亮的飞跃式进步。

三 丰富教学手段

教学内容是需要以一定的教学形式和教学方法为实现途径的，而各种教学形式和教学方法又是需要通过一定的教学手段实现的。借助一支粉笔、一块黑板完成教学的时代早已成为过去，现代计算机技术的飞速发展和在教育教学领域的迅速渗透，使教学手段日趋多样化。高校的古代文学教学中，也在运用一些教学媒体，比如最常见的是多媒体课件的使用、音频和视频资料的播放。其实，除了这些教学手段之外，在对多媒体使用的途径上还可以有更多的方法和尝试。

比如设立教学网站。其代表是北京师范大学郭英德教授主持开发的"中国古代文学苑"网站，教授分派学生完成若干个专题的资料搜集，上传至网上，资源共享，而学生搜集资料的过程其实就是进行文学史的延伸学习和学术训练的过程。

又如开设教学博客。其代表是复旦大学骆玉明教授和南开大学宁稼雨教授利用博客进行古代文学的教学。他们要求每位同学都必须在博客上发言、跟帖，并视发言、跟帖的数量和质量打分，计入平时成绩。

笔者根据自己的教学实践以及授课班级学生的实际情况，也在课下充分利用网络进行古代文学的教学。具体做法是，和学生一起加入网站建立学习群组，在每次上课前，将本次课堂要讲授的内容列出提纲上传，供学生阅读。这样学生只需要花几分钟时间就能对将要讲授的课堂内容了然于胸，不仅有利于提高教学效率，而且也解决了学生课余时间少，不能课前预习的问题。在课后，还可以随时和学生在网上就教学内容进行讨论，学生之间，学生和教师之间，都可以自由讨论。讨论的内容会记录在网上，未参与讨论的学生，也可以直接看到讨论的内容。即使当时不在网上的同学，事后登录也能看到讨论的情况。这种教学手段最大的好处在于大大弥补了课堂教学时间的不足。综览学生对笔者的古代文学教学的评估意见，较多讲到"能结合网络让学生预习"，"每次课前都把教学大纲发到网上"，"讲课方式多样，内容清晰，能够调动学生的积极性"，等等，可见学生对这种教学手段的使用还是颇为认可的。

无论是教学网站、博客还是其他网络教学手段，最大的问题在于极大地增加了教师的工作强度，尤其是在学生人数较多的情况下。因此，这种新型而有益的教学方式的实行，有时候还需要学校和院系的支持。钱锺书在《管锥编》中说："赵括学古法而墨守前规，霍去病不屑学古法而心兵意匠，来护儿我用我法而后征验于古法，岳飞既学古法而出奇通变不为所囿；造艺、治学皆有此四种性行，不特兵家者流为然也。"（钱锺书《管锥编》）教学如运兵，各有各的法。关于高校古代文学教学手段的使用，钱锺书的这段评论值得我们经常玩味。

参考文献

1. 萧纲 . 诫当阳公大心书 [A]，严可均 . 全上古三代秦汉三国六朝文 [M]. 中华书局，1965.
2. 游国恩 . 中国文学史 [M]. 人民文学出版社，1963.
3. 王瑶 . 隶事·声律·宫体——论齐梁诗 [J]. 清华大学学报，1948（1）：115–142.
4. 赵昌平 . "文章且须放荡" 辨 [A]，古代文学理论研究（第九辑）[C]. 上海古籍出版社，1984.
5. 钱锺书 . 管锥编 [M]. 中华书局，1979.

《习近平在文艺工作座谈会上讲话》的美学思想对"外国文学"课程教学的指导意义研究[*]

胡燕春[**]

摘 要:《习近平在文艺工作座谈会上讲话》作为新世纪具有划时代意义的重要文献,为当前以及今后相当长一段历史时期中国文艺、美学以及文化的发展指明了道路。鉴于此,笔者力求在全面梳理、整体把握和精准理解相关美学论述的基础上,领会其关于美育工作的原则要求,进而探讨其对于高校"外国文学"课程教学工作的导向意义。

关键词:《习近平在文艺工作座谈会上讲话》 美学思想 "外国文学"课程教学

2014 年 10 月 15 日,习近平总书记主持召开了文艺座谈会并发表了重要讲话(以下简称《讲话》)。《讲话》凭借宏阔的美学视野,呈现出蕴含丰厚、深邃且极具创新价值的美学思想,高屋建瓴地提出了具有当代中国特色的诸种美学观念与美学理论,为中国美学面向世界、拓展世界美学视域提供了理论支撑与政策保障。与之相应,综观国内外学界有关《讲话》

---

[*] 本文属国家社会科学基金一般项目"21 世纪以来中国对当代美国文论的接受状况与反思研究"(14BZW172),首都师范大学教学改革一般项目"国际化创新型人才培养模式在'外国文学'课程教学中的实施研究"(2015)的阶段性成果。

[**] 作者简介:胡燕春,首都师范大学文学院比较文学系副教授。

的研究状况可发现现有成果呈现出诸种创新思路与精辟论断，既有针对习近平总书记讲话精神的研究，又有基于具体文艺现象与作品的阐述。整体而言，目前，诸多行业与领域的专业人员、诸位专家学者在继续深入学习的基础上，业已开始结合本领域实际开展长期的专题研究。

《讲话》为当下审美教育确立了新的原则，进而提出了新的要求。与之相应，"外国文学"课程的教学工作应遵循《讲话》中的美育思想，回应美育实践的现实挑战，通过转变该课程的教学观念、调整教学内容与改革教学方式，彰显其作为审美教育体系中不可或缺的环节的独立价值与应有作用。然而，针对既有成果而言，有关《讲话》的美学向度和其对大学美育及"外国文学"教学的导向价值等方面的问题，亟待深入研究。鉴于此，以下以《讲话》中的美学思想对"外国文学"课程教学的指导意义作为考察对象，借鉴交叉学科的研究范式，综合运用美学、比较教育学、教育心理学、课程论、思想政治教育、文艺理论与外国文学等学科或领域的观念与方法，结合《讲话》中有关美学问题的论断与阐述，力求针对《讲话》的美学视域、美学观念与审美批评实践对于"外国文学"课程教学的引领作用与借鉴价值予以整体考察与深入阐释。依据《讲话》中有关审美问题的诸种阐述，对于"外国文学"课程的教学观念、模式与方法以及教学实践中出现的诸种相关问题予以尽可能全面而深入的探讨。

一　引导学生拓展融通中外的审美视域

《讲话》援引德国哲学家雅斯贝尔斯的"轴心时代"论，将古代中国、古代希腊与古代印度等古代文明并置，肯定了该书有关人类文明精神的重大突破时期都产生了伟大的思想家，他们提出的思想原则塑造了不同文化传统并一直影响着人类生活等论断。基于此，《讲话》指出"历史和现实都表明，人类文明是由世界各国各民族共同创造的"，[1]进而通过对世界文明体系中诸种优秀成果予以提纲挈领的概貌式阐述，褒奖了中外文明的诸多杰出典范。鉴于此，在教学实践中应引导学生立足全球化维度认识学习"外国文学"课程的必要性与重要性，帮助其克服对于异质文化与他国文学的畏难情绪，主动投入对于相关知识的学习，进而拓宽其有关世界文学、美学与文化的融会贯通的整体审美视域。

例如，印度是世界文明古国之一，其文学以丰富多彩著称于世。具体而言，古代印度文学包括《吠陀本集》与两大史诗《摩诃婆罗多》《罗摩衍那》，中古印度文学包括《本生经》《五卷书》《沙恭达罗》，近代印度文学则出现了泰戈尔等文学家。由于历史文化与语言等多重原因，学生对于印度文学的学习的确存在诸多难点。鉴于此，在相关教学中应依据印度的文化背景与美学特点，揭示民族审美观念与文学创作的内在联系，引导学生了解印度美学思想发展的基本轨迹，及其在不同历史时期的特征与变化状况。一方面，引导学生了解印度美学生成的自然与文化背景，包括复杂多变的自然环境对民族审美意识的影响，千年的农业村社文化对本土审美观念的影响以及多样统一的文化结构对美学思想的影响等。另一方面，引导学生基于美学视角理解具体文学作品。例如，结合吠陀时期的美学思想讲解《吠陀本集》，梳理其审美观念；又如，基于达磨思想讲解《摩诃婆罗多》和《罗摩衍那》的美学思想；再如，依据将神视为无限完美之典范的美学思想讲解泰戈尔的诸种作品。

又如，古希腊文学既是整个西方文学的源头，又是欧洲文学的首个高峰。古希腊文学的神话、史诗、戏剧与抒情诗不仅为西方文学的整体发展奠定了基调，而且全面展现了古希腊时期的历史与社会状况。然而，由于历史久远、文化差异以及语言障碍，学生对于该时期文学的学习无疑存在难度。鉴于此，在相关教学中应结合古希腊美学的诸种观念予以参证。具体而言，不仅借鉴古希腊美学层面的前苏格拉底美学思想（包括毕达哥拉斯的美是和谐的美学思想、赫拉克利特的相对和绝对对立斗争的美学思想、德谟克利特的百科全书式美学思想以及恩培多克勒的自然哲学与灵魂轮回的美学思想等），而且参照苏格拉底将美作为概念予以考察的美学思想、柏拉图的美学思想（有关理式的美的本质论、有关回忆的审美过程论、有关模仿的艺术特征论、有关灵感的创作泉源论）以及亚里士多德的美学思想（美的整一性、理性与快感、艺术的界限和本质、悲剧与史诗、音乐的社会功用），进而具体讲解古希腊各类文学体裁所展现的美学意蕴。

二 引导学生确立正确的审美观念

《讲话》有关古今中外诸种文艺作品、文艺思潮与流派以及相应现象与问题的阐述，广涉审美对象、审美范畴、审美标准与审美方法等多元美学维度。

针对审美标准而言，《讲话》指出："追求真善美是文艺的永恒价值。艺术的最高境界就是让人动心，让人们的灵魂经受洗礼，让人们发现自然的美、生活的美、心灵的美。"[2]由此，"优秀的文艺作品，最好是既能在思想上、艺术上取得成功，又能在市场上受到欢迎。要坚守文艺的审美理想、保持文艺的独立价值"。[3]同时，《讲话》也指出："当然，生活中并非到处都是莺歌燕舞、花团锦簇，社会上还有许多不如人意之处、还存在一些丑恶现象。对这些现象不是不要反映，而是要解决好如何反映的问题。"[4]由此，《讲话》表明："文艺创作如果只是单纯记述现状、原始展示丑恶，而没有对光明的歌颂、对理想的抒发、对道德的引导，就不能鼓舞人民前进。"[5]基于此，《讲话》还针对信仰之美、崇高之美、充实之美与文质兼美等审美标准与形态予以了具体阐述。

此外，基于借鉴世界优秀文化成果来看，《讲话》指出：必须认真学习借鉴世界各国人民创造的优秀文艺成果，"只有坚持洋为中用、开拓创新，做到中西合璧、融会贯通，我国文艺才能更好发展繁荣起来"。[6]同时，《讲话》也表明，文艺批评不能套用西方理论来剪裁中国人的审美，"如果'以洋为尊'、'以洋为美'、'唯洋是从'，把作品在国外获奖作为最高追求，跟在别人后面亦步亦趋、东施效颦，热衷于'去思想化'、'去价值化'、'去历史化'、'去中国化'、'去主流化'那一套，绝对是没有前途的!"[7]

总体而言，《讲话》揭示了当前文艺创作与研究在审美层面暴露出的诸种弊端与局限，通过探究目前审美实践中存在的诸种问题，辨析了当前审美标准及相应活动中出现的偏离本位、失范甚或异化等诸种现象，因而极具警示性和针对性。

鉴于此，在"外国文学"课程学习中应引导学生秉持良好的审美心态，客观评价他国文艺创作与批评的超越与局限，纠偏审美极端化倾向，进而辩证汲取外国文学领域的优秀作品。由此，在相关教学实践中，应引导学生在"外国文学"课程的学习中，通过鉴赏相关具体文学作品，辨析其审美价值，进而增强相应的审美鉴赏与甄别能力。

具体说来，一方面，引导学生基于时代维度进行审美研读。《讲话》表明："文艺是时代前进的号角，最能代表一个时代的风貌，最能引领一个时代的风气。"[8]基于此，《讲话》依据西方文艺发展史，列举了欧洲文艺复兴运动中出现的诸位文化巨人，指出："但丁、彼特拉克、薄伽丘、达·芬奇、拉斐尔、米开朗琪罗、蒙田、塞万提斯、莎士比亚等文艺巨人，发出了新时代的啼声，开启了人们的心灵。"[9]鉴于此，"外国文学"课程教学中应培养学生依据既定时代的特有审美标准，基于相关历史情境及其相应时代氛围认识相关作品的美学价值。另一方面，引导学生依据人民视域开展审美研读。《讲话》表明"古今中外很多文艺名家都是从社会和人民中产生的"，[10]进而将人民文艺置于世界视野中予以阐述，褒奖了诸种中外文艺名作对人民生活的真实摹写与对人民意愿的深刻体现，指出："世界上最早的文学作品《吉尔伽美什》史诗，反映了两河流域上古人民探求自然规律和生死奥秘的心境和情感。《荷马史诗》赞美了人民勇敢、正义、无私、勤劳等品质。《神曲》、《十日谈》、《巨人传》等作品的主要内容是反对中世纪的禁欲主义、蒙昧主义，反映人民对精神解放的热切期待。"[11]由此，《讲话》提出"把人民作为文艺表现的主体，把人民作为文艺审美的鉴赏家和评判者"[12]等美学论断。鉴于此，"外国文学"课程教学中应培养学生确立人民是文艺审美的创造、鉴赏与评判主体的美学观，进而指导其依据人民大众的立场研讨相关作品的美学价值。

三　指导学生掌握相应的审美方法

《讲话》指出，精品之"精"在于其思想精深、艺术精湛且制作精良。由此，《讲话》借鉴福楼拜的《包法利夫人》等作品的创作历程表明，凡伟大作家、艺术家都有一个渐进、渐悟、渐成的过程，凡是传世之作、千古名篇必然是笃定恒心、倾注心血的作品。总体而言，古往今来的文艺巨制无不是厚积薄发的结晶。鉴于此，在"外国文学"教学中，应引导学生系统学习诸种审美方法并予以综合运用。在教学过程中，选取外国文学思潮发展过程中的诸种审美批评方法，如社会学批评、意识形态批评、精神分析批评、神话原型批评、现象学批评、解释学批评、接受美学批评、形式主义批评与新批评、结构主义批评与符号学批评、解构主义批评、女性主义批评以及后殖民主义批评等。

例如，2007 年，英国作家多丽丝·莱辛（1919～2013）荣获诺贝尔文学奖。她是迄今为止获奖时最年长的女性获奖者，创作生涯长达 50 余年，是一位高产且多变的作家。由此，在对莱辛的创作情况予以讲解的过程中，首先要梳理其自 5 岁起在非洲的早年生活经历、1949 年移居英国后的生活经历对其审美观形成及其创作的影响；其次是关注其创作题材的类别特征及其美学旨归，包括以非洲殖民地生活为背景，以争取民族独立、自由平等为题材的作品，譬如《野草在歌唱》，以现代妇女的生存困境及其对自身解放的追求为题材的作品，譬如《金色笔记》，以寓言、幻想形式展现人类危机且预言世界未来的作品，譬如《幸存者的回忆录》，以社会现实问题为题材的作品，譬如《好恐怖分子》；最后是把握其创作手法的美学特征，譬如前期的批判写实手法、中期的心理分析手法与晚期的"内太空"探索手法。

又如，2010 年，拥有秘鲁和西班牙双重国籍的南美作家马里奥·巴尔加斯·略萨（1936～）荣获诺贝尔文学奖。综观略萨的生平与创作，可以看出，其诸种生活经历与创作实绩呈现出复杂状况与态势。由此，基于社会历史批评视角可知，他的作品善于描绘与批判权力结构，展现个人的反抗；依据叙述结构来看，他的作品长于运用"中国套盒"等模式分层展现情节与刻画人物。由此，在对略萨的生活背景与创作情况予以讲解的过程中，应结合其《城市与狗》《绿房子》《酒吧长谈》《潘达雷昂上尉与劳军女郎》《胡利娅姨妈与作家》《世界末日之战》《狂人玛伊塔》《公羊的节日》《天堂在另外的街角》《坏女孩的恶作剧》等文学作品与《谎言中的真实》《给青年小说家的信》等批评论著，引导学生了解其"结构现实主义"书写范式，进而不仅把握其对拉丁美洲、欧洲以及东方国家的认识，而且理解其叙事结构对于展现主题的独特作用。

综上所述，遵循《讲话》中有关美育的指导原则，把握当前高校美育工作的现实状况与发展趋势是当下"外国文学"课程教学的题中应有之义。依据《讲话》中的美学思想，"外国文学"课程的审美对象、审美范畴、审美标准与审美方法应予以重审与革新。基于此，应基于美育视角探讨有关"外国文学"的课程定位、教学目标、教学观念、教学内容以及教学形式的改革策略与创新路径，引导学生基于审美视角进行自主性与探究性学习，进而促进其审美实践能力的增强与提升。

参考文献

1. 中共中央宣传部编．习近平总书记在文艺工作座谈会上的重要讲话学习读本［M］.学习出版社，2016 年版，第 3 页。

2. 同上书，第 27 页。

3. 同上书，第 23 页。

4. 同上书，第 22 页。

5. 同上书，第 22 页。

6. 同上书，第 29 页。

7. 同上书，第 28 页。

8. 同上书，第 6 页。

9. 同上书，第 6 页。

10. 同上书，第 14 页。

11. 同上书，第 18 页。

12. 同上书，第 15 页。

"全民写作"时代的写作课程教学与改革的几点思考

李春颖[*]

摘　要: 当前,随着电子信息技术及其产品的飞速发展与普及,"全民写作"时代已经来临。同时,这也给高等院校的写作课程教学带来了机遇和挑战。为了更好地应对写作课程教学与改革,笔者在大学生中进行了相应的调研活动,并在写作课程的课程设置、教学内容、教学模式等方面得出几点思考。

关键词: "全民写作"　写作课程　教学　改革

当前,随着电子信息技术及其产品的飞速发展与普及,文章写作与发布/发表已经不再是作家、学者或记者等特殊职业人员的专事,而是成了任何有能力写作并愿意写作的人都可以实现的事情,现在写文章、发布自己的文章已经成了非常容易的事情,因而公众的写作热情也极大地提高了。正基于此,有人指出,文章写作活动已经进入了"全民写作"的时代。这种"全民写作"的形势,给高等院校的写作课程教学带来了机遇,也带来了极大的挑战。为了能够适应当前的这种写作形势,改革写作课程教学势在必行。

在过去半年多的时间里,本人根据文学院写作课程设置的实际情况进行了相应的调研活动,主要就大学生对写作课程的了解认知、学习兴趣、学习要求,对写作知识与写作规范的掌握程度,以及对写作课程的课程设置、教学内容、教学形式等进行了广泛调研。此次调查,一是到一些地方

---

* 作者简介:李春颖,首都师范大学文学院教师。

院校进行写作课程教学与改革的调研，观摩课程教学并与对方师生座谈；二是对本院学生进行问卷调查，科学设计问卷，分发给相关专业的学生进行调查，然后回收问卷，进行数据分析；三是参加学术研讨会，与同课程教师进行学术交流，以采撷他山之石。

通过对调研结果的梳理，得出了以下几点思考：

一　关于学生对写作课程的了解认知

课程教学改革的前提是要掌握大学生对写作课程的了解与认知情况。在本次调研中，笔者专门设计了调查问卷，就大学生对写作课程的了解与认知情况进行调查。在问卷第 12 题"你清楚什么是写作吗"的统计中，笔者发现，在总共 139 份有效问卷中，136 人选择了 B 项"比较清楚"和 C 项"不太清楚"，选择 C 项的还更多一些；只有 1 人选择了 A 项"非常清楚"、1 人选择了 D 项"不清楚"，还有 1 人未作选择。在问卷第 13 题"请用一句话简单地写出你所理解的'写作'是什么"的统计中，笔者发现，学生们几乎都是从写作的内容、写作的作用方面来定义"写作"，没有涉及写作是"用文字符号制作语言产品的活动"这一本质属性。这些充分说明了大学生尽管在中小学阶段已经写了八九年的文章，但是对于"什么是写作"依然不是很了解。在问卷第 21 题"你对大学文科开设写作课怎么看"的统计中，在总共 139 份问卷中，多数学生都选择了 A 项"非常需要"和 B 项"比较需要"，只有少数学生选择了 C 项"说不清楚"，没有人选择 D 项"不需要"，这又说明大家对写作课在大学学习中的重要性还是有一点认知的。

鉴于以上的调查结果，笔者认为，写作课程必须在教学中讲授基本的写作知识，并让学生们能够真正区分清楚大学写作课与中学作文课的不同，大学阶段，不能还是让学生盲目地写作，而要让他们学习知晓相应的写作知识与原理，做到既知其然，更知其所以然。

二　关于学生的学习兴趣与学习要求

课程学习，兴趣为先。在本次调研中，我们就大学生对写作课程的学习兴趣与学习要求进行了调查。在问卷第 6 题"你对写作的喜爱程度是"的统计中，笔者发现，在总共 139 份问卷中，绝大多数同学都选择了 B 项"比较喜欢"和 C 项"不太清楚"，极少数同学选择了 A 项"非常喜欢"和 D 项"不喜欢"；在喜欢写作的问卷中，在回答问卷第 7 题"你喜欢写作的主要原因"时，只有极少数同学选择了 A 项"写作很有趣"。由此可见，大学生对写作的兴趣并不大，对学习写作课程的兴趣当然也不会大。造成这种情况的主要原因可能是高考作文训练与考试给大家带来过多的压力，中学阶段"要我写"的作文思维限制了学生的写作热情，使其产生了厌恶情绪。在回答问卷第 8 题"你不喜欢写作的主要原因"时，在做出回答的问卷中，多数选择了 C 项"所写非想写"；在回答问卷第 10 题"你写作的主要目的是"时，在做出回答的问卷中，多数同学选择了 E 项"为了完成任务"，而选择 B 项"为了兴趣爱好"的很少，这些也进一步证明了中学作文教学对大学生写作兴趣不高的影响。

在学习要求方面，学生的选择则是多样的。在回答问卷第 9 题"你最喜欢写的文章类别是"时，问卷所给的"A. 小说剧本类""B. 诗歌散文类""C. 日记书信类""D. 社会评论类""E. 新闻记事类"都有选择，这说明大家还是喜欢或者需要写作的。

鉴于以上的调查结果，笔者认为，写作课程教学必须要激发大学生的学习兴趣，而要激发兴趣，就要针对他们的喜好选择教学内容与教学方式，一是改变传统的文章知识的讲解模式，变为从写作流程的角度讲授写作的每一环节、每一任务；二是改变单纯的知识讲解，从典型文本的解析入手，在解析文本的过程中讲解写作知识，使写作知识动态化。此外要在基础写作课程的教学中尽量涉及多种文类，把写作基础知识与文类写作结合起来，满足学生对文类写作的多种需求，尤其是要有意识地增加对学术论文写作的指导，以帮助学生更好地完成学业。

三　关于学生对写作知识与写作
规范的掌握程度

要想写好文章，掌握写作基础知识、基本技能、基本规范是必需的。

在本次调查中，笔者发现，大学生这方面的知识极为不足。在回答问卷第14题"你能明确区分文学写作与实用写作吗"时，在回答问卷第15题"你能明确区分各种表达方式吗"时，在回答问卷第17题"你能清楚表达方式与文体的关系吗"时，以及在回答问卷第19题"你写文章时注意版面格式吗"时，多数同学都选择了各小题的C项"不大清楚"；在少数回答第15题"你能明确区分各种表达方式吗"时选择A项"非常清楚"或B项"比较清楚"的问卷中，在回答问卷第16题"对下面这段话所使用的多种表达方式判断正确的一项是"时，只有10人判断正确，选择了B项"议论、描写、说明"；更须关注的是，第16题回答正确的总共才22人，约占总人数的15.83%，可见大学生对写作基础知识的掌握很不够。

关于文体方面的知识，大学生们掌握得也不好。在回答问卷第14题"你能明确区分文学写作与实用写作吗"时，多数学生选择了C项"不大明确"；在回答问卷第17题"你能清楚表达方式与文体的关系吗"时，也有不少同学选择了C项"不大清楚"；在回答问卷第18题"你写文章时讲究文体吗"时，同样是多数同学选择了C项"不大讲究"。这些选择说明了学生对文体知识的了解不够，这一问题也与高考作文"不限文体"的写作要求有关，"不限文体"往往被中学语文老师和学生误解为"不讲文体"，因而学生写作不重视文体、平时不关心文体的情况就会很常见。在批阅大学生习作时，不讲文体或文体感模糊的文章也总体居多。

另外，在写作格式规范的了解与掌握方面，大学生的认知问题更大。在回答问卷第19题"你写文章时注意版面格式吗"时，绝大多数学生选择了B项"比较注意"和C项"不大注意"，选择C项的超过半数；在回答问卷第20题"你知道哪些写作国家标准？请把它们的名称写在下面"时，更是无一人知晓，学生们就连最常用的国家标准《标点符号的用法》都不知道，这是令人非常遗憾的！

鉴于上述问题，笔者认为，在今后的写作课程教学中，必须进一步加强写作基础知识、基本规范的讲解，让学生掌握知识与规范，并能够熟练而准确地运用。

四 关于课程设置

在调研过程中，笔者了解到一些地方院校的写作课程开设情况，他们的一些做法值得我们借鉴，能够促使我们思考。同样是师范院校，有的院校比我们学校开设的写作课分支科目要多，课时总量要大；就连理工类大学开设的基础写作也比我们学校的课时总量大。福建师范大学在写作课程系列开设有基础写作、应用写作、新闻写作、申论写作、论文写作等科目，其中的基础写作开设一年共72个学时，其余科目在36学时以上；内蒙古师范大学在写作课程系列开设有基础写作、公文写作、小说创作等课程，其中基础写作开设一年，课时为64学时，其他科目为32学时。这两所大学开设写作课程的学科专业与首都师范大学大体相仿，主要有中文师范专业与非师范专业、新闻专业、文秘专业、文化产业专业等，但是这两所大学在基础写作课程的基本学时上都比首都师范大学多不少，首都师范大学最新的2014年培养方案规定的基础写作课时已经被缩减到48学时。河南理工大学开设有基础写作、应用写作等科目，其中基础写作也开设一年，课时也为64学时；中国矿业大学则开设有基础写作、应用写作、新闻写作等科目，其中基础写作开设一年，课时为64学时。这两所理工类大学的基础写作课时也比我们学校多三分之一。

从当前"全民写作"及大学生写作的实际水平来看，学生们的写作范畴很宽泛，除了学习性的写作，如学年论文、毕业论文的写作之外，学生们几乎每天都在使用智能终端进行写作，如写短信、写微博、写微信，再加上传统的书信写作、学习中的实用文类写作（如请假条、申请书、实习报告）等，可谓每天都在写作，然而，综观大学生所有的写作，写作问题层出不穷，且数量巨大。在前述的第二、三项内容中，大学生写作问题尤为突出，不管是文体选择、文面格式，还是文字表意、标点符号，所有方面都会出问题。"全民写作"只是写作参与者的增多，并不等于写作水平的提高，社会性写作的不讲规则，反过来也影响了大学生的写作，因此，必须在大学写作课程教学中加大力度改正学生的写作错误，使学生通过文本的传播影响社会性写作，进而使其更加规范化。

要达到通过学校写作课程教学影响并改变社会性写作弊端的目的，必须适量增加写作课程教学总课时，而我校现有的教学课时很难保证上述目标的实现。

五　关于教学内容

写作课程需要讲授哪些内容？哪些内容是大学生特别需要的？为了寻找答案，在本次的调查问卷中，专门设计了两个相关问题。从调查结果看，学生们想要的教学内容是多方面的、复杂的。在回答问卷第22题"你希望在基础写作课上讲些什么内容"和第23题"你希望在基础写作课上学到什么"时，学生们的回答各不相同，有的从文体类别的角度作答，涉及多种文体的写作，如诗歌文类、小说文类、论文文类等；有的从写作知识的角度作答，涉及写作基础知识与原理、文字表意逻辑、文章格式规则等方面；有的则从写作目的的角度作答，涉及提高写作能力以写出优秀文章、提高阅读鉴赏能力以便正确评阅他人文章等内容。但是，对于学生们众多的学习内容的需求，现有的教学课时是无法保证其全部实现的。

既然课时总量暂时不能增加，那么就必须提高教学效率。在有限的教学课时内，要想提高教学效率，在教学内容上有所侧重便是首先要做的改变。在不能也无法全面细致地讲解写作知识与原理的情况下，结合学生写作的实际与调查的结果综合考虑，在今后的课堂教学中，教学内容必须以文字语言表意与写作格式规范为主，不管是知识原理的讲解，还是典型文本的解析，都需要注重文字语言表意逻辑的梳理，让学生掌握写作思维逻辑，提高逻辑思维能力，以保证在写作中尽可能准确地表情达意，同时也要纠正大学生写作中的格式规则运用方面的错误，使学生能够正确掌握写作格式规则，并能够准确地使用，尤其是要增加对最新修订的写作国家标准的讲解，让大学生树立起写作的"国标意识"，牢记国家标准的规定，不再随意写作。

六　关于教学模式

为了提高教学效率，在有限的教学课时内，适当改变写作课程的教学模式也是必需的。如前所述，传统教学中单纯的知识讲解无法激起学生的学习兴趣，甚至会使学生厌倦学习，因此必须想办法让大学生参与到课堂教学中来，真正做到以学生为主体。结合写作课程教学与学生学习的实际，笔者认为，课程教学要"以师生互动为主，以知识讲解为辅"。在师生互动的环节，以典型文本的解析为手段，在解析典型的优秀文本时，要以教师为主导，全面解析文章写作的优点，同时讲解相关的写作知识或写作要求；在解析典型的"带病"文本时，教师则要积极启发学生发现问题、分析问题，并热情鼓励学生独立解决问题。这样做，不但可以让大学生参与到教学之中，加强师生互动，而且可以增加大学生对写作及写作课程的兴趣，进而积极地去思考、去学习、去写作，最大限度地提高课程的教学效果。

然而，教学模式的改变说着容易做到却难。在实际的教学实践中，笔者发现，由于大学生写作基础知识、基本技能的不足，因而在互动环节的教学中，进度非常缓慢。在解析典型"带病"文本的学生独立思考环节，多数学生根本不知道病在何处，无法发现问题，更别谈分析问题了，虽经老师多方启发，也只有少数同学能够理会。这种情况更加说明了要以师生互动为主，让学生积极参与教学的重要性。这也正是中学作文教学所不能做到的。值得欣喜的是，结合课程知识讲解，经过一段时间的文本解析训练，越来越多的学生得到了锻炼，得到了提高。一些学生通过互动训练，更加牢固地掌握了写作的知识与原理，并能够熟练地加以运用。由此可见，这种"以师生互动为主，以知识讲解为辅"的教学模式是切实可行的，是有效的。

在"全民写作"的时代，大学生作者是写作的生力军，现在的在校大学生写作者，毕业后将成为社会的写作者，大学生的正确写作习惯、写作思维、写作规则的养成，必将影响社会性写作改正缺点，进而改变当前社会性写作的不良风气。因此，改变写作课程的教学思维与教学模式是一种有益的、正确的做法。

微信时代的影视专业教育

凌　燕　黄艾麒

摘　要：当下，微信已经成为必不可少的社交工具，这对高等院校的影视专业教育来说是把双刃剑。它既能让学生及时获得专业动态、开拓视野、扩大知识面，又存在信息碎片化、浅层化等问题。高校教师应当积极应对、趋利避害，引导学生正确使用微信，使其服务于专业学习。

关键词：微信时代　影视专业教育　双刃剑

截至 2015 年 6 月 30 日，微信活跃用户已达 6 亿，其中，大学生是微信用户中的第三大人群，大学生不仅将微信作为最重要的社交工具，同时，也将其作为重要的信息来源。微信在影视类专业学生的专业学习中扮演了什么样的角色呢？为此，我们在首都师范大学戏剧影视文学专业学生中进行了调查[1]。

调查显示，订阅微信公众号、浏览相关信息是戏剧影视文学专业学生使用微信进行专业学习的方式。该专业学生平均关注七个左右的电影相关微信公众号，其中订阅最多的微信公众号如下：

综合类："电影头条""电影观察"等；

电影推荐类："奇遇电影""看电影""有戏"等；

影评类："豆瓣电影""独立鱼电影""毒舌电影"等；

专业知识技能类："文慧园路三号""拍电影网""制片线""编剧圈"

---

* 作者简介：凌燕，首都师范大学文学院副教授。

"编剧帮""第一编剧"等；

招聘信息类："媒体招聘信息"等；

商业类："华谊兄弟校园梦想家""大麦电影""短裤视频""独立电影评论"等。

总体来看，微信对专业学习还是有很大帮助的，具体体现在：

（1）专业实习等动态更新较快。相比之书籍、杂志，微信公众号每日更新的频率要比前者快很多，这使得学生们可以及时获取行业或关注领域最新的动态和信息，了解就业形势。

（2）开阔视野扩大知识面。微信公众号森罗万象，很多公众号是可以补充课下知识的，例如很多学生反映微信在线课堂的应用为自己扩充了更多知识，同时讨论对象面扩大，影视专业和行业对学生的阅历和知识面都有一定的要求，一定的人文历史等其他领域专业知识的储备有利于为影视学习打好基础。

（3）评论类公众号可以更多角度解读电影。很多学生在观片后会形成自己的见解，或者持有疑问，而一些用心经营的影评类微信号提供了不同的观点，或是网罗一些比较深刻有用的评论，这对电影文本的解读提供了很大帮助。

（4）在零散的时间里提供碎片式阅读。学生们浏览使用微信多是在出行交通工具上、课间或是休息的时间，而微信号文章的简而精正契合这种碎片零散式的时间，可以使学生们随时随地接收信息。

（5）看同学或老师转载文章，提高专业素养。学生在使用微信时常会受到周围同学、老师的影响，例如周围共同学习影视的同学关注了哪些微信号、关注了哪些人、老师分享了哪些专业相关的文章，都会使学生了解更多的相关知识，这样在微信中就会形成一个专业圈子，圈中人与专业相关的动态会彼此影响、共同发展。

总之，微信已经成为专业学习的重要渠道，微信帮助他们获得更多资讯、扩大视野、丰富知识体系，也培养了学生从多视角进行思考和分析的能力。然而，笔者发现，当专业知识和信息在很大程度上被微信所代理之后，也给综合性大学影视专业的人才培养带来了很多问题：

其一是信息碎片化、浅层次化。学生在阅读微信时随机化，碰到什么看什么，阅读选择在很大程度上由标题和个人兴趣决定，快速浏览代替了深度阅读，并且时常是一心二用的伴随式阅读，不求甚解，但求"什么都知道"，热衷于关注各种明星、名人的动向，缺乏对于现象背后的问题思考。微信在手机上使用方便快捷，但同时也容易分散学生的注意力，学生在学习中会下意识地拿起手机刷微信，牵扯一定的精力，此外容易使学生产生依赖，即遇到问题在自己思考之前优先选择向微信求助解答。

其二是学习内容上远离经典，盲目追求最新动态的获取。研究经典影视作品是打好创作和理论基础的重要途径，从社会大环境来看，当下的年轻人往往对时尚、流行文艺作品更为关注，而影视类微信公众号中大量的生产和传播主体是影视或文化产业公司，他们建立该渠道的首要目的就是宣传自己的新产品，这更加促使学生遗忘经典，或是片面以流行作品的标准去评判经典作品。而对于一些影视新作，由于在公映前就已经大量接触作品信息，成为"熟悉的陌生人"，也有可能导致即使不观看作品也已经有了足够谈资，从而放弃观影。影视类微信号带有很强的广告、商业性特征，例如一些影院的自营公众号会极力推荐新上映的电影，即使是口碑并不好的电影也会利用花式营销将电影关注点转移到其他层面上去形成卖点；反之，一些比较犀利的评论则会贬低某些影片，这两种状态都会左右学生的观影心态。

其三是导致学生在研究和评判作品时过多遵从商业标准而放弃艺术和文化标准。在影视产业化发展中，票房多少成为判断一部作品成功与否的关键因素，然而，电影电视作品并非仅仅有商业属性，还有艺术属性，在影视教育和影视研究中，必须给学生传达商业标准并非唯一和最重要的标准这一观念。但青年人更倾向于接受新媒体传播的信息，自媒体中的种种信息常常被他们认为更具有专业性，因此当学生将各种商业机构所建立的微信订阅号视作主要的信息来源时，往往会与艺术和文化标准越离越远，于是乎，那些试图要进行艺术探索却最终票房失败的创作不但在普通观众之中被摒弃，在专业学生口中也成为笑柄，艺术创新在这样的生态环境中越来越丧失存在空间。

其四是导致学生判断力、思维能力弱化。自媒体强调个性化，不刻意追求客观性，自媒体中传播的许多作品信息本身即已包含着判断和评价，影片还没有上映、作品还没有看过，立场却已经形成，久之易导致学生丧失自我思考的习惯和能力。公众号往往带有较强经营者的主观色彩，一些影评类、电影推荐类文章的评论角度会比较特别且强势，读者容易在未观看电影时就已经受到一些观念的影响，或是形成自己的观念却不够肯定，最终放弃。

其五是导致学习更加私人化、非交流性。交互性是大学课堂教学的重要特点，课堂和课后交流能激发思维，因此是专业学习的重要途径，然而，微信传播的特点就是分众化、个性化、窄众化，新媒体提供一定程度的互动和反馈，学生对于这样的信息获取平台的依赖往往导致他们对于面对面的交流和当众表达意见缺乏动机和兴趣。

更为重要的是，自媒体在影视专业学习中的广泛运用实际上导致了高校影视教育的分层和综合性高校影视专业的再边缘化。过去，对于综合性大学影视专业的学生而言，想要从事影视工作最大的难题是缺乏专业氛围和信息平台，找不到进入影视圈的途径，然而，大量微信公众号的建立使得进入影视圈突然间变得触手可得。现有微信公众号中相当多数是由影视传播、营销机构为了推销影视作品而建立的，因此，自媒体中传播的实习招聘信息也往往集中于宣传、策划、营销岗位，这些岗位对于专业创作能力和动手能力要求相对较低，于是，越来越多的综合性大学影视专业学生将影视宣传、发行、营销这些影视产业中的下游和外围工作作为自己的就业第一选择，而艺术院校的影视专业毕业生则牢牢地占据创作的核心地位。教育的分层与分化悄然进行，这也间接导致，尽管开设影视专业的综合性大学越来越多，中国影视业缺乏核心创作人才的现状仍旧难有明显改变。

媒介化时代，信息过剩是受众面临的重要问题，信息量超过了受众的信息处理能力，受众在寻找有用信息的时间成本增大，有效信息被淹没的概率增大，信息的多样化、丰富性常常是无意义的、噪音式的。自媒体时代，个体成为信息的生产者，信息过剩、信息来源复杂真假难辨、一些信息相互矛盾冲突且信息分布无序的情况更加严重。信息定制的假象掩盖了被动接受信息的事实。微信公众号经营门槛低，几乎是任何人都可以经营一个或多个微信号，在这种情况下，微信大千信息中鱼龙混杂，既有"高人"指点迷津，也有"混混"混淆视听，这样混乱的现状对学生辨析信息的能力是极大的考验，对学生的判断力要求较高。而学生在阅读一篇文章后，对比他之前接收到的其他信息，再判断其可信度，必然会占用很多时间。

因此，在运用自媒体进行专业学习的过程中，教师应当主动充当信息把关人，引导学生对信息进行理性和选择性接受。学生在选择影视类微信公众号关注时，可以选择老师或同学推荐的公众号，关注经营用心、有优秀文章的微信号或发布真实、及时和有效信息的媒体。

在课堂教学中，可以结合教学内容，针对广泛传播的或是个性化比较突出的公众号文章进行分析和讨论，思考其特点、总结其可供吸取的经验或应作的批判。课下组建专业群组进行讨论和相互帮助，增强学生自主协作学习能力。鼓励学生在阅读影评时不要局限于某一公众号、某一人的观点，而是要横向大量阅读比较，综合自己的观点反思，且在观看影片之前尽量避免受到极端评判的影响而对某部电影产生极好或极坏的认知判断。在影视专业学习过程中尽力减少对手机微信的依赖，保证自己在看完一部影片或者对一部分知识、认知、感受沉淀之后再接受来自片方和新媒体的"信息轰炸"。

同时学生可以效仿微信文章的格式来学习如何写影评，锻炼自己的写作能力，同时提高审美水准和专业知识，甚至可以组织学生尝试为微信公众号撰稿。有条件的还可以建立自己的微信公众号，发表师生的文章和观点，在专业范围内设置议题，引导学生的关注焦点。

总之，在各类自媒体、新媒体已经在青年人的学习生活中占据重要位置的当下，教师应当积极应对，主动将微信变成交互学习、研究性学习的平台，延伸课堂教学、强化专业氛围。

注　释

1. 对影视专业的微信使用情况调查由黄艾麒同学协助完成，特此感谢。

以师范院校为依托的汉语国际教育本科专业课程设置探索[*]

——以首都师范大学为例

王丽玲　陈英杰　洪　波^{**}

摘　要：本文基于汉语国际教育本科专业当前面临的困境和挑战，以首都师范大学为例，探讨以师范院校为依托的汉语国际教育本科专业的课程设置。文章从培养目标的调整、学分比例的调整、专业课程体系的调整、授课方式的调整等四个方面展开论述。

关键词：汉语国际教育本科专业　课程设置　课程体系

引言：问题的提出

（一）汉语国际教育本科专业当前面临的困境和挑战

汉语国际教育本科专业自 1985 年在国内四所高校首次设置以来¹，30 多年来获得了长足的发展，同时面临着一系列挑战和困境，主要包括：（1）本科学生毕业后直接从事对外汉语教学的比率不高。汉语热、汉语教师荒和

---

* 本文系首都师范大学《汉语国际教育本科专业课程地图建设项目》（2013～2014）的阶段性成果。本文收入《2015 年首都师范大学教学改革论文集》（出版中，首都师范大学出版社）。
** 作者简介：王丽玲，首都师范大学文学院汉语国际教育教研室讲师，陈英杰，首都师范大学文学院副教授，洪波，首都师范大学文学院教授。

对外汉语专业本科生在本领域从业难现象并存（参王妹妹等2010、耿淑梅2009的调查）。（2）汉语国际推广的对象与教学模式、教学方法的变化。长期以来，我国汉语国际推广的主战场在国内，以来华留学生为主要教学对象，传统对外汉语教育不适应国外对汉语学习的需求，针对这一现状，国家汉办（全称"国家汉语国际推广领导小组办公室"——编者注）提出了"转变观念和工作重点，实施对外汉语教学的六大转变"（许琳2007）。

（二）以师范院校为依托的汉语国际教育本科专业

汉语国际教育先天具有"师范性"。邢福义（1996）在论述对外汉语学科特点时提出："汉语是学科的本体属性，是学科构成的第一要素。对外教学是学科的应用属性，'对外'是学科构成的第二要素，'教学'是学科构成的第三要素。"因此，师范院校的汉语国际教育在课程设置上，一方面具有先天的资源优势，如教育教学类课程丰富、专业水准高；另一方面，不可避免地带有师范院校课程设置上的不足。因此，探索师范院校的汉语国际教育课程设置具有一定的理论价值和现实意义。

本文拟以首都师范大学为例，探讨当前师范院校汉语国际教育本科专业的课程设置。首都师范大学从2009年起增设对外汉语本科专业，2013年起更名为汉语国际教育专业。在专业建设与发展的过程中，我们立足于师范院校这一环境，从"厚基础、宽口径、多出路"的思路出发，以"汉语为本，外语为用；素养为本，技能为用；为师之道，德字为先"的方针为指导，在人才培养方面做了一系列有益的探索，并取得初步成效[2]。2013年4月至2014年6月，本专业开展"汉语国际教育专业本科课程地图"建设项目，深化在本科人才培养新模式方面的探索，其内容和成果之一是完善课程体系、修订培养方案。新制定的2014级《汉语国际教育专业本科人才培养方案》相较于以往几版方案，在培养目标、学分比例、专业课程体系、授课方式四方面作了重大调整[3]。以下分别论述。

一 培养目标的调整

1998年中华人民共和国教育部高等教育司编纂的《普通高等学校本科

专业目录和专业介绍》中，对对外汉语教学专业的业务培养目标做了详细阐述，并据此提出本专业学生在毕业时应获得的知识和能力。

首都师范大学 2009 级《对外汉语专业本科人才培养方案》中，将培养目标描述为："培养具有扎实的汉语言文学及第二语言教学基本理论、基本知识和基本技能，能在国内外相关学校或企事业单位从事对外汉语教学或相关工作的师资以及继续进行相邻、相关专业深造的人才。"2014 级《汉语国际教育专业本科人才培养方案》中修订为："本专业培养具有扎实的汉语言文学、语言学及非母语汉语教学（teaching Chinese as a second language）基本理论、基本知识和跨文化交际能力，能在国内外相关学校或企事业单位从事对外汉语教学、跨文化传播及相关工作的专业人才。"从这一培养目标出发，本专业学生毕业时应获得以下几个方面的知识和能力：

1. 热爱祖国，具有较高的政治思想素质和良好的思想品德、职业道德。身心健康，掌握科学的体育健康与锻炼知识，有健康的生活理念。

2. 具有正确的语言文学观念，熟练掌握汉语言文学的基本理论和基本知识，具备良好的汉语言文字学和文学修养。

3. 具备良好的普通语言学基本知识和基本理论，掌握第二语言习得理论和非母语汉语教学基本理论，受到教育学、心理学和教学法的指导和训练，具备从事非母语汉语教学或第二语言汉语教学的基本能力和心理素质。

4. 具备坚实的文史基础以及较宽广的文化视野，对中国和世界文化、历史、艺术及相关的社会科学、人文科学与自然科学有一定的了解。

5. 熟悉教育法规，具有现代教育理念，熟练掌握现代信息技术，有较强的计算机操作能力和运用现代教育技术辅助教学的能力。

6. 英文基础扎实，有良好的听、说、读、写以及翻译能力。

7. 有较高的普通话水平，具备较强的沟通能力，良好的口语和书面语表达能力以及应变开拓能力。

培养目标和培养要求的调整，要求我们对课程设置作出相应调整（详见下文第三部分）。

二 学分比例的调整

（一）"公共课－专业课－实践教学"各环节的学分比例调整

首都师范大学汉语国际教育本科专业 2014 级人才培养方案中，课程设置包括通识课程、专业课程、实践教学三大模块，其中专业课程包含专业基础课程、专业核心课程、专业方向课程三个次类（见表 1），共 155 学分，其中：通识课程 57 学分，占总学分的 36.8%；专业课程 82 分，占总学分的 52.9%，其中专业基础课 28 学分（18.1%），专业核心课 36 学分（23.2%），专业方向课程 18 学分（11.6%）；实践教学 16 学分，占总学分的 10.3%。

表 1 首都师范大学 2014 级汉语国际教育本科专业课程设置学分比例表

课程类别			学分数	占总学分（%）
通识课程	通识课程 I（必修）		39	25.2
	通识课程 II（限制性必修）		8	5.2
	通识课程 III（跨学科选修）		10	6.5
	总计		57	36.8
专业课程	专业基础课程	必修	22	18.1
		选修	6	
	专业核心课程	必修	36	23.2
	专业方向课程	选修	18	11.6
	总计		82	52.9
实践教学			16	10.3
总学分			155	100

我们将 2014 级人才培养方案的课程体系与 2012 级方案作了比较，以显示其在课程设置上的变动情况：2012 级方案的课程体系中，总学分为 160 分，其中通识课程 57 学分（占总学分的 35.6%）；专业课程 77 分（48.1%），其中专业基础课 24 学分（15.0%）、专业核心课 33 学分（20.6%）、专业方向

课程 20 学分（12.5%）；实践教学 26 学分（16.3%）。因此 2014 级课程体系中专业课程的比重略有上升（从 48.1% 上升至 52.9%）。

相较于北京语言大学、北京外国语大学、中央民族大学三所在京高校的同一专业，首都师范大学 2014 级培养方案中的通识课程、实践教学占总学分的比重明显高，由此导致专业课程比重低于其他三所高校。

（1）北京语言文化大学汉语国际教育专业培养方案（2012 年）中，总学分 172 分，其中公共课 43 分（占总学分的 25%），专业课程 120 分（占总学分的 69.8%），实践环节 9 学分（占总学分的 5.2%）。

（2）北京外国语大学对外汉语本科专业培养方案（2012 年）中，总学分 162 学分，其中公共课 32 学分（占总学分的 19.8%），专业课 120 分（占总学分的 74.1%），实践教学环节 10 学分（占总学分的 6.2%）。

（3）中央民族大学对外汉语本科专业培养方案（2007 年）中，总学分 166 学分，其中公共必修课 26 分（占总学分的 15.7%）；专业课程 126 分（占总学分的 75.9%），其中学科基础课 39 学分、专业必修课 66 学分、专业选修课 15 学分，跨专业选修课 6 分；其他教学环节 14 分，占总学分的 8.4%。

（二）各知识模块专业课程的学分比例调整

教育部《普通高等学校本科专业目录和专业介绍》（1998）规定，毕业生应获得汉语语言类知识和能力、教育学类知识和能力、中外文化类知识和能力、外语类知识和能力四个板块的知识和能力。首都师范大学 2014 级汉语国际教育本科人才培养方案参照这一分类，将专业课程归纳为以下五个知识模块：外语类、语言学类（含普通语言学和汉语语言学）、文学文化类、教学技能类（含教育学、心理学、语言教学与学习理论）、其他类[4]（表 2-1、表 2-2）。从表 2-1 和表 2-2 的对照可见，相较于 2012 级课程体系，2014 级课程体系中外语类和语言学类占课程学分[5]的比重有明显的提高：以必修课为例，外语类必修课程由 4.5% 上升至 8.6%；语言学类必修课程由 12.7% 上升至 12.9%。

表 2-1 首都师范大学 2014 级汉语国际教育本科专业培养方案中

各模块专业课程学分比例

课程类别	通识课程	专业必修课						专业选修课	课程学分总计
		外语类	语言学类	文学文化类	教学技能类	其他类	专业必修课总分		
学分数	57	12	20	14	8	4	58	24	139
百分比（%）	41.0	8.6	12.9	10.1	5.8	2.9	41.7	17.3	100

表 2-2 首都师范大学 2012 级汉语国际教育本科专业培养方案中

各模块专业课程学分比例

课程类别	通识课程	专业必修课						专业选修课	课程学分总计
		外语类	语言学类	文学文化类	教学技能类	其他类	专业必修课总分		
学分数	57	6	17	18	8	4	53	24	134
百分比（%）	42.5	4.5	12.7	13.4	6.0	3.0	39.6	17.9	100

其中语言学类课程的学分比例的加重体现为新课程的开设和原有课程学分的上调（详见下文第三部分）。该调整是出于对学科性质的重新审视与把握（参见刘晓文 2012）：汉语国际教育的推进须以本体教学或研究的深化为前提，诚如邢福义（1996）所述，"汉语"是该学科的本体属性（即"体"），"对外教学"是其应用属性（即"用"），"用"须立足和依托于"体"。

外语类课程的学分比例加重主要表现为新课程的开设（详见下文第三部分），旨在夯实学生外语水平从而拓宽学生毕业出路。

三 专业课程体系的调整

2007 年 11 月，国家汉语国际推广领导小组办公室出台了 60 名中外对外汉语教学专家共同研制的国际汉语教师标准，该标准包括五个模块十条标准，每个模块下均有相应的主标准和次标准，每个次标准下又有与之相应的知识点、能力点和技能点等方面的具体要求。我们参照这一标准，在 2014 级培养方案中制定了分级分类的课程体系。我们通过两方面举措构建课程群，一是确保必修课程（基础课程、核心课程）的质量，二是开设丰富的选修课，在选修课中结合培养目标（按照毕业去向）分板块限制修课学分（如：①考取专业硕士的；②考取学术硕士的；③出国深造的；④直接择业的），从而既保证培养质量，又使课程设置科学灵活。以下对不同知识模块的专业课程设置进行探讨。

（一）外语类课程

原课程体系中的英语专业课仅限于英语听力和英语口语，现有课程则涵盖了听、说、读、写、译的能力，并开设了部分双语类课程，如英美文学名著导读（英语）、汉英语言比较（双语）。

（1）必修课。在通识课程"大学英语"之外，增设了英语听说、英语读写、英语阅读。在开课学期上从第3学期持续到第7学期，循序渐进。

（2）选修课。包含：高级英语听说、第二外语、英美文学名著导读（英语）、汉英语言比较（双语）。其中"第二外语"的开设，是基于当前汉语学习者有来自马来西亚、泰国、缅甸、越南等周边国家的人群的现状考虑，学生仅仅学习英语一门外语不足以应对不同的工作对象（参见许琳2007）。

（二）语言学类课程

（1）必修课。一项重要举措是加强古代汉语和现代汉语这两门基础课程的学习，同时开设一门独立的"文字学"课：

首先，将"现代汉语"课构建为现代汉语课程系列：汉语通论、现代汉语语音、现代汉语词汇、现代汉语语法、现代汉语修辞（末项系选修课）五门子课程。"汉语通论"是其中的入门课、导论课，主要讲授汉语的基本概况，包括现代汉语的概貌与特征、汉语相较于别的语言尤其是周边语言或同语群语言的特征、汉语的古今演变历程等，旨在引导学生了解汉语的特点及古今演变历程，从而了解汉语的概貌并掌握汉语的总体特征[6]。其他四门子课程分别教授语音、词汇、语法和文字的基本知识以及运用的基本规律，同时适当结合外国人学习汉语的偏误进行教学。

其次，将"古代汉语"课的学分由8学分调整至6学分。在兼顾培养方案总学分的前提下适当削减了其学分，但总体上仍保留了它相对其他语言学专业课程的重要地位，这是由它在汉语国际教育本科专业课程体系中的重要地位决定的：其一，古代汉语课是高级母语教育和人文素质教育的起点（王鸿滨2007，杨同用2009）；其二，古代汉语的学习可以使学生了解汉语的发展演变史，具备历史的研究视角；其三，古代汉语相关知识对于对外汉语教学具有指导意义，如造字法、词义演变理据等有助于非汉语学习者更好地理解现代汉语中的一些现象。例如，留学生对成语"不共戴天""披星戴月"中"戴"的意义很陌生，教师若解释一下"戴"的本义是"以头载物"，并有"头顶着"的引申义，将有助于学生掌握这两个词语；若能进一步从文化角度介绍"以头载物"这一习俗今天仍见于东南亚一些国家，这对于非汉语母语学习者尤其是东南亚的非汉语母语学习者来说很有裨益。

最后，对外汉语文字教学是对外汉语教学的组成部分之一，但当前国内各高校的汉语国际教育本科专业开设"文字学"类必修课程的很少。我们整合原课程体系中的"文字学""古文字资料选读""《说文解字》概论"三门选修课，开设一门独立的"文字学"课（必修），讲授古今文字知识和对外汉字教学方法，旨在帮助学生了解汉字发展历史及规律，掌握对外汉字教学的特点与方法。

（2）选修课。语言学类选修课，须从"古"与"今"两个层面齐头并进：一方面发扬院系特色与专长，开设音韵学、训诂学、中国古代文献学等传统小学课程，为学生打下一定的传统小学功底；另一方面开设语用学、语义学、认知语言学专题研究等西方现代语言学课程，包括"语法化与汉语语法研究"等学术前沿课程。

（三）文学文化类课程

文学文化类模块包含文学概论、中国古代文学（1、2）、中国现当代文学、欧美文学、东方文学、中国文化概论、跨文化交际7门必修课，中国文学批评史、诗词鉴赏与写作、中国文学与中国文化、海外华文文学、比较文学概论、中国美学史、中国民俗学、大众文化导论、文化传播学、古代文化典籍研读（含《诗经》研读、《庄子》内篇精读）、中国古代思想史、儒家思想研究、西方文明史、中华文化才艺、海外汉学等24门选修课。

（1）必修课。相较于原课程体系，主要变动有二：

一是将原"文学史"课群调整为"文学"课程，即将原"中国古代文学史"更名为"中国古代文学"，"中国现代文学史"和"中国当代文学史"合并为"中国现当代文学"，将"外国文学史"分设为"欧美文学"和"东方文学"两门。课程名称的变化代表的是教学目标和方式的变动：以中国古代文学课程为例，"中国古代文学史"的定位是以史为纲、以作品为维，讲授中国古代（先秦、汉魏六朝、唐宋、元明清及近代）完整的文学历史发展概况和重要流派、作家、作品，以及不同文体的创作演变和历史成就，包括主要的文学经典的介绍与分析。"中国古代文学"则是以作品为主体，通过学习中国古代各时期主要的文学经典，使学生学会分析与鉴赏传统文学；在此基础上，进一步了解中国古代文学的发生、发展和演变，重要流派、作家以及文体的嬗变等。

二是课程的分与合，具体已如上述。以外国文学为例，将它分设欧美（"西"）与东方（"东"）两支，是基于以下考虑：其一，外国文学的教学内容包括中国以外的世界文学的发展概况、代表作家及代表作品，还涉及世界各国社会历史及文化传统等问题，因此有必要在本专业增加其课时量。其二，实际教学中往往出现将该课教成"西方文学"的偏误，而学生未来的教学对象也可能是东方国家生源的汉语学习者，因此专门设立"东方文学"课。

（2）选修课。新增设课程主要有"《诗经》研读""儒家思想研究""中华文化才艺·吟诵""中华文化才艺·中华传统戏曲鉴赏"等。其中在"中华文化才艺·吟诵"课堂中利用本校的吟诵教学资源优势，具有校本特色。

（四）教育教学类课程

本模块的课程分为三个层面：（1）语言教学与学习的理论相关课程，如第二语言习得概论、对外汉语教学概论；（2）对外汉语教学的专题研究，涉及对外汉语教学模式的问题，如对外汉语教学课堂设计、对外汉语教材分析、对外汉语教学案例分析等；（3）教学技能类，涉及提高学生实际教学能力的问题，如教育学基础、心理学基础。

本模块的课程应充分利用和发挥师范院校在教育教学类课程方面的资源优势，将教师教育专业与对外汉语学科有效地融合。首都师范大学文学院的汉语言文学（师范）专业拥有丰富的语文学科教师教育系列课群，包括语文教育史、中学语文教材与教法研究、语文教学课例分析与教学实践训练课程。在当前汉语国际推广对象由以大学为主扩大到中小学各层面的形势下，这些课程/方面的研究对于本专业尤其具有借鉴意义。

四 授课方式的调整

授课方式从以往教师讲授为主转向教师讲解、课堂讨论、学生报告、视频观看等多种形式，注重启发学生，注重培养学生的逻辑思维能力，提高学生分析问题和研究的能力。如：

"西方文明史"课讲授西方思想文化从古至今的变迁和发展，采用课堂上教师讲授和学生讨论发言与作报告相结合、课内学习与课外拓展阅读相结合的教学方法，从而达到本课程的能力要求与思想目标："使学生通过观察、分析、解释各史料中展现的历史事件与现象，能自行建构出过去时代的多种面貌，建立历史发展的假设，并看出特定事件在不同脉络中展现的历史意义，在此过程中巩固批判性思考的能力；掌握民主、公平、人权等现代观念的发展与演变，从而增强对西方资本主义的了解与认识。"

"中华才艺"课，在授课方式上要做到几个结合：一是传统文化艺术的系统介绍与技能的训练相结合；二是对重要传统文化才艺的鉴赏与技能训练相结合；三是教师课堂教授与学生课后互学相结合，课上以对中国传统绘画、书法、传统戏剧、民乐、吟诵等经典文化才艺的鉴赏与练习为主，像剪纸等手工、中国武术、包饺子等操作性强、难度小的才艺项目，则提倡学生课后以小组或讲座形式相互学/教；四是学生掌握特定才艺技能与掌握才艺的传授相结合。

又如，在教育教学类课程中，尤其注重学生的参与实践以切实提高学生的实践能力。如，"对外汉语教学概论"等关于语言教学与习得的课程中，注重引导学生观察、比较、分析相关教学案例。对于教育教学类课程的演练环节，尽量安排在微格教室中进行。

注　释

1. 设置之初名称为"对外汉语本科专业"，自 2013 年起更为现名。
2. 以历届毕业生出路为例：2013 届共有毕业生 39 人，其中出国攻读国外硕士研究生 11 人，考取国内硕士研究生 9 人，签订三方协议 12 人，总签约率为 82%。2014 届、2015 届出国率、考研率等各项比重有所提高。
3. 首都师范大学对外汉语本科专业从 2009 级培养方案到 2013 级培养方案，其间根据实施效果作了一些微调，但总体变动不大。
4. "其他类"课程例如：基础写作、逻辑学（以上两门为必修课）、论文写作（选修）。
5. "课程学分"指"通识课程学分 + 专业课程学分"，即培养方案规定的允准毕业的总学分中除实践教学之外的学分。
6. 早在 1980 年，吕叔湘先生就提出在大学中文系将关于汉语的相关课程如现代汉语、汉语史、汉语方言等全放在"汉语通论"课里。

参考文献

1. 耿淑梅. 基于就业的对外汉语专业建设——以北京语言大学为例 ［J］. 大学：研究与评价，2009（4）：68 – 72.
2. 国家汉语国际推广领导小组办公室. 国际汉语教师标准 ［M］. 外语教学与研究出版社，2007.
3. 王鸿滨. 高级母语教育与人文专业教育的有机融合——关于对外汉语专业"古代汉语"课程的定位与教改设想 ［J］. 云南师范大学学报（对外汉语教学与研究版），2007，5（4）：4 – 7.
4. 王妹妹、洪思思、何聪. 浅谈对外汉语专业的就业形势 ［J］. 理论观察，2007（4）：133 – 134.
5. 邢福义. 关于汉语教学的学科建设（1996.5.23 致国家汉办函）［A］. 张德鑫. 对外汉语教学五十年 ［J］. 语言文字应用，2000（1）：49 – 59.
6. 许琳. 汉语国际推广的形势和任务 ［J］. 世界汉语教学，2007（2）：106 – 110.
7. 杨同用、赵金广. 对外汉语专业课程设置分析 ［J］. 河北师范大学学报，2009，11（10）：111 – 113.

8. 张如梅. 桥头堡战略下面向东南亚就业的对外汉语专业课程设置 [J]. 大理学院学报，2011，10（9）：83 – 85.

9. 中华人民共和国教育部高等教育司. 普通高等学校本科专业目录和专业介绍 [M]. 高等教育出版社，1998.

汉语言文学辅修生的中国古代文学教改初探

关键词：汉语言文学 辅修生 中国古代文学

随着社会经济的发展，非汉语言文学专业的大学生除了学好自己的专业课外，了解一些文学方面的知识，无论是对于提升自己审美鉴赏力，还是从实用的角度考虑，锻炼良好的写作能力及口语表达能力等方面，都是大有裨益的。为适应这一新的教学状况，首都师范大学开始招收汉语言文学专业辅修生。

中国古代文学是我们国家历史文化的重要载体，也是民族传统文化的精华。在辅修生所开设的课程中，古代文学课程无疑是其中十分重要的一门。应该说，大多数选修汉语言文学专业的辅修生，都是对文学较感兴趣的学生。他们对古代文学的相关知识点有一定了解，但由于专业限制，其认识往往是浅层次的、不全面的。与作为汉语言文学专业的必修课开设时

---

* 作者简介，张贵，首都师范大学文学院古代文学教研室讲师。

间长、教学课时多、教学内容多不同，目前，学校针对辅修生的古代文学课安排的课时量相对较少。以笔者这一学期开设的中国古代文学（下）为例，课程内容包括宋、元、明、清四个朝代的文学，学校仅安排了 48 个课时。如何能在有限的课堂时间内，既将重要的知识点很好地讲授给学生，又能教给他们学习古代文学的方法，提高他们课下学习古代文学的效率，从而形成教师课堂讲解知识重点，学生课下积极学习、拓宽知识面的良好局面，是笔者这学期一直在思考的问题。

一 明确课程目标，突出教学重点

中国古代文学课程的目标主要是传承中华传统文明在文学领域的光辉成就，使学生认识中国古代的社会特点、文人特点。初步掌握古代文学的发展规律和特点，领会中国文化经典的精髓，理解经典作家的思想，掌握经典作品的要义。同时培养学生在文学中陶冶感情的能力及写作和审美的能力等，从而培养具有全面素质的大学生。

基于这一教学目标，首先要做的是对汉语言文学专业辅修生的生源进行明确分析，从而制定出合理的教学方案。汉语言文学专业辅修生来自全校不同的院系和专业，既有教育学、外语、思想政治、管理学等人文社会学科的学生，又有数学、物理、生物、化学等理工科的学生。面对这样一个学习经历差异如此巨大，文学基础参差不齐的学生群体，要将古代文学的教学目标完成好，着实是件不易之事。如果按照汉语言文学专业必修课的传统教学方法，以文学史的教学为主线，对文学史中的现象和作家作品逐一进行讲解，不仅无法在课堂时间内讲授完所有的计划内容，也不能保证每个学生都能听得懂、感兴趣。这种针对汉语言文学专业学生的传统教学方法，无疑不太适合课时被进一步压缩的辅修生的教学需要。

了解了汉语言文学专业辅修生的生源特点后，针对古代文学的课程目标，笔者认为若想走出目前教学过程中遇到的困境，须从突出教学重点和确定教学内容难易度两方面入手。就突出教学重点方面来看，笔者认为辅修生的古代文学教学，应该选择重点作家及其代表性作品讲解，所选作家应该能够代表其所处时代的文学高度，所选作品也应是最能代表其创作特色及时代风尚之作。通过对重点作家、重点作品的讲解，使学生能够从宏观上把握所学对象的时代特色，从而便于抓住古代文学发展的主线。至于此外的其他作家作品的学习，则主要通过学生课下自主学习的方式来填补。因而，学生课下的自主学习习惯及能力就显得异常重要，任课教师要在讲解知识的同时，注重对学生自主学习能力的培养，关于这一问题将在后文加以论述。要想将辅修生的古代文学课上好，合理把握教学内容难度也十分关键。汉语言文学辅修生中部分学生对一些基本的文学概念和文学现象尚未能完全搞清楚，与文学相关的历史知识就更是欠缺了。如笔者在讲解欧阳修诗歌时，既讲了他的古体诗价值，又分析了他在律诗创作方面的成就，部分学生不解地向我询问："不是唐朝之后就写律诗了吗？怎么欧阳修还在写古体诗呢？"很明显，他未正确理解教授中国古代文学（上）课程的老师所讲的内容，想当然地认为律诗产生之后，就取代了古体诗，古体诗从此也就衰亡了，这明显与文学史的实际情况相悖。针对这一情况，任课教师讲课时就要考虑辅修生的文学基础，注意基础知识和基本概念的讲解，同时注意为学生理清所讲内容的发展脉络和基本线索，以免学生概念不清，从而导致知识点张冠李戴。此外，就笔者自己的上课经历来看，讲课过程中一旦出现较多的理论知识讲解，学生的听课兴趣及与老师的互动就会明显受到影响。因此，任课教师在进行知识点讲解时，要尽量做到深入浅出，避免艰涩、枯燥的理论讲解，不得不进行理论知识讲解时，也要尽可能地配合生动形象、易于理解的作品辅助学生理解。

二 教师因材施教，学生自主学习

因材施教源出孔子，《论语·为政》篇子游、子夏问孝，孔子结合他们各自的特点，给出了不同的回答。因材施教是极富科学性的教育方法，接受教育的对象不同，教育的方式、手段也应该有所不同。前文已述，汉语言文学专业辅修生的生源来自不同的院系和专业，因此在进行古代文学教学时，就有必要考虑接受对象所学专业的特点，分析其人文学科的相关知识储备情况，尽可能地将古代文学教学与其学科背景相结合，针对不同专业的学生，找出适合其自身的教学方法。

　　因材施教有助于调动学生课堂学习的积极性。例如，班内如果有哲学系的学生，教师在讲解苏轼诗歌时，不妨适当选择一些哲理性较强的作品，如苏轼的《题西林壁》等，同时让哲学系的学生参与进来，共同分析诗歌所蕴含的哲学意蕴。这样不仅能够调动哲学系学生的学习积极性，其他专业的同学也能通过哲学系学生的专业分析，感受到中国古代文学所具有的深厚文化内涵。再如，针对班内的音乐学院和美术学院的学生，教师完全可以在教学过程中加大对学生进行名篇名作吟诵的训练，通过音乐学院学生的专业吟诵，使全体学生感受到古代文学作品美妙的语言、优美的意境，从而受到感染和教育。也可以选讲一些词境中充满画意之作，如柳永《望海潮》"有三秋桂子，十里荷花"之句，描写杭州美景，不仅词句优美，而且画面感极强。老师讲该词时，可以让美术学院的学生根据词意，绘出词中美景，这样一来，学生对作品不但有主观上的感受，还能真切地观赏到词中的画境，从而使他们对诗词的理解更直观，也更容易激发学生对古诗词的兴趣，调动大家的学习积极性。

　　如此一来，通过因材施教的教学方式，可以将汉语言文学辅修生生源的不利因素转化为辅修课特有的有利条件，将原来沉闷的教学课堂，转变为教师主讲、学生积极参与的生动学习空间。

　　古代文学传统的课堂教学，教师是学生学习的主宰者和领导者，部分学生不会自主学习，且学习方式单一、被动，严重缺乏自觉、自愿和主动性意识。受辅修生古代文学课课时量的限制，传统的教学方法已无法适应教学的需要，无论教师采取何种措施，都不太可能在有限的课堂时间内将所有文学史内容全部讲授给学生。如果眉毛胡子一把抓，为了讲完课程内容而大量堆积知识点，课堂效果反而会更差。要想解决这一难题，培养学生课下自主学习的兴趣和能力，使学生的学习自主性、创造性得到发展，无疑是一个不错的尝试。

　　现代教育理论认为，教师与学生是教育活动中的两个基本要素，学生是接受教育者，但并不完全是被动接受，他们具有主观能动性，要着眼于培养学生的自主学习能力。因此，在古代文学辅修课上，教师一定要创造条件，指导学生自主学习，提供给学生学习的方法，培养学生的学习兴趣，从而调动学生课下学习的积极性和主动性，使他们有目的、有意识地进行课下学习。这就要求教学过程中，教师必须转变角色，不能单纯地将专业知识灌输给学生，而应该将基本知识点讲解清楚后，引导学生自己去观察和思考，使学生始终是一个发现者、研究者。比如，在讲解苏轼诗歌时，教师可以在课堂上结合苏轼的生平经历和思想特征，整体概括苏轼诗歌的特点，然后再重点分析一两首有代表性的作品，例如《题西林壁》《和子由渑池怀旧》等，然后将学习苏轼诗歌的任务交给学生，让他们课下去分析体会苏轼诗集中的诗歌特色，下次上课的时候让学生展示和讲解自己的学习成果，教师则可以根据学生课下学习的成果和不足，与学生一起探索、讨论。同时，讨论过程中，要注意培养学生的学习兴趣，增加他们的学习自信心，在学生学习有了进步时及时给予表扬，不断激励他们的求知欲，从而培养和巩固学生课下自主学习的兴趣。

这样一来，在辅修生古代文学课上，教师就可以充当学生学习的导游角色，站在知识的岔路口，将打开知识大门的钥匙交给学生，充分发掘他们的学习潜能，从而在一定程度上解决课时量少、教学任务重的难题。

三　合理运用影音资料

鉴于辅修生的文学基础，尤其是古代文学基础普遍较弱的现状，适当运用影音资料作为辅助教学的手段，能够使学生更好地理解作品，对教学起到事半功倍的效果。

由于社会与科技的进步，一些现代化教学器材逐渐被引入了大学课堂，多媒体的普遍运用即是其中之一。总体来看，多媒体教学提高了课堂效率，丰富了教学手段，激发了学生们的学习兴趣，在课堂上发挥了举足轻重的作用。但是，就古代文学课程教学来看，多媒体教学的运用形式仍较为单一，大多都是运用 PPT 课件，取代传统的板书，而对影音资料的运用则较为忽视。中国古代文学的课程，先秦文学主要是以历史散文与哲理散文为主；唐宋文学则主要以诗词教学为重心；元明清阶段，叙事文学，如小说、戏曲则成为重中之重。结合辅修生古代文学课程的课时量及教学目标的特点，笔者认为应该在课堂上适当播放相关视频，尤其是元明清文学的教学，更当如此。教师讲授先秦文学时，可以选一些反映先秦时期思想、文化特征的视频，以便于学生对先秦文化形成感性认识，不至于因感觉先秦散文艰涩难懂而变得索然无味，甚至成为精神包袱。讲授唐宋诗词时，可以播放一些古诗词诵读的视频，让学生们在抑扬顿挫的朗读声中，感受古典诗词的艺术魅力。较之以抒情文学为主的其他阶段的文学，元明清时期主要以叙事文学为主，需要阅读的内容多，如何能让学生熟悉文本，在短时间内迅速提高阅读量，在课堂上形成良好的互动效果，是辅修生古代文学教学面临的一个十分突出的难题。笔者通过一学期中国古代文学（下）课程的教学实践发现，合理运用影音资料，恰可以发挥其长处，不但摆脱了戏曲、小说等文学样式教学过程中的困境，还极大地提高了学生学习的兴趣。

例如，元代文学以戏曲为主，包括杂剧和南戏等。元杂剧中的名篇有关汉卿的《窦娥冤》、王实甫的《西厢记》等，南戏中的重点篇目有高明的《琵琶记》。明代文学中也有汤显祖《牡丹亭》这样的重要作品。面对如此众多思想深刻、艺术成就突出的作品，传统的教学方式一般是先介绍作者生平经历，然后讲解作品的主要内容及思想内涵，最后分析作品的艺术特色。这种授课方法，若只从剧本的角度考虑，自然是比较合理的。然而，戏曲本身是一种综合性的舞台艺术，要想将剧本理解透彻，就不能不考虑戏曲的其他因素，从整个舞台表演角度来鉴赏戏曲。汉语言文学辅修生的生源复杂，很多学生的专业与中国传统艺术距离较远，加之现在许多人对戏曲等传统艺术不感兴趣，仅通过文本分析，很难让他们理解这些戏曲作品的舞台效果，造成将剧本当成小说学习，仅从了解故事的角度学习文本的不利局面。这样的教学方式难以培养学生的审美能力及作品感悟能力，更无法让学生全方位地体验戏曲所带来的美感，使本已对戏曲不太感兴趣的学生，更加觉得索然无味，从而直接影响课堂教学效果。

可见，单单依靠传统的教学方式，已无法满足辅修生的中国古代文学，特别是元明清文学的教学需要。笔者在这一学期的教学过程中，尝试选取《窦娥冤》《西厢记》《牡丹亭》等戏曲中有代表性的演出视频播放，取得了良好的课堂教学效果。通过观赏视频，学生们不但对剧本有了深刻了解，而且对剧中人物形象，如窦娥、崔莺莺、张生、杜丽娘等产生了更直观的舞台感受，从而极大地调动了他们的学习兴趣和积极性。因此，合理运用影音资料是辅修生古代文学教学改革的一个重要方向，值得任课老师尝试、推广。

四　建立合理的考核体系

　　一般情况下，对于文学院汉语言文学专业的学生，古代文学课程往往采取学期末闭卷考试的测试方式。综合成绩则为平时成绩与期末考试成绩按照一定比例折算后所得分数，一般期末考试占 70%，平时成绩占 30%，折算后的综合成绩超过 60 分即为通过。这种考核方式对汉语言文学本专业学生来说是适当的，也能较好地反映出学生们平时的学习表现及对知识的掌握情况。但是，若将这一考核方式生搬硬套到辅修生的古代文学课程考核上，则暴露出诸多弊端。

　　对学生进行期末考核的最终目的，是要通过相应的评价方式检验出我们设立的教学目标是否完成。基于辅修生生源特征而设定的古代文学课程教学目标，既包括传授知识，又涉及自主学习能力的提高，更有人文素养的培养，后两者都难以从试卷考察中表现出来。因此，针对辅修生的古代文学课程，要建立合理的考核体系。结合这一学期的教学实践，并借鉴同行和同类课程的考核经验，笔者认为应当将考核的重心放在平时。一方面不能忽视对学生出勤、学习态度的考核；另一方面更应重视学生的课堂表现、课下自主学习及作业完成情况，这三个考察点直接反映了学生的自主学习能力及人文素养，在考核评价时，要占到足够的比例。以上两方面的考核成绩，应该占综合评定成绩的 50%～70%。

　　传统知识点积累的考核，也不应直接考查死记硬背的知识，而是要结合辅修生的生源特点，因材考核，考查其应用知识和转化知识的能力。这就要求教师在命题时，能够结合不同学生的专业背景，出一些综合性的试题，尽量让每位学生利用所学古代文学知识，都能从某一角度给予解答。

　　综上所述，辅修生的古代文学教学存在改革的空间，笔者仅就明确课程目标，突出教学重点，教师因材施教，学生自主学习，合理运用影音资料，建立合理的考核体系等几方面做了分析，希望能够通过笔者的简单思考，引起辅修生任课教师的广泛探讨。

参考文献

1. 胡祥云. 以"学"为主体，在实践中求真知 [J]. 高等师范教育研究，2001，7（4）：23-25.

2. 刘贵生. 非汉语言文学专业的古代文学教改刍议 [J]. 高教研究：西南科技大学，2013，12（4）：50-52.

3. 曾晓娟. 试论影音资料对元明清文学教学的促进作用 [J]. 高等教育研究，2014，9（3）：52-54.

4. 康金声. 新时期古代文学教改与教材建设得失浅议 [J]. 山西广播电视大学学报，2000，6（2）：21-22.

汉语言文学师范专业课程地图
设计与构建初论

张桃洲 *

摘　　要：高校汉语言文学专业的人才培养模式和课程体系的某些方面，越来越显出与社会形势和需求的脱节，有必要从更宏阔的视野和构架出发对之进行调整或重新规划。因此，课程地图对当下高校汉语言文学专业尤为重要。本文拟从课程地图设计与构建的角度，初步提出一些关于汉语言文学师范专业人才培养模式和课程体系的新设想。

关键词：课程地图　汉语言文学师范专业　人才培养模式课程体系

汉语言文学师范专业是高等师范院校最基本的常设专业之一。在长期的发展过程中，该专业已经形成了相对成熟、稳定的人才培养模式和课程体系。然而，随着社会形势和需求的变化，该专业的人才培养模式和课程体系的某些方面，越来越显出与社会形势和需求的脱节，有必要从更宏阔的视野和构架出发对之进行调整或重新规划。本文拟从课程地图设计与构建的角度，初步提出一些关于汉语言文学师范专业人才培养模式和课程体系的新设想，不当之处敬希方家指正。

---

* 作者简介：张桃洲，首都师范大学文学院教授。

一　问题的提出

近年来，笔者调研了国内部分师范院校的汉语言文学师范专业和一些综合性大学的汉语言文学专业，发现各校汉语言文学师范专业虽然在具体的专业规划、课程设置等方面存在一定差异，但从总体情况来看，各校人才培养方案和课程框架大同小异，课程体系大致涵盖公共课（或通识课）、专业基础课、专业方向课及教育类课程等板块。应该说，经过多年的教学实践和培养过程的累积，汉语言文学师范专业的课程结构已经趋于固定，特别是其中专业基础和必修所涵括的课程更是自成相对稳定的体系，略有变化的是专业选修课程群，而选修课程的改变却又难以避免因人设课的弊端。

除去公共课（或通识课）之外，目前汉语言文学师范专业课程的基本构成是：

从大的类别来说，一般分为语言类课程和文学类课程。语言类课程主要包括现代汉语、古代汉语、语言学概论等，现代汉语又可以分解为现代汉语语音学、现代汉语词汇学、现代汉语语义学、现代汉语语法学、现代汉语修辞学、现代汉语语用学等；文学类课程包括文学史（中国古代、中国现当代、外国）课程和文学理论（文学概论、中国文学批评史、西方文论、文学批评）课程。虽然这两大类课程的学分、所占比重在不同学校会有差别，但它们基本上是汉语言文学师范专业纳入必修的基础性骨干课程。

不过，在进行课程设置的过程中，上述骨干课程的分布常常会出现不均衡的情况：一是语言类课程与文学类课程的不均衡，往往是后者在学分、课时方面多于前者。二是在文学类课程中，文学史课程占了相当大的份额，比如"中国古代文学"一般分为4段，需要4学期完成授课，且每学期安排3~4课时（相应的学分为3~4学分）；"中国现当代文学"一般分为现代和当代2个时段，需要2~3学期完成授课。文学史课程占据了较大比重的学分和课时，其不合理性和弊端曾引起过关注和讨论，不过这样的格局在一段时间内似乎难以改观，因为那些课程往往被认为是"必须"的。在文学类课程中还有一种倾向值得留意：文学理论课程所用的课时远远较与作品分析相关（后者一般为选修课）的课程要多，大概缘于授课者对理论的重视程度高于对作品的重视程度。

而从实际的教学效果来看，上述课程格局形成后经过多年运行，带来了一个令人担忧的后果：学生文学作品阅读量的严重不足和阅读能力的欠缺。正如有论者指出："这半个多世纪的古代文学教育本末倒置——教师忙着编文学史，学生忙着背文学史，古代文学作品被忽视，大多成了文学史附带的'参考资料'。学生只记住了文学史上的甲乙丙丁，很少诵读甚至根本不细致翻阅古代文学作品"；"不少大学中文系本科古代文学必修课只上'中国文学史'，砍掉了'历代文学作品选读'，'作品'只是在文学史课堂上附带讲到"[1]古代文学史课程如此，其他文学史课程也不例外，教师对文学史的要求淹没了学生阅读文学作品的兴趣。显然，文学理论课程的"强势"，也是导致这一后果的原因之一。

与此相关的另一后果是学生写作能力的弱化。这主要是两方面的因素造成的：一是课程设置本身的缺陷，在课程体系中未设或少设写作类课程；二是教师在授课中对写作类课程的误解、误用，虽然有些培养方案里设置了"基础写作""应用写作""文章学"之类的课程，但教师对这些课程的讲授大多偏重于理论介绍或原理阐述，较少写作实践的示范，所谓写作往往流于"纸上谈兵"。学生没有实操训练的机会，也就谈不上获得实践的能力了。这一点，与学生平时缺少文学作品阅读量也是联系在一起的。

从以上分析可知，汉语言文学师范专业人才培养方案从课程设置等方面来说是存在一定问题的。事实上，即便在相同或相似的课程框架或体系下，也会因为课程学分、学时与课程顺序的不同，而产生差别很大的教学效果。此外，课程与课程之间的逻辑关系明晰与否，也会影响课程教学实际效果的好坏。在此情形下，引入近年来流行于欧美、我国台港地区的课程地图的观念，并借鉴其做法设计与构建专业课程地图，对于调整汉语言文学师范专业人才培养方案及课程体系便有了切实的意义，甚至有着某种紧迫性。

由于地图本身的形象性和直观性，因此它很容易被借用于呈现课程体系的构建过程以及课程与课程之间的有机关联。[2] "课程地图可透过视觉呈现课程关键内容，协助教职员及学生彼此了解课程关联性，协助学生评估其能学习什么，何时学习，如何学习；此外，课程地图可让所有参与人员，包括教师、学生、课程开发者、管理者、社会大众及研究者更清晰地了解课程"[3]。因此，从课程地图的目标和意义来看，其设计与构建的出发点、着眼点应在于：一方面，推进课程体系的进一步优化与合理化，便于学科资源优势向专业发展的转化；另一方面，强化课程与课程之间的逻辑关系，加强学生的课程学习与就业选择的互动联系。总之，通过课程地图的研制来寻求人才培养模式的变革之途。

二　依据与构架

按照新的课程地图的理念，课程地图的设计与建构应改变传统的以学校或教师为中心的课程体系，将课程的重心转移到学生身上，以学生的需求为导向："课程地图最主要的使用者为学生，课程地图可指引学生清晰而完整的修课或活动学习路径，强化其意向感与责任感，满足学生统整研究指引，并作为学习工具，以及自我评量的需求。"[4]这就是说，课程地图设计与构建的一个基本原则是：以学生为本位，突出学生的能力培养，关注学生未来发展方向，重视学生与社会需求相适应的程度。

具体到汉语言文学师范专业课程地图的设计与构建，整个人才培养方案和课程体系的建立，其实质就是要解答如下问题：培养一名合格的汉语言文学师范专业本科生，在四年期间究竟必须开设哪些基本课程？这些课程之间的逻辑关系应该是怎样的？更进一步，为了开阔学生的视野、丰富其学养、培养其技能，还需要提供哪些补充性或辅助性的课程？简言之，如何培养一名最大限度地满足社会需求、发挥其个人才能的师范生？

如前所述，现有的课程设置有着似乎无可避免的不均衡与不合理之处。如果单纯从理论层面设想一名师范生"必须"修习的课程，很多课程看起来确实是不可或缺的，比如语言类课程、文学类课程以及教师教育类课程。不过，可否从功能的角度对课程进行分级、分层？可否对同类型的课程在要求、讲授方式上作出区分？以语言类课程为例，必修的基础性课程除了前面提到的古代汉语、现代汉语、语用学概论之外，还应包括音韵学、训诂学、文字学、古代文献学，甚至语义学、修辞学等。但这些课程倘若要求学生全部"必须"修习的话，学生的时间、精力难以应对不说，学习的效果恐怕也无法保证。这就要求在设置课程时，从夯实基础、拓展视野、精深钻研等方面，对课程的不同要求和层次作出区分。

目前的文学史课程及其讲授方式引起了较多的诟病，这提醒人们在设置课程过程中应该转变思路，力求消除弊端。一个或可思索的路径是：能否在保证文学史基本内容的前提下，适当补充文学作品阅读和分析课程？例如，20 世纪 30 年代后期，朱自清在主持拟订《中国文学系必修科目表》时，尽管考虑到"中国文学史"的重要性，将之分为 4 段、4 学期讲授，但同时安排了"专书选读"4 学期，要求分别从群经、诸子、《史记》或《汉书》《楚辞》《文选》《杜工部集》《韩昌黎集》中各选一种进行研读，另设有"历代文选""历代诗选"课程；此外，在《中国文学系选修科目表》中，还安排了"词选""曲选""小说选读""戏曲选读""专集选读"，以配合、补充必修课的"专书选读"[5]。朱自清在《部颁大学中国文学系科目表商榷》一文中还解释说："学生应该多读专书……但专书太多，得加别择；专集可斟酌列入选修科目，古典名著却该列入必修科目。"[6]这就将作品选读课程与文学史课程置于同等重要的地位。然而，多年以后大学中文系课程各部分的比重出现了倾斜，文学史课程发展成为压倒性的主干课程，而"抑制"了作品类课程的延续和生长。

从课程地图设计与构建的内在要素来看，课程设置的合理与否，一个重要的标识是其与专业培养目标、核心能力之间关联的紧密程度的大小。汉语言文学师范专业的培养目标是：本专业主要培养具有汉语言文学基本理论、基本知识和基本技能，具备较高的语文素养、能够在中小学（含初、中等学校）进行汉语言文学教学和教学研究的教师、教学研究人员及其他教育、文化工作者；本专业的核心能力包括：人文素养、汉语言文学基础知识、汉语言文字的理解与运用能力、文学阅读与鉴赏能力、写作能力、学术研究与创新能力、教学设计与实施能力、教学研究与反思能力。围绕这样的培养目标和核心能力，除去一般的通识必修课程外，专业课程体系应体现为 4 个基本层面，其结构如下：

1. 专业基础课程：跨院系选修，掌握文史哲基本知识，为学习提供视野与框架
2. 专业核心课程：（1）语言学；（2）文学史（古代、现当代、外国）；
　　　　　　　　　（3）文学理论；（4）写作原理；（5）教师教育
3. 专业方向课程：（1）阅读训练；（2）写作训练；（3）课群选修：a 语言学；
　　　　　　　　　b 文学史（古代、现当代、外国）；c 文学理论；d 教师教育；
　　　　　　　　　（4）特色选修
4. 实践课程：包括教育实践、毕业论文等环节

　　从表面上看，这一构架似乎与以往的课程体系并无明显的差异，但仔细辨析后不难发现，课程设置的重心发生了转移：通过大量的选修课群和专业训练（阅读、写作），为学生提供更多的技能习得机会——那些取向各异的选修和训练课程对应着不同的核心能力。当然，在具体的课程设置过程中，应格外留意课程开设学期，建立课程与课程之间恰切的逻辑关系。比如，古代汉语必然在古代文学之前、中国现代文学必然在中国当代文学之前，通过"先修"课程的设定和技术手段，引导学生循序渐进地修习课程。

三　专业基础与教育技能

　　汉语言文学师范专业作为汉语言文学和师范两种专业的交叉点，无论是在汉语言文学诸种专业还是各师范专业中，均有着无可替代的特殊性。"汉语言文学"和"师范"既是汉语言文学师范专业的内在规定性（专业属性），却又因为二者目标指向、专业要求的差别而常常面临厚此薄彼、两相不谐的"矛盾"。那么，在标明专业内涵的"汉语言文学"和彰显专业特色的"师范"之间，究竟孰轻孰重？实际上，从课程地图设计与构建的角度来看，汉语言文学师范专业在专业基础与教育技能上应该并重，应该在明确的专业归属（"汉语言文学"）的前提下，着眼于语文教育教学（"师范"）技能的培养；问题的关键不是哪一方面占据主导地位，而是二者如何相互融合、如何齐头并进。

　　在历史上有可资借鉴的例子。1939 年 12 月，主持国立西南联合大学师范学院国文学系系务工作的罗常培提出《师范学院国文学系课程意见书》，

认为师范学院国文学系的课程设置与教学应该突出四点：（1）训练宜"能"与"知"并重；（2）读书须"博"先于"精"；（3）要提倡对中学国文教材及教法的研究；（4）要注意培养有利于推行国语教学的人才。在他看来，"为把学生培养成优良的中学国文师资，国文学系必须增加各体文习作的次数。习作先让学生互相批改，然后再由教师批改；要实行读书指导，一学期精读一两种中西要籍，每两周写一篇读书报告，交导师批阅，并开展讨论，做到'博'而不漏；在教师指导下，进行语文教材的笺注，分析，集体讨论与备课；搜集中学生习作中普遍的病句，加以分类整理，提出对症下药之方案"[7]。当时，著名作家沈从文就在西南联合大学文学院中文系和师范学院国文学系开设了相关课程："国文读本""国文作文""各体文习作（一）""各体文习作（二）乙（语体）""各体文习作（三）""创作实习"等，其中"各体文习作（一）"开设 9 次、"国文读本"开设 7 次。[8]这体现了对师范生培养从指导原则到教学实践的一致性。

由上面的例子并结合前述的朱自清对专书和经典研读的强调，可以看到汉语言文学师范专业人才培养中专业积累的基础性地位，只有具备了扎实的专业基础和一定的专业水平，才能够进一步发挥专业特色。这些年，首都师范大学汉语言文学师范专业早就意识到专业基础的重要性，通过编写《汉语言文学专业本科生必背诗文名篇》（左东岭主编，北京大学出版社，2010），指导学生树立专业意识、注重专业积累，并开展长诗背诵大赛等活动，激励学生加强自身的专业认知、找准自身的专业定位、夯实自身的专业基础。

参照前人的良好经验和成熟做法，基于课程地图的总体构架，汉语言文学师范专业课程应着重培养学生的两大核心能力："阅读"与"写作"。可根据这两大核心能力，设计一些具有连贯性、延续性的课程群，在不同学期分别开设一门"阅读类"课程和"写作类"课程。在"阅读类"课程中可开设：儒家经典导读、《庄子》内篇精读、《诗经》精读、《楚辞》精读、先秦两汉散文精读、《孟子》精读、《左传》精读、《史记》精读、《世说新语》精读、《文心雕龙》精读、《文选》导读、唐传奇导读、中国文论经典导读、西方文论经典导读、现当代短篇小说选读、现当代诗歌作品选读、现当代散文选读、现当代话剧选读、外国现代派作品选读、东方文学经典选读、古希腊悲剧选读、莎士比亚选读、但丁选读、歌德选读、泰戈尔选读、托尔斯泰选读、卡夫卡选读；"写作类"课程除写作原理（基础写作）、应用写作外，还可开设：诗词鉴赏与写作、现代诗写作入门、小说写作初步、话剧鉴赏与创作、文学评论写作、学术论文规范与写作等。强调原典的精读或选读，部分课程可以将不同文类作品的研读与创作结合起来，以阅读带动写作。

教育技能是汉语言文学师范专业的另一翼，从这方面来说，理论学习固然重要，但更为要紧的是实践环节，需要增加微格训练、见习、实习等实训课程的分量和方式，比如从第二学年起，每学期安排 1 学分、至少 1 周的见习，实地观摩优质课堂教学。还有必要设置实用书法训练课程，强化学生的"三笔"基本功。必须格外提出的是，基础性的教师教育类课程除一般教育原理、教学技法等课程外，还应纳入一些培养"阅读"能力（其实也是一种教育技能）的课程[9]，如儒家经典导读、先秦两汉散文精读、古诗文吟诵、鲁迅研究、现代小说选读、当代小说选读、新诗经典选读等。

四　结论

早在 20 世纪 70 年代，西方一些课程研究专家就提出了课程地图的概念。课程地图的确会带来观念的更新和全方位的互动：从学校方面说，"可以全方位地重现实际教学活动，并根据不断变化的具体需求，如专业资源的调配需求、学生就业的需求以及知识更新的需求等，对课程计划进行讨论并及时作出更新调整，从而提高高校课程设计的时效性、灵活性和实用性"；从教师方面说，"将实际教学活动与学科课程设置标准进行对照，改善教学方法和教学资源的合理配置，丰富教学内容和形式，确保教学活动能够达到课程标准"，并"适当调整和改进课程内容、技巧和评估手段"；从学生方面说，"了解本专业的课程设置及内容，明确学习目标和实现途径，从而整体规划自己的学习，掌握学习主动权，提高学习成绩[10]"。从上述分析亦可预见，课程地图也将极大地推动人才培养模式的变革。

　　不过，课程地图在实施过程中可能会遇到某些需要进一步解决的问题。其一，课程地图本身面临着从构想到实践的困难，虽然在课程地图设计与构建过程中征询多方意见，并充分考虑到了多重因素，但由于课程地图强调课程与课程之间的逻辑关系，在课程的设置上难免带有某种预设性和理想化色彩，课程在逻辑关系和理论上的"必须"性有时高于甚至取代了需求上的"必须"性，在实际的教学中首先会面临师资（以及相关教学团队建设）的困难。目前高校因人开课的现象较为普遍（其弊端可想而知），从逻辑关系或需求出发的课程设置势必会改变这种状况，但课程教学能否完全落到实处，很大程度上取决于师资到位与否及师资自身素质的高低。其二，由于课程地图要考虑学生的未来发展去向，因此其中部分课程对于学生的职业规划有很强的针对性和指导性，但这些设计或课程或多或少地具有笼统性和滞后性，难以应对瞬息万变的个体发展需要和社会对人才的要求。

　　毫无疑问，随着时代、社会环境的变化，课程地图应重视并根据基础教育、社会发展的需求而不断作出调整，使之保持动态的活力。

参考文献

1. 戴建业. 大学中文系古代文学教学现状与反思［J］. 华中师范大学学报（人文社会科学版），2013，52（4）：84–91.

2. 中国人民大学公布了其本科人才培养改革路线图，亦采用了直观的"地图"模式，相关报道见 http://news. xinhuanet. com/politics/2013–06/15/c_116156339. htm.

3. 吴国瑞、田秀萍、杨正宏. 课程地图规划建置之探讨［J］. 工业技术与职业教育，2011，9（3）：1–8.

4. 吴国瑞、田秀萍、杨正宏. 课程地图规划建置之探讨［J］. 工业技术与职业教育，2011，9（3）：1–8.

5. 见《朱自清全集》第二卷，第12、13页，江苏教育出版社1988年版。这里有一个背景需要提及，后来中国文学系分为"文学组"和"语言文字组"，两组的课程设置各有侧重，"文学组"课程沿用此科目表。

6. 朱自清. 部颁大学中国文学系科目表商榷［A］. 朱自清全集［M］（第二卷）. 江苏教育出版社，1988：11.

7. 参阅《国立西南联合大学校史》，第397页，北京大学出版社1996年版。

8. 参阅《国立西南联合大学史料·三》，第117~415页，云南教育出版社1998年版。

值得一提的是，20 世纪 50 年代以前大学中文系的很多课程（包括文学史课程）是由兼有作家、学者身份的教师讲授的。近年来国内一些大学如复旦大学、中国人民大学、北京师范大学等，也开始聘请作家到学校任教。

9. 确立这一观念尤其重要，教育技能不仅与教育学、教学法课程有关，而且与专业基础课程密切相关。

10. 柯晓玲. 国外高校课程地图探析 [J]. 高教探索，2012（1）：59－62.

文献阅读与文化传承

——中国古代文献学教学改革

踪训国　陈英杰　李　红*

摘　要：为了提升"中国古代文献学"课的教学质量，我们借鉴著名学者刘道玉先生的 SSR 教学模式，精选能够代表中国传统文化的经典著作凡 32 种，按照经、史、子、集四部加以编排（其中包含文学经典、史学经典、哲学经典、艺术经典、科学经典等），指导本科生进行课外选读，择其精华，制作课件，然后在课堂上进行宣讲、交流、切磋。这种方式极大地激发了学生的读书热情和科研兴趣，收到了意想不到的教学效果，将一门相对枯燥的课程改造成提高本科生人文素质、弘扬中华民族优秀文化的平台。

关键词：文献　经典　教学模式　教学效果

中国古代文献学是一门探讨我国古典文献的源流、形态、构成、整理、释读方法，以及文献检索和利用的科学，学生通过这门课的学习，可以在较短的时间内了解中国传统文献的家底，掌握最基本的文献认知和整理能力，为以后的深造打下基础。但中国古代文献学又是一门比较枯燥的课程，因为大部分本科生没有接触过原版古籍，阅读古代文学作品十分有限，而且大都是阅读校注本或者译注本，对于繁体字较为陌生；此外，本课程所涉及的经史子集各类文献，令人有零散琐碎、千头万绪之感。为了提高本

---

*　作者简介：踪训国，首都师范大学文学院教授，李红，首都师范大学文学院副教授、研究生导师。

科生学习的积极性、主动性，避免教师单向讲授所带来的枯燥乏味之感，提高课堂教学的质量和效果，我们在教学模式上进行大胆的探索和革新。具体方法是：布置课外阅读书目，将教师传授与学生课后读书相结合；安排课堂交流，让学生走上讲台发表阅读感想，交流读书心得；教师进行点评和指导。通过这种方式，极大地调动了学生的学习积极性，使课堂气氛十分活跃，起到了事半功倍之效。本项目的研究有效地增加了学生的课外阅读量，加大了课堂讨论的比重，加强教师课后指导和课堂点评的工作，激发学生的学习兴趣。现将项目研究和执行情况汇报如下：

一 项目研究的理论依据

中国传统的大学教育，采用的是"三中心"教学模式，即以教师为中心、以课堂为中心、以课本为中心。这种教学模式有利于教学大纲的贯彻和实施，但是把学生当作被动的客体，妨碍了学生广泛阅读、深入思考，不利于创造性人才的培养。为了改变这一局面，著名教育家、前武汉大学校长刘道玉先生发表了《关于大学创造教育模式的构建》（《教育发展研究》2000 年第 12 期）一文，提出了著名的"SSR 模式"。第一个 S 是英文词组"Study independently"的缩写，可译为自学或独立的学习，是由学习者自己完成学习的一种方式。第二个 S 是英文单词 Seminar 的缩写，指大学生在指导下进行课堂讨论的一种形式，有时也指讨论式的课程。R 是 Research 的缩写，意思是研究、探索。这一教学模式，是在充分吸收、借鉴西方一流大学的教学经验，并且深入考察中国高校教育教学实际状况的基础上提出的，十分有利于创新型人才的培养，代表了新时期中国高等教育的发展方向。

二 项目研究的步骤和方法

将刘道玉先生的 SSR 教学模式与中国古代文献学的课程实际相结合，我们制定了以下教学步骤，并付诸实施：

（1）教师精选能够代表中国传统文化的经典著作，包括文学经典、史学经典、哲学经典、艺术经典、科学经典等，凡 32 种。这些经典著作涵盖经史子集四部，并且按照经史子集的顺序向学生展示，使学生对于传统文献的分类有直观了解，对传统文化经典的认识更为具体。具体书目如下：

经部：《周礼》《礼记》《左传》《论语》《孟子》《尔雅》《说文解字》；

史部：《汉书》《后汉书》《三国志》《资治通鉴》《水经注》《洛阳伽蓝记》《大唐西域记》《金石录》；

子部：《韩非子》《老子》《庄子》《孙子兵法》《农政全书》《茶经》《梦溪笔谈》《高僧传》《本草纲目》《世说新语》；

集部：《李太白集》《杜工部集》《昭明文选》《乐府诗集》《古文观止》《唐诗三百首》《文心雕龙》。

（2）学生自选经典著作进行课外阅读和研究，教师根据每种文献的特点分别进行读前指导和提示，要求学生查阅权威注本和相关研究著作。如《左传》《论语》使用杨伯峻译注本，《老子》《庄子》使用陈鼓应今注今译本，《汉书》《三国志》《资治通鉴》《乐府诗集》等使用中华书局标点本，《本草纲目》使用人民卫生出版社标点本，《茶经》使用沈冬梅校注本，《世说新语》使用余嘉锡笺疏本，《李太白集》使用王琦注本，《杜工部集》使用仇兆鳌注本，《文心雕龙》使用范文澜注本或者詹锳义证本等。

（3）课前汇报与指导。课前安排时间单独见面，让学生汇报读书体会，进行个别指导。例如于明爽同学对《左传》的无经之传、《左传》的作者问题感兴趣，便指导她阅读相关研究成果；王思同学对《尔雅》的石经本感兴趣，便指导她逐句阅读开成石经本郭璞《尔雅序》；刘浩同学对《说文解字》的版本感兴趣，便指导他通过具体内容的比较考察不同版本的异同；张旭同学对《古文观止》感兴趣，就指导她阅读其中的《郑伯克段于鄢》《出师表》等名篇，分析编者对这些名篇的评点与注释。通过个别辅导，提高了学生的学术水平和科研兴趣。

（4）课堂交流：学生走上讲台，以 PPT 课件的方式展示自己的学习和研究成果。不少学生不仅讲授内容丰富具体，有一定的思想深度，而且课件新颖活泼，有的还注意到与其他同学的互动、交流，课堂气氛活跃。例如曹美辰同学在介绍《汉书》时，带领同学们阅读《高帝纪》《高后纪》《外戚传》的相关语段，引导大家将史书记载与当下流行的电视剧如《美人心计》等作比较，趣味盎然。又如刘雨心同学介绍《世说新语》，与同学们共同阅读《德行》《言语》《容止》《任诞》中的若干片段，理解魏晋士人的生活状态与精神风貌。其中对"荀巨伯探友"一段的讨论，还涉及中华民族传统美德的传承问题，很有现实意义，也是对文献学课程教学的升华。应洁同学介绍《本草纲目》，首先展示了一些中草药的图片，如板蓝根、徐长卿、景天、龙葵、紫萱、荔枝草等，让大家辨认，然后介绍这些中草药的药性、功能主治及其在人们日常生活中的重要作用，进而探讨《本草纲目》的成书、内容、价值和影响，设计巧妙，趣味横生。

（5）课堂指导：对学生忽略的问题进行补充，对课件制作进行指导。例如有的学生对原著内容介绍不够，需要加强；有的学生对重要版本没有介绍，对研究成果关注不够；有的课件背景太暗，或者字体太小，影响了展示效果；还有的学生虽然备课充分，但是缺乏剪裁，内容上混乱芜杂；或者只管低头看课件、稿子，不敢直视同学，不能与听众进行有效的交流。最后对进一步的阅读和研究提出建议。

（6）学生完善课件，提交读书成果。学生根据课堂展示的效果和出现的问题，对课件进行修改、完善，然后提交最终成果。

三　项目研究的收获和思考

通过项目研究，发现首都师范大学本科生具有惊人的学习潜力，只是我们没有深入挖掘，没有将他们的兴趣和潜力激发出来。我们讲授中国古代文献学课已经12年，备课非常认真，课件反复斟酌、修改，亦绞尽脑汁地穿插动人情节，以提高课堂教学的趣味性，但学生仍然不买账，他们在课程结束时的评价仍然是：老师不错，但课程枯燥。中国古代文献学的课程特点，决定了这门课不具有故事性和趣味性，也不针对某一具体文献，而是中华民族传统文献的全部，其中文献分类枯燥乏味，文献目录味同嚼蜡，重点文献介绍亦皆浮光掠影，不能激起学生的学习兴趣。因而，增强课程的趣味性、激发学生学习兴趣是提高本课程教学质量和效果的关键。通过多年的思索和实践，我们终于发现，可以通过指导学生课后研读、课堂交流的方式，增强教学互动和交流，既能活跃课堂教学气氛，又能从根本上化枯燥为趣味，变单向为双向，以激发学生的学习兴趣，提高本科教学的质量。令人万万没有料到的是，有个班 48 名同学，竟然有 35 名报名参加教改实验，但由于时间关系，只能选择 10 名同学走上讲台展示。本来学生公认的枯燥乏味的课程，竟然变得如此生动，如此生机勃勃。这正是教改的巨大成功之处。

学生的课堂交流，颇有出乎意料的地方。比如赵文菲同学介绍《说文解字》，不仅能够将该书的作者、版本（包括唐写本）、体例、内容、研究著作等进行全面介绍，而且对一些常见字形进行了科学分析，板书工整清楚，能够反映一些字形的古今演变，可见是下了大功夫的。刘浩同学也讲《说文解字》，但他的重点是对《说文》不同版本的介绍（他本人就已经购置或复印了 20 余种版本），尤其是对于早期版本如敦煌"木部"残卷、日本人临摹的"口部"残卷进行介绍，甚至通过查阅《说文解字诂林》，对不同版本、注本中"桎"字的解释进行比较，发现敦煌本在"足械也"之下多出"所以踬地" 4 字，而大徐、小徐本没有，但是唐代陆德明《经典释文》、宋李昉《太平御览》等引《说文》皆有此 4 字，敦煌残卷保存了《说文》早期抄本的面貌，具有十分重要的校勘价值，讲得很有深度。又如曹美辰同学介绍《汉书》，系统地介绍了此书的体例、内容、版本、影响等，但在介绍《高帝纪》《高后纪》和《外戚传》时，她不失时机地征引了书中对于吕太后、王皇后、卫子夫等汉初后妃的记载，然后与时下流行的电视连续剧如《美人心计》《楚汉风云》《吕后传奇》《神话》等中间的情节进行对照（课件上出现了几幅剧照），既阅读了原著，揭示了真实可靠的历史事件，又指出了电视剧对历史的利用与改造，教室里笑声不断，令笔者大为惊叹！又如侯晓彤讲解《孟子》的版本和注本，并不是泛泛而谈，而是在介绍不同版本状态及其优劣的基础上，重点将赵岐《孟子章句》、朱熹《孟子集注》和焦循《孟子正义》进行比较，先是训释体例的比较，再是阐释思想的比较，最后得出"赵岐注重训诂，兼重句意的诠释；朱熹注重义理，兼重词义的解释；焦循围绕赵岐注进行解释和补充"，"赵岐和焦循支持性善论并有自己的阐释特色，朱熹指出了气质之恶，完善了性善论"等一系列结论，颇有深度。李美庆同学讲《资治通鉴》，介绍司马光编纂此书的背景及其准备工作，例如《历年图》《通志》的撰写，为常人所忽略；在肯定其史料价值的同时，亦指出其"先有观念，后有历史"的偏颇，并且以刘备为例进行说明：《三国志》说刘备"不甚乐读书，喜狗马、音乐、美衣服"，而《资治通鉴》却说他"有大志，少语言，喜怒不形于色"，由于司马光奉刘备为正统，所以有意对史料进行剪裁，反而遮蔽了一些历史事实。杜一鸣同学讲解《老子》时，从"道与治国之道""道与圣人之道""道与为人处世之道""道与养生之道"的角度理解"道"在人类社会中的作用，帮助同学理解"道"的内在含义，分析比较透彻。张旭同学讲《古文观止》，不仅将此书与同时代的《古文渊鉴》《古文雅正》《古文词类纂》《才子古文》等作比较，以揭示其特点、风格，分析其流传广泛的原因，而且通过阅读、欣赏《郑伯克段于鄢》中吴楚材、吴调侯的评注，重温高中老师的讲课内容，并且与清人评点进行比较，体会清代以来语文教育的传统与演变，很有趣味。

还有一点需要补充。首都师范大学的男生较少，有些男生基础不好，学习态度也不够认真，甚至常常有翘课现象。这是一个需要特别关心的小群体。某班只有4名男生，我在课前找他们谈话，告诉他们本课程将进行教改实验，督促他们不要畏缩，不要输给女生，一定要给男生争面子！果然，我在课堂上宣布经典著作时，他们4人都报名参与，后来有2名同学做了课堂演讲。尽管他们的认真程度还略逊于女生，课堂效果也十分一般，但都没有掉队。其中李健男同学介绍《三国志》，内容丰富，脉络清晰，风趣幽默，赢得阵阵掌声。这是本课题研究的附加收获。

总之，学生通过课前读书、教师指导、课堂展示等环节，不仅阅读了经典原著，对传统文化加深了理解和认识，而且提高了学习的兴趣和主动性，增强了学习的信心，培养了读书、科研、课件制作、语言表达等多方面的能力。将一门相对枯燥的课程改造成提高本科生人文素质、弘扬中华民族优秀文化的平台，是本课题研究的最大收获。

当然，本研究也有缺陷。由于学生读书热情较高，报名积极踊跃，但在课堂上又没有充足的时间进行展示，只能选择其中最有新意的10种课件进行交流。有些同学经过精心准备，但未能进入课堂交流环节，深感遗憾。目前我们正在思考新的方式来弥补这一缺憾。比如组织文化经典论坛，或者国学沙龙等，让学生课后将个人的学习心得进行展示、交流，以弥补课堂教学之不足。

专业素质培养与教学研究

将"经典的阅读"融入课堂
教学的策略研究

陈亚丽[*]

摘　要：在文学课程的教学活动中，对于经典的阅读是其中的重要环节。但是目前的学生，阅读积极性几乎为零，因此在有限的课堂教学活动中充分调动学生的主观能动性、引导学生对"文学经典"产生兴趣，成为至关重要的教学任务。将"经典的阅读"融入课堂教学，需要教师主动引导，要针对学生的特点采取相应措施与方法。

关键词："经典的阅读"　多媒体展示　学生收获

在文学课程的教学活动中，如何引导学生去阅读经典，是教学活动中的重要环节。但是目前的学生，阅读经典的主动性几乎归零。其中的原因是多方面的，如学生不太熟悉经典文学的时代背景，当下的学生对于纸版作品的"排斥"等。所以在有限的课堂教学活动中充分调动学生的主观能动性、引导学生对"文学经典"产生兴趣，成为至关重要的教学任务。笔者通过现代文学 2（2014～2015 年度第二学期）的教学实践，对于将"经典的阅读"融入课堂教学，做了相关的研究与尝试。笔者认为，要达到相应的教学目的，需要教师主动引导，要针对学生的特点采取相应措施与方法。

具体做法如下：

---

* 作者简介：陈亚丽，首都师范大学文学院现当代文学专业教授，硕士生导师。

　　针对学生不读经典的现象，教师需要对教学内容做出精心的调整。首先，教师要选择一些经典作品，在课堂上做细致分析，将经典作品的艺术优长给学生做解剖性的阐释，使学生对经典有一个感性的认识，并对经典产生浓厚的兴趣。这需要教师对经典作品的艺术特征进行深入的挖掘，对于经典的讲解要能真正感染学生，讲解的客观效果非常重要。其次，教师要将经典的作品列成必读书目，告知学生，并引导学生选择自己感兴趣的作品；学生阅读之后，将自己的阅读体验做成 PPT，在教师讲授相应内容之前，学生在课堂演讲 5 分钟；最后，在学生演讲之后组织其他学生进行点评，进而教师点评，并正式讲授相应内容。这样三步走的结果是，第一，将"经典的阅读"与课堂紧密结合起来；第二，充分调动学生阅读的积极性，课堂 PPT 的演讲给学生充分展示自己阅读体验的机会，阅读者将获得相应成绩。第三，效果就是锻炼了学生的思维能力和口头表达能力，学生要上课堂演讲了，必须要下功夫认真阅读作品并认真准备相应演讲内容，使阅读经典变成课堂教学的重要组成部分，使学生变被动学习为主动学习。

　　由学生直接参与教学环节的课堂，给教师提出了更高的要求，教师必须能够自如应对学生在演讲中暴露出的问题以及对演讲中的优长做出恰应评价。这对于教师的应变能力是极大的挑战，如果做好了既可以增强学生学习的热情，同时也可以使学生获得直接的收益（教师的点评对学生是最有针对性的）。教师虽然辛苦一些，但是学生将得到最大的裨益。在教学过程中，教师要特别注意几个问题：

　　第一，认真设计教学内容。根据教学大纲的要求，把可供学生选择的经典作品公示；关于什么是经典，需要教师有准确的把握。第二，详细讲解对学生演讲时的要求，不让学生去搜集有关作家的生平资料，而是要把重心放在对作品的感受上，要让学生谈出自己的真实感受。第三，根据学生演讲内容，给出相应演讲成绩。总体来说，就是教师原计划要讲解的内容，部分作品的分析先由学生演讲，主要是对于经典作品内容的分析，请学生先亮出自己的观点，这一方面可以有效促使学生自学，另一方面也锻炼了学生的口头表达能力及一定的分析理解能力。

　　这样做的结果是，学生在分析能力、理解能力等方面都得到了显著提高，关键是学生对经典产生了浓厚的兴趣，并且能够将自己的感受条分缕析地讲解出来，很好地达到了最初的教学目的。

比如王依然同学选择的阅读对象是孙犁，她在演讲时充分显示出自己对于孙犁作品的个人见解，并梳理出孙犁作品的乡土情怀这样一个核心，她的演讲内容说明了她对经典的理解与认识远远超出了教师的预期。比如她这样分析孙犁的小说作品：

> 在乡土文学里，孙犁的语言就像一朵淀里的荷花，土生土长，但又清新自然，活泼可爱。尤其是在使用比喻这一修辞上，孙犁常以乡村常见的物品、事件作为喻体，新奇个性，却又贴切自然，表现出极其明显的乡土特色。
>
> 为了形容土地的小，孙犁选取了乡村家家户户都有的"炕""锅台"来作比。这样一来，有农村生活经验的人一看便能清楚地想象出这块小之又小的庄稼地。可是就是在这样炕头大小的地方，却长出了像"铁响板"一样肥硕的豆角。这个比喻同样生动，梅花调大概是那个年代农村为数不多的娱乐方式之一。那么梅花调所用的响板自然会给农民留下深刻的印象。用铁响板作为喻体，形象活泼地体现了扁豆角的厚与大。同时，与前面的小块土地作为对比，更让人赞叹与艰苦环境作斗争的庄稼人的勤劳。
>
> 在《光荣》中，在写人们谈论秀梅和原生的姻缘时，并没有用什么"天作之合"的书面语，而是用最为朴素、简单的比喻——"谁也觉得这两个人要结了婚，是那么美满，就好像雨既然从天上降下，就一定要落在地上，那么合理应当。"将两个人的婚姻比作雨水落地那般顺理成章，我想这是朴素的农民对于一份婚姻最高的肯定。这个比喻就完全符合农民的心理、农民的身份。
>
> 鲜嫩的芦花，紫色的丝绒都是温柔而美妙的，在这种描写中，以主人公的视角展现这些景色明显地表现出战争年代朴实的村民们坚定乐观的信念。
>
> 对于芒种，爱情就像露水，滋润着他的辛苦人生，从而场院里的景色也格外静谧美好。而此时熟睡的春儿那边的景色是"养在窗户葫芦架上的一只嫩绿的蝈蝈吸饱了露水，叫得正高兴；葫芦沉重地下垂，

遍体生着像婴儿嫩皮上的绒毛，露水穿过绒毛滴落。架上面，一朵宽大的白花，挺着长长的箭。"蝈蝈、葫芦上的绒毛、未开放的白花，一切都像少男少女萌动的情愫，悄悄生长。

用比喻和夸张，将浅花的能干利落、勤劳活泼的形象展现在我们面前，而从"小旋风"等字眼里，我们又能体会到作者对于"浅花"这一人物形象的态度，那种隐含其中的热情的赞美具有十足的感染力。

孙犁笔下的乡村妇女形象：孙犁作品中的乡村妇女大多是勤劳、质朴的，这是一般农村妇女的典型形象。而在特定的战争环境下，孙犁笔下的她们又有一种甘为家国的牺牲精神、无畏无惧的乐观精神。她们或温柔、或活泼、或泼辣，孙犁用这些女人的善良、敦厚的品性弱化了战争的残酷，也传达出了农民苦中作乐的生活态度。

再比如焦磊同学对于张爱玲作品的阅读，也是比较深入的，她不仅发现了张爱玲小说中的苍凉、冷漠的特征，同时还透过这种苍凉与冷漠看到了其中所隐含着的同情与宽容。这样的经典阅读也堪称是成功的。

小说里不时显示出苍凉、冷漠之感的张爱玲，散文里则开始变得务实、坦诚、亲切，显得作者是个善良容易感到满足之人，她似乎更迫切地寻找生活里人世间那触手可及的温存，抓住现时现刻中的具体可感的民间生活。

在她的小说中，爱在贫穷、愚昧、仇恨、残杀中千疮百孔，爱的灯火在风雨中飘摇欲坠。但她在散文中并没有完全消解温情、消解爱，在那些艳异的表层及荒凉、冷漠的背景下涌动着丝丝爱、同情与宽容的情感。

经典的阅读，不仅使学生对经典本身产生了兴趣，同时还在教师的引导下去搜集了许多相关的材料。学生学会了做研究的基本功，这几乎比阅读本身更为重要。掌握了学习、研究学问的方法，可以使学生受益终身。比如刘雨心同学，在阅读汪曾祺的作品时，还主动搜集汪曾祺的创作主张以及所受到的家庭中的影响，这对作家作品的深入理解当然有着直接的益处。这位同学搜集到汪曾祺的创作自述：

> ……也许有人天生是个短篇小说家，他只要动笔，得来全不费工夫，他一小从老祖母，从疯瘫的师爷，从鸦片铺上、茶馆里，码头旁边，耳濡目染，不知不觉之中领会了许多方法；他的窗口开得好，一片又一片的材料本身剪裁的好好的在那儿，他略一凝眸，翩翩已得；交出去，印出来，大家传诵了，街谈巷议，"这才真是我们所需要的，从头到尾，每一个字是短篇小说！"
>
> ——汪曾祺《短篇小说的本质》

这位同学还搜集到汪曾祺的女儿关于汪曾祺的回忆，这样的资料对于理解汪曾祺自己的小说创作特征有直接的帮助：

> 爸爸很少用华丽的词藻，更不用一般人不熟悉的词句唬人。他所重视的是语感，是用词的准确性。他写的东西，就像高明的工匠做出的家具，材质不见得名贵，但是各个榫卯全部都严丝合缝，很见功夫，不像有的作家喜欢自铸新词，爸爸的文章基本上是大白话，他也不用把名词形容词当做动词一类的"新语法"，认为这只是哗众取宠。
>
> ——《一辈子只会写短篇》（选自《老头儿汪曾祺》）

总之，通过这学期的教学实践，笔者深切地感受到，关于经典的阅读，教师是必须下工夫引导的，方法得当，激发出学生对阅读经典的兴趣，才能真正促使学生在阅读过程当中有更多的收获。

"影视文化学"课下阅读辅导的
方法探索

胡谱忠 *

摘　要：长期以来，戏剧影视文学专业的学生热衷于实习和观看影片，因而忽视课下阅读，造成电影史和电影理论知识的缺乏。本课题旨在探索"影视文化学"课下阅读辅导的方法，从而纠正影视专业学生的思想误区，使他们体验到阅读、思考、研究的充实感，共享思想上的收获。

关键词：影视文化学　课下阅读　方法探索

"影视文化学"是戏剧影视文学专业的必修课程。长期以来，学生们一直对课外阅读动机不强。有相当一部分学生热衷于课余时间去实习，觉得影视专业重在实践，历史与理论的学习是死记硬背就能解决的硬知识，在实践操作中没有什么用处。更有甚者，有学生认为，影视专业的学生尽可能多的看电影就可以了。看电影可以代替读书，电影里自然会有电影史、电影理论等。本课题旨在探索本课程课下阅读辅导的方法，从而纠正影视专业学生的思想误区，使他们体验到阅读、思考、研究的充实感，并享受思想上的收获。

经过一个学期的探索，我们发现课下阅读辅导是行之有效的使影视专业学生端正专业思想、提高阅读兴趣的方法。"影视文化学"是专业必修课，学生们接受的课下阅读指令是带有强制性的。选择这门纯理论的课程，

---

* 作者简介：胡谱忠，首都师范大学文学院副教授。

有利于学生在较为纯粹的理论需求和阅读氛围中感知阅读的重要性。但是教师在布置课下阅读任务时，要注意三点：在策略上需要实现"自主化"，在组织形式上需要实现"合作化"，在导读过程中需要实现"问题化"。

第一，自主化。所谓"自主化"，就是辅导老师压缩讲授时间，把课堂时间的使用权、学习计划的制定权、阅读材料的选择权等都交给学生。"把课堂还给学生"，让课堂真正成为学生自主学习的地方，让学生在课堂上成为学习的主人。

以学为主的教学系统设计是进入20世纪90年代后随着多媒体技术和网络技术的日益普及，特别是基于互联网的教育网络的广泛运用以及建构主义学习理论被人们所理解才逐渐发展和流行起来的。以学为主的教学设计强调教学必须以学生为中心，充分调动学生学习的积极性和主动性，重视"任务""情境""协作""资源"等在教学中的重要作用，弥补了传统教学设计过分分离和简化教学内容，只注重知识传授而不注意学生各方面能力的提高等不足，强调发展学习者在学习过程中的主动性和建构性，十分有利于创造型人才的培养，满足信息社会对人才的各种要求。

因此，在布置"影视文化学"课下阅读作业时，按照以学为主的教学设计，要做到学生阅读材料和进度的自主化：让学生自主确定学习目标、制定学习方略、安排阅读进度计划、选择阅读材料，以及课后科学安排阅读时间、控制学习行为。教师要做学生的指导者与参与者，帮助学生制定符合学生个性特征的阅读进度计划，选择科学的学习方法。在阅读目标制订上，要做到短期目标与长远目标相结合，要引导学生进行自我比较，要让学生不断获得成功的体验，不断增强自信心，不断增加学习的兴趣，不断获取继续学习的动力。教师还要把阅读与练习中产生的问题，带到课堂与学生进行互动式讨论，再将讨论中产生的新问题带到课外去。

比如讲述20世纪80年代的中国电影文化时，谢晋是一个重要的电影导演，他创作了这一时期重要的思想文化里程碑式的作品。如何阅读谢晋？教师可让学生在课下查阅关于谢晋及其电影的阅读书目。学生在课上报告查阅的书单后，教师可进一步启发学生关于谢晋的阅读方向。比如关于谢晋模式的批判是当时重要的文化事件，学生听后十分诧异，激起了他们探索的热情，于是，关于谢晋模式批判的阅读书目和篇目又查阅出来，老师再鼓励他们从中精选篇目。实现阅读自主化，就是辅导教师要把阅读主导权还给学生，这就要求通过导读书目的选择，让学生认识到课下阅读是学生自主学习的方式，是学生产生自信、体验成功的地方，是学生个性表现的地方。有了这种认识，教师在课堂上就会主动地适当缩短讲授时间，然后对阅读作简短的引导，也可把较多的时间用于进行个别指导。当然，教师也可以全面导控课堂，但要保证大部分的课堂时间有学生的积极参与，尤其是思维的积极参与。"未来的文盲不是不识字的人，而是不会自学的人"，这句话已被越来越多的人所接受。因此，我们要努力实现课下阅读的自主化，大力培养学生的自学能力，为学生终身学习打好基础。

第二，合作化。所谓"合作化"，又称"小组合作学习"，就是在课下阅读辅导过程中，将学生分成若干阅读小组，不同的阅读小组阅读不同的材料，通过在课上分享阅读成果，可最大限度地扩展学生的阅读经验，并可能激发有天分的学生自己进一步探索的热情。充分发挥学生之间合作学习的优势，强化学生的合作意识，赋予学生在未来社会与他人合作的能力，合作化要求做到：能与同伴合作，能与教师合作。在课堂上，学生可以自由组成若干人的阅读小组，根据个人实际情况制定阅读计划，分配学习任务，辅导教师在前一节课可以开列一系列推荐书目，让每位学生自己在阅读与做练习中提出问题。在课堂上，辅导教师只作简短的引导、指导解疑、归纳总结、课堂调动工作，而把大部分时间留给学生进行小组回答。只有全班学生都不会回答的问题，才有必要让导师提示、引导。辅导教师要精心设计合作学习的内容，让学生做到"三自"和"三有"，即学生自己提出问题、自己分析问题、自己解决问题，并在合作的过程中有所争论、有所发现、有所创新。辅导教师可以组织小组间的互相提问，或小组内"自问自答"竞赛。辅导教师在课堂上要当场为有困难的小组提供个别指导，把有代表性的问题提出来让全班同学讨论。

又如关于谢晋电影的学习，教师可粗放型地布置一系列阅读任务，让不同的小组认领并在课下合作完成，如甲小组研究谢晋在十七年期间的电影作品，乙小组负责阅读谢晋在"文革"时期的电影，而丙小组的任务最吃重，负责阅读谢晋在20世纪80年代的重要作品，丁小组负责谢晋晚期的作品。通过四个小组的共同协作，完成了对于谢晋作品的整体性梳理，并在此过程中阅读了相当多的材料。其中，教师认为非常重要的书目或篇目，建议四个小组的所有学生都阅读。这样在讨论学习的过程中，既有共同的学习素材，也有不同的阅读素材，讨论起来相当有信息量，又可以在统一框架内进行。在小组合作学习中，独立自主、互帮互助的学习氛围可以让每位学生体验到成功的喜悦，为每位学生及时解决阅读中遇到的问题。在小组学习中，每位学生有了充分发表自己见解的机会，有了个性表现的机会，更容易体验到学习的乐趣。通过与本小组其他同学间的交流，可以大大提高学生的语言组织能力，在小组合作学习过程中，学生的人际合作能力将会得到培养，如善于表达、善于倾听、给同伴以说话的机会等。老师在课堂教学中努力实现课堂教学的"合作化"，是当今世界课堂教学发展的趋势。

第三，问题化。所谓"问题化"，就是指在课堂教学过程中，辅导教师不仅要善于根据导读内容提出适当的问题，以问题为中心组织课堂教学，而且要引导学生学会通过课前阅读、课内讨论，自己提出问题并解决问题。

课堂教学的"问题化"，要求辅导教师引导学生在学习中，不仅能用"提出问题"的办法来对内容进行归纳，而且能从课外阅读中提出独特的问题。要注重学生提问能力的培养，"提出问题"应该作为考查学生的内容。在课堂组织形式上，辅导教师可以用"问题提出法""问题解决法""问题归纳法""问题竞答法""问题学习法"等多种形式，不断提高学生提出问题、分析问题和解决问题的能力。辅导教师应尽量多地让学生提出问题，由其他学生回答，把提出问题的机会以及回答问题的机会都尽可能交给学生。

从已被世界许多国家所采用的"问题学习法"，到我国目前所强调的"研究型课程""探究性学习"，其本质都是为了培养学生解决问题的能力。"问题学习法"也可以包含在"课堂教学问题化"这一范畴中。所有这些都预示着："问题化"将成为未来课堂教学的重要发展趋势。又以对谢晋电影的阅读为例，让学生认识到中国电影史的复杂性，中国的电影史与文化史、思想史是紧密相连的。对具体创作者和具体作品的评价，往往只有在历史的脉络里才能得到准确的把握，同时，这种把握也不能绝对化。谢晋的电影创作时间跨度大，对他的批评随着他在20世纪80年代的"反思三部曲"引起巨大社会反响之后达到顶峰，并且呈现出大开大阖的戏剧性情境。20

世纪 80 年代以来的谢晋批评史，显露出主流文化对谢晋电影的正反两方面的充分利用，并最终借助朱大可对"谢晋模式"的批评开启了中国电影美学的基本转型。2008 年谢晋的去世，又短暂地重启了谢晋电影的评论路径，使得归于沉寂的谢晋公案又一次出现在电影评论的视野之中，并且借助互联网，暴露在公众的视野之中。任何一种对谢晋电影的批评，都不可避免地涉及对中国电影史的叙述，自然也就无从回避相关思想史的背景。目前的中国电影史写作在"文革"电影主题上充满了不得已的模糊修辞，而在十七年电影和新时期后的电影的美学转型方面，也充满了裂隙和歧义。谢晋批评史的断裂集中反映了中国电影史写作观念的断裂。谢晋在"文革"前、"文革"中、"文革"后三个时期都拥有对社会产生广泛深远影响的现实主义电影作品，在当时的国有体制电影产业中，产生了无与伦比的社会效益。但是，众所周知，"文革"后即新时期的"反思三部曲"与"文革"前、"文革"中的作品在艺术观念和社会历史的结构观念上大相径庭，甚至是全面冲突的。谢晋能够在转型之初的混沌政治情势中，适应国家的政治思想更迭，迅速调整自己的社会观和艺术观，重新向社会申述自我认知，并果敢地调转方向，在为新的政治服务的电影实践中激情创作、游刃有余。这是谢晋公案的来源。在紧密相接的"文革"中与"文革"后，谢晋"以子之矛攻子之盾"的现实主义力作，让许多人产生疑惑，关于谢晋电影的叙述也成为这一时期的电影史写作的一个不可跨越的难题。通过一系列相关阅读材料的学习，学生们对谢晋电影的讨论确实上了一个新台阶。

"影视文化学"课下阅读辅导的具体实施内容：

（1）在第一次上课即绪论部分之后，布置阅读练习，包括电影史章节、书籍或期刊理论文章、网上评论等，为下次课的讨论打下基础。

（2）以后每次课结束之前，布置下次上课讨论需要阅读的材料。有时候阅读材料比较丰富，可以分组让不同的小组准备不同的材料和讨论。

（3）学生阅读期间产生的问题主要通过电话和微信解决，教师在这个过程中尽量帮助学生解决疑难问题，有时候，教师需要主动与学生联系，了解学生的阅读情况。可以建立一个群，让学生们在课余阅读时自由交流，老师发现问题时，也做适当提醒。如果某种阅读材料不容易找到，老师也有义务建议替代品。

（4）作业要求引用阅读材料的观点、让学生学会论文写作的规范，以及电影理论性写作的方法和研究路径。讨论时，学生以作业为基础交流阅读心得。

（5）结课论文需要将平时完成的小文章充实完善，变成一篇逻辑清晰、行文规范的影视研究的论文。

"影视文化学"课下阅读辅导所取得的具体成果：

（1）当下学生的专业思想比较模糊，相当一部分学生认为学习影视实践为上，动手能力最重要，而阅读仅限于"看电影"。本课程需要破除学生"学习电影不需要阅读"的观念，让学生逐步养成阅读以及思考、研究问题的习惯。经过一段时间的训练，学生的阅读兴趣和能力有了显著的提高。

（2）学生在阅读能力得到提升之后，写作能力也有了显著的提高。甚至有学生能发现一些老师也不曾注意的细节。每次结课都能出现思辨和文理都很有潜力的佼佼者，让作为老师的指导者倍感欣慰。

（3）在学生的阅读和写作能力提高之后，教师的教学内容也进一步丰富和系统化，电影教学方面获得了成功的经验。每次都能从学生的阅读和写作中，获得进一步研究的切入口。教师在备课的过程中，感受到了与学生共同学习和进步的可能性。

（4）进一步夯实了电影教学中"理论与实践相结合"的专业认知。教学相长，师生关系比以往更加融洽。以往课堂中"学生不积极，老师无可奈何"的现象有了很大改观。学生们更深刻认识到了影视文化研究和学习的意义与价值。

首都师范大学本科生文学作品
阅读调查报告

黄　华　庄美芝[*]

摘　要： 本调查报告选取 120 名首都师范大学一年级本科生进行无记名随机问卷调查，运用问卷星统计软件对问卷答案进行了统计，并参照 2015 年发布的全民阅读调查数据"第一届中文小说阅读快感排行榜"进行对比和分析。调查结果显示，部分数据与全国平均数据吻合，但在诸多方面体现出大学生的特点。对此，报告提出相关的思考和建议。

关键词： 首都师范大学　本科生　文学阅读　调查报告

阅读既是个体了解外部世界、省察自身的重要方式，又是特定历史阶段反映民族文化和精神风貌的一面镜子，在各种读物中，文学作品是传承和延续世界各民族优秀文化传统的重要载体。因而，阅读文学作品对于大学生来说，至关重要。然而，在实用主义盛行的今天，越来越多的高中毕业生倾向于选择技术性强的大学专业，已经就读文史专业的大学生面临就业难、薪酬低的现实，生存要求和不容乐观的就业前景对大学生的文学阅读可能有一定影响。网络新媒体对纸质媒体的冲击也不容忽视。在上述背景下，我们对大学生文学作品的阅读情况进行了调查。本报告以首都师范大学的 120 名本科生为调查对象，采用课堂调查的方式，随机发放问卷，时间为 2015 年 11 月 27 日，目的在于了解大学生的文学阅读现状及存在的问

---

* 作者简介：黄华，首都师范大学文学院副教授；庄美芝，首都师范大学文学院副教授。

题，有针对性地提出建议并在文学教学方面做相应的调整与指导。

一　调查对象与方法

本调查选取了 120 名大学一年级本科生，采取无记名问卷随机调查的方式，共发放问卷 120 份，回收 120 份，剔除问卷填写不完整等不符合要求的问卷，其中有效问卷 94 份，问卷有效率为 78%。在调查方法上，运用问卷星统计软件分析问卷答案并制图。

调查问卷共 11 题，分别就年平均阅读量、文学作品题材的阅读倾向、阅读方式、阅读目的、阅读习惯等方面进行调查。

关于调查对象还需要说明两点：第一，首都师范大学是一所综合性的师范大学，随着近年来的改革，各院系在原有师范类专业的基础上开设了许多新的非师范类专业，招收及在读非师范类本科生源已经超过五成。因而，我们在问卷有关调查对象的身份环节设置了师范、非师范的选项，借以审视未来职业规划对于大学生的阅读的影响。但由于燕京学院的新生未分专业，只有文科综合和理科综合两大类，因此有 5 份问卷未选填该项，对问卷有效率有轻微影响。第二，虽然调查对象是大学新生，来自理工、文史、教育、艺术等不同学科，其中包括部分汉语言文学专业和燕京学院新生，但因其选修了文学院开设的通识课"诺贝尔文学作家作品选讲"，可以推断他们至少是文学爱好者，有共同的文学爱好。基于此，我们开展了此次文学阅读调查。

二　文学作品阅读调查分析

（一）　阅读的基本情况及趣味趋向

调查显示，大学生文学作品的年平均阅读量不容乐观，且存在较严重的不均衡状况。六成学生（60.6%）年平均阅读量在 5 本以下，其中，每年阅读 3 本以下文学作品的学生就达到了近四成（38.2%），甚至还有两位学生在长达一年的时间里竟然没有阅读过一本文学作品。不到三成的学生

（27.6%）每年阅读 6 ~ 15 本，当然也有超过一成的学生非常喜欢文学作品，有 11.7% 的学生年平均阅读量在 15 本以上，其中一位学生年阅读平均量为 40 本，为阅读平均量的最高值。尽管这一数据与 2014 年全民人均阅读量为 4.56 本的数据大抵持平或者说略高于全民平均量，但对于尚在校园里学习的大学生而言，这一数据不甚乐观，应该引起教师和相关方面的注意，努力推动在校大学生的阅读热情。

在文学作品的类型方面，中国现当代文学作品最受大学生欢迎，占据高达 51.06% 的绝对优势；外国文学作品阅读占 26.6%，其中，非师范生阅读外国文学作品的比例高于师范生，分别为 38% 和 13.6%；阅读中国古典文学作品的大学生仅占 9.57%，其中，理科生阅读古典文学作品的比例偏高，为 12.5%，文科生仅为 8.51%，艺术生则普遍不阅读古典文学作品。这样的结果让人唏嘘不已。中国古典文学作为传承中华民族优秀文化的载体，如《诗经》《楚辞》《史记》《红楼梦》等古代文学经典，被世界各国汉学家所推崇，特别是《红楼梦》等"四大名著"被汉学家们视为了解中国文化和汉民族心理的钥匙，因此，大学生们对古典文学低迷的阅读热情让人担忧。这也许是由于古代典籍通常由文言撰写，会加以繁体字、大量的注解，晦涩难懂，加之没有教师进行讲解，令学生读起来抓耳挠腮、焦虑头疼，以至于不得不弃之而后快。如果说古典文学遇冷是由于语言文字的缘故，那么，外国文学阅读比例偏低，则大抵由翻译、文化隔阂等原因所致。

近年来，随着网络新媒体的兴起，网络原创作品不断走红，被推上文坛先锋的位置。95 后的大学生们自小生活在网络环境中，网络阅读成为日常阅读的重要组成部分，网络文学的影响不容小觑。在本次调查中，网络原创文学作品阅读的比重占到 12.77%，超过了中国古典文学作品。但令人惊讶的是，文科类学生阅读网络文学作品的比例最低，仅为 4.26%，理工生最高为 22.5%，艺术生为 14.29%。这也许与网络文学鱼龙混杂、良莠不齐的现状有关，加之更新速度快、市场化主导等特点，使网络文学表现通俗化、无深度，距离文学经典差距较大，因此，文科生表现为对网络原创文学兴趣不高，反而理工类、艺术类学生的兴趣略高。当然，这也显示出文科生对于科技新事物不够敏感的缺憾。

现代网络原创文学的题材可谓多种多样，例如都市言情类、青春校园类、奇幻科幻类、侦探推理类、穿越架空类、军事历史类等。调查显示各类题材的阅读比重如下图（图1）：

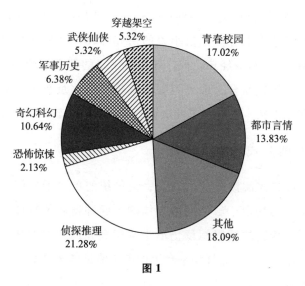

图1

其中，比重最大的首推侦探推理类，占到21.28%，侦探推理小说长期是通俗文学市场的主力军，最早可以追溯到18世纪的哥特小说，在长期发展过程中，侦探小说不断演化，形成影响最大的一种类型文学，包括犯罪小说、间谍小说、警察小说、悬疑小说、神秘小说等。迷雾重重的案情、多重悬念的设置、扣人心弦的情节、个性突出的人物，无不是吸引年轻人的利器。其次是青春校园类作品，阅读比例占17.02%。近年的青春怀旧电影层出不穷，如上座率较好的《致我们终将逝去的青春》《那些年，我们一起追过的女孩》《匆匆那年》《山楂树之恋》等都是根据网络小说改编而成。大学生正处于风华正茂的年纪，追忆高中生活、反映大学生活的青春题材小说一直颇受高校学生的欢迎。都市言情、奇幻科幻类网络原创文学受欢迎程度位于第三层次。军事历史类、武侠仙侠类、穿越架空类位于第四层次。参照最近刚刚发布的"第一届中文小说阅读快感排行榜"，我们发现高相似度的吻合。由掌阅、百度阅读、亚马逊、网易云阅读、豆瓣阅读等多家机构联合发布的这份排行榜显示，《盗墓笔记》《三体》《神雕侠侣》荣列三甲。[1]《盗墓笔记》属于侦探推理小说，只不过侦探的是地下墓穴里的宝藏，推理的依据来自对易学、风水、历史、地理、考古知识的拼凑汇合。《三体》属于奇幻科幻小说，获得 2015 年第 73 届 "雨果奖"，这是一项针对科幻作品的评奖，《三体》获最佳长篇小说奖，成为第一部获得该奖项的亚洲小说。《神雕侠侣》属武侠仙侠类作品，是几代人心中的 "神作"，随着陈平原、严家炎等学者对武侠小说的研究和评论，使其早已脱离通俗作品的 "平民身份"，跻身经典行列。除排名第二的都市言情作品之外，两份调查数据的结果比较吻合，考虑到师范院校女生比重较大，对言情类作品的喜爱也是理所当然，这证明了此次调查的有效性和较高的可信度。

（二）阅读方式与阅读动机

网络的兴起带来阅读方式的变化，由传统的单一纸质阅读转变为纸质与数字阅读并存的局面。虽然网络媒体的兴起冲击着传统阅读媒介，但是调查结果显示，传统的纸媒阅读仍旧是阅读媒介的主要载体，占到总比重的 62.77%，电脑、手机等移动平台上的电子阅读紧随其后，占到 35.11%，报纸期刊的阅读量却不尽如人意，只有 2.13%。纸质图书在阅读中的绝对优势，颠覆了 "微时代" 纸质图书必然消亡的传言，网络小说由网络推向出版市场的现实做法，倒说明了网络小说急需纸质版本来证明自己的合法身份，以及实现知识产权的保护。这一结果与 2015 年第十二次全国国民阅读调查结果吻合，纸质读物阅读仍是近六成国民倾向的阅读方式。[2]纸质报刊阅读量呈现急剧下降的趋势表明网络对传统阅读方式的冲击。随着微信、QQ 等社交软件的兴起和网络新闻客户端的建立，更多大学生了解国家大事、时事新闻只需手持手机，轻轻滑动屏幕，就可以了解相关资讯。这样就导致他们不愿去报摊购买报纸或者到报刊阅览室去阅读纸质报刊。

调查显示，在影响文学作品选择的各因素中，内因占据绝对优势，外因只是比较次要的因素，这体现出当代大学生强烈的自主意识。近八成的大学生（79.79%）是按照自己的兴趣来选择文学作品。在影响作品选择的外因中，作品的获奖情况和作家的影响力排在首位，10.64% 的大学生认为这是选择某部作品的主要参考指标。排在第二位的是老师或者朋友的推荐（9.09%），看过改编的影视再去看作品的占 4.26%。排在最后的是广告或者媒体的推荐，其对作品选择的影响微乎其微。

与阅读选择标准相对应，大学生的阅读动机个人兴趣为主。在问卷提供的满足个人兴趣、完成作业考试或就业需要、消磨时间等选项中，有七成受调查者（77.66%）是按照自己的兴趣、为提高个人修养来选择文学作品进行阅读。消磨时间的占两成（22.34%），几乎没有人为完成学业、通过考试，或者为了就业而去阅读。这在很大程度上改变了中国传统科举制度遗留下来的功利性阅读的动机，读书并非为了"千钟粟、黄金屋和颜如玉"（出自宋真宗赵恒的《励学篇》："书中自有千钟粟，书中自有黄金屋，书中自有颜如玉"）。

强烈的自主选择意识和非功利化的阅读动机，体现了当代大学生鲜明的主体意识，这也符合该年龄段青年人渴望独立的心理。当然尽管大学生们渴望自我选择、自我进行价值判断，但也很难逃脱消费时代阅读市场上的运行规律，阅读方式改变带来的网络广告，使有限的阅读空间变得更加拥挤。可以推断，现阶段在传统纸媒和新兴媒体共享的阅读空间内，大学生阅读是一块很可观的宝地，是未来各媒体争夺的主要市场。

（三）阅读习惯的调查

良好的阅读习惯是提高阅读效率的重要保证。朱熹提出过"读书三到"即"心到、眼到、口到"。胡适在此基础上提出了"读书四到"，即"眼到、心到、口到、手到"。胡适增加的第四点"手到"，强调"动手"的重要性，正是这最后一步会让书本上的知识变活，最终内化为自己的东西。据称钱锺书有过目不忘的本领，殊不知他曾经做过的笔记堆满书房。这些名家所说的读书方法正应了那句"好记性不如烂笔头"的俗语。对此，我们特别设计了"读书时，您会做笔记吗？如果做，经常采用哪一种方式"的问题，调查显示近四成的受调查者（39.36%）在阅读文学作品过程中并不做笔记，只追求阅读的快感。在做笔记的受调查者中，我们给出"摘抄片段、写摘要、做批注阐述个人见解"三种做笔记的方法以供选择，结果如图（图2）：

有四成学生（40.43%）喜欢摘抄文学作品中的经典语句和优美语段，近两成学生（19.15%）喜欢在书上做批注，借以阐述个人的见解，只有极少数学生（1.06%）对文学作品理清结构，写出了作品摘要。从学生专业来看，理工生和艺术生不做笔记的比例偏高，分别为47.5%和42.86%。梳

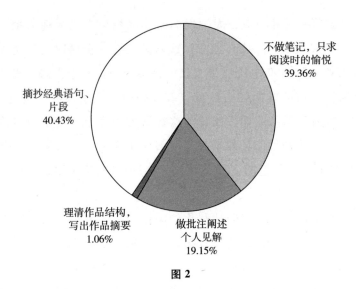

图 2

理作品、写摘要的读书方法是文科类、艺术类学生应该训练的学术本领，也是文科、艺术学位论文必需的部分，可恰恰这两类学生根本没人选择这样的读书方法。可见，相当比例的大学生不重视读书方法，换言之，他们不会读书，亟须在读书方法上受到指导。

（四）外国文学作品的读本选择及阅读障碍

随着全球化进程的加速，各国间的文化交流日益增多，面对丰厚的人类知识文化遗产，如何汲取外国文化的优秀内容，使其转化为本民族文化的组成部分，已成为当代文化发展的主题，文学作为文化的重要部分也不例外。如何选择外国文学作品，以及找出外国文学阅读中存在的障碍，成为外国文学教师急需解决的问题。经调查发现，近九成的大学生（89.36%）在阅读外国文学作品时优先选择中译本，只有不到一成的学生（9.57%）选择阅读原著，还有极少数学生（1.06%）选择难度较小的外国文学名著导读进行辅助性阅读或快餐式阅读。

当被问及外国文学作品阅读的最大障碍时，近四成的学生（39.36%）认为主要原因是语言文化上的障碍，由于外文阅读能力欠缺，很多学生往往不去读原著。一些受调查者坦言自小学到现在，虽然一直在学习英语，但很少完整地读过英文原著，英语尚且如此，其他语种的文学原著自不待言。有三成多的学生（31.91%）认为在知识储备上的不足是制约外国文学阅读的第二个因素，由于脱离了原来的文化语境，有的同学表示对外国文学作品中出现的一些文化现象难以理解。这主要是因为一直身处学校的大学生们对于世界各国的宗教、历史、地理、文化并不了解。第三个阅读障碍是文本翻译，占到 17.02%。第四个阅读障碍是时代隔阂（9.57%）。现代出版业的繁荣带动了外国文学名著的翻译，几乎每个月都有外国的文学名著翻译成中文，但翻译质量却良莠不齐。有的名著翻译过来，语言艰涩难懂或者很少对文本做详细的注解，这使学生们对外国文学作品有畏惧感，进而影响了作品的阅读。时代的隔阂也缘于对阅读对象语言和国家的文化历史不了解，故而难以理解表面文字现象下的深刻历史文化内涵，仅仅停留在对作品内容情节的把握上。

极低的外国文学原著阅读率和种种阅读障碍发人深省，这不仅对我国中学外语教学和评价体系提出了质疑，而且对我国图书出版行业亮起了红灯，同时也对高校教师提出了更高的要求。占市场份额很少的外文图书是否应该重视高校学生这一群体，推出更好的原版文学名著？针对外国文学阅读障碍，外国文学教师应该开展双语教学和及时的阅读指导（包括设置导读课程），显得尤为重要。

（五）文学课堂收获及改进建议

鲁迅曾言："由纯文学上言之，……皆在使观听之人，为之兴感怡悦。"（《摩罗诗力说》，1907 年）可见，文学阅读能够给读者带来普遍的精神愉悦。调查发现，高校文学类课程的设置不仅可以给大学生带来精神愉悦，而且会影响其人生观、价值观的发展，因为刚刚结束高中生活的新生对知识、人生充满憧憬，此时进行文学课程的讲授和阅读指导很有必要，且意义重大。有超过六成的学生（64.89%）在课后会对讲授的文学作品产生兴趣，并且找来相关作品进行阅读。超过三成的学生（34.04%）认为阅读文学作品很受启发，进而对自己的人生观和思想观产生影响，如文学作品中历史人物的优秀事迹、崇高品格可以促使人坚定意志、积极进取，激发内心正能量。

由于文学作品涵盖范围极广，因此，在课堂教学上如何有效地讲授、充分利用课堂和课下时间显得尤为重要。本次报告还听取了学生对该课程教学的建议和意见。调查结果见下图（图3）：

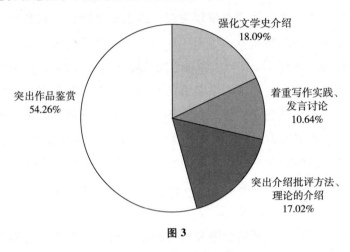

图3

其中有超过五成的学生（54.26%）希望教师在课堂上突出作品鉴赏，有近两成的学生（18.09%）希望教师强化文学史介绍，另有不足两成的同学（17.02%）认为应该突出介绍批评方法和理论。还有一成的学生（10.64%）希望教师能在传授知识的同时，着重写作实践和发言讨论。

三 基于调查结果的思考与建议

（一）文学作品阅读的重要性不容忽视

虽然国内对阅读重视程度在不断增强，但我国当前的阅读形势仍然不容乐观，这使本次阅读调查具有颇为重要的意义。第十二次全国国民阅读调查显示，2014年国民人均纸质图书阅读量为4.56本，与2013年的4.77本相比，减少了0.21本，纸质图书、报纸的阅读量均有不同程度的下降，其中，超四成的成年人认为自己的阅读数量较少；报告还首次显示数字阅读已经超过纸质阅读。大学生作为国家未来的栋梁，其阅读习惯的形成——读什么书和怎样读书，不仅关乎个人成长，而且关系到国家的未来和民族的希望。这次调查显示出首都师范大学大学生的总体阅读量虽然略高于国民平均阅读量，但是在阅读内容、阅读效果等方面不尽如人意，亟须提高在校学生的阅读热情和阅读能力。

阅读的广度决定一个人的视野范围,因而力争广"博"阅读,不仅要了解本民族的文学文化精华,而且要能甄别国外异域文化的养分,这样才能做到会通古今、学贯中西,才能在历时和共时开阔的维度中省察自身,提升自我。

在"博"的基础之上,还要做到"专","学贵以专"。除了拓展阅读视野,大学生更要有深层次的思考,尤其是文科生,在融会贯通不同国家、多种类型文学作品的前提下,更要明确和树立自己的专业爱好。这样才能更深层次地理解文学作品,提高自己的文学鉴赏能力。

(二) 文学作品阅读习惯亟须培养

由于阅读环境发生变化,更多大学生倾向于数字化阅读,而网络文学作品比较芜杂,因此,对网络文学作品阅读的指导显得尤为重要。首先,需要对网络文学进行必要的拣选和甄别。网络上经常隐藏着色情、暴力等不健康的内容,大学生如果不加选择地阅读,必定会对自己的思想产生不良影响,进而影响价值观和人生观的形成。故教师应该先指导学生学会拣选和甄别网络文学作品。其次,电子媒体的使用易侵占大学生的阅读时间,由于自控力不足,大多数学生读书的同时,抵制不住诱惑,浏览微新闻、玩手机游戏成为数字阅读的一大障碍。最后,大学生作为新一代的公民代表,理应成为阅读先锋队,以自己的阅读行动来改变自我、改变身边的人,以此来带动全民阅读习惯的形成。例如,改变不良的阅读习惯,及时解决阅读中的问题,避免问题堆积成山。

(三) 文学作品的阅读方法急需指导

在文学作品阅读中,读不懂文学经典成为困扰大学生阅读的一大障碍,因此改进阅读方法成为迫切问题,有必要开设相应的阅读指导课来帮助学生。教师可以在课堂上带领学生读原著,通过讲解,让学生感受到文学经典的魅力,以激发学生的阅读兴趣。在课余时间,可以组织成立读书学习小组,学生之间定期交流探讨,也会促进学生阅读兴趣的提高。

针对阅读中的许多实践环节,教师可以在课上或课下做出具体的指导。

例如，有关外国文学版本选择的问题，教师可以把自己的阅读经验传授给学生。有些译本翻译得过于生硬，或者存在不少错译、漏译的情况，如果读者阅读时经常出现文字上"卡壳"的情况，大抵是因为译本的原因。对此，建议学生选购知名出版社或名家翻译的译本，可以有效地避免此类情形出现。一些外国文学作品因为宗教信仰、习俗、生活习惯、历史传统等方面存在的文化隔阂，形成阅读障碍。这通常表现为内容方面的问题，读者对小说内容不理解或读不下去。如果出现这种情况，建议学生可以通过查询相关资料，如作品的时代背景、文化传统、作者简介等解决，名著导读也是一种不错的选择。待学生熟悉作品创作背景后，再次进行阅读，应该会顺畅很多。

（四）阅读与实践创作相结合

"学而不思则罔，思而不学则殆"。只阅读而不思考，不动手创作，会造成胸中千言、下笔万难的境况。因此，除了阅读，还要将所思转化为自己的理解，进而生发出更有价值的见解。调查发现，很多学生没有养成良好的做笔记的习惯，即使做笔记大部分学生也只是抄诵优美的段落。真正将阅读过程中的新想法转化成文章的更少之又少。因此，针对这一问题，教师应适当地布置读书报告等作业，以检验学生的阅读成果。学校也可通过举办沙龙、读书会、读书报告评奖大会等活动，给学生提供交流读书经验、提高写作水平的平台。只有在阅读中不断发现问题，并及时解决问题，才能养成更好的阅读习惯。

（五）文学史介绍与作品鉴赏并重

学生在进入大学之前，并未系统地学习过文学史，因此要梳理文学史，为学生提供一个文学发展的基本框架。因为阅读是一种个人行为，所以教师应当引导学生回归作品，重视对单篇作品的审美鉴赏。教授其鉴赏方法，帮助学生提高文学鉴赏能力，激发和增强其阅读文学作品的兴趣，使学生在阅读积累中提升个人的道德修养和审美能力。

"全民阅读"活动已经连续两年写入中国政府工作报告，李克强总理在2015年"两会"后的记者见面会上，表示将继续推行这一活动，他认为阅读量的增加是我国社会进步、文明程度提高的重要标志。在这样的大背景下进行这次调查，对于了解首都师范大学选修文学课程的本科生的阅读情况十分必要，调查中显示出来的现象和问题，应引起相关教师、教务部门和校方的高度重视。

参考文献

1. 蔡震．首届小说阅读快感排行榜公布《盗墓笔记》《三体》稳坐一二名［N］．扬子晚报，2015 年 12 月 12 日．http://ent.sina.com.cn/zz/2015－12－12/doc-ifxmpnqf9616804.shtml.

2. 中国新闻网．中国成年国民去年图书阅读率 58.0% 上网率 65.8%［A］．2015 年 4 月 20 日．11：09．http://www.chinanews.com/cul/2015/04－20/7219183.shtml.

大学本科生自讲课教学模式的探索与实践

——以"文学概论"课程为例

贾奋然[*]

摘 要： 本文以文学概论课程作为个案探索本科生自讲课的教学模式。自讲课是学生在教师的引导下自我学习探索和建构新知识的教学方式，充分体现了学生是学习主体的教学理念。在自讲课实施中，教师合理设置自讲话题，指导学生查找资料，探索问题、制作课件、评点提升、归纳激疑，鼓励学生课外延伸研读和探究，这些环节对于自讲课的成功起着重要作用。

关键词： 任务驱动 伙伴教育 因势利导 延伸阅读 授人以渔

自讲课程是学生在教师的指导下，根据教师提出的话题查找阅读资料，设计讲课内容，并在课堂上自行讲解和讨论的教学方式。与传统教学中教师作为教学主体，向学生传授知识有所不同，学生自讲课能充分地调动学生的学习积极性，引导学生对所学内容提出问题，并让学生自己去找到问题的答案，从而培养学生探究发现问题和分析解决问题的能力，使学生主动地、深度地介入课程学习之中，变被动学习为主动学习，真正实现学生成为学习主体的教学理念。在自讲课的实施中，教师应该转化角色，由知

---

* 作者简介：贾奋然，首都师范大学文学院文艺学专业副教授、硕士生导师。

识的传授者变为带领学生进入相关问题领域的引导者，精心设计自讲话题，指导学生查找资料，制作课件，在学生自讲过程中适度评点启发，进一步讲解总结归纳要点，并鼓励学生进行课外阅读和探究，这些环节对于自讲课的成功起着至关重要的作用。

一 任务驱动：自讲话题的设计

"任务驱动"是一种在建构主义学习理论指导下的教学法，是基于探究性学习和协作性学习的一种教学模式。美国当代学者奥苏贝尔较早提出"任务驱动"的教学原则，它是指学生在教师的帮助下，围绕某个共同的任务活动中心，在强烈的问题动机驱动下，通过自主探索和互动协作的学习，完成既定任务，从而获得自我价值实现的满足的教学过程。任务驱动教学法设置的明确任务目标是教学的主线，并将贯穿于整个教学活动之中，一方面，教师通过设置具体的任务目标及其实现流程来引导学生不断地挑战自我，激励鼓舞学生更好地完成任务，这体现了教师的主导性地位；另一方面，任务目标是促使学生主动进入学习的强大驱动力，能引动和激发学生的学习兴趣，加强和巩固学生的学习动能，学生围绕任务目标，通过自主探究来发现问题、解决问题，从而实现教师预设的教学目标，这则体现了学生的主体性作用。

教师在备课中根据课程教学内容的需要合理地设置任务目标，即学生自讲课话题，这是自讲教学能够成功的重要环节。任务目标和自讲话题的设计要注意以下两个方面：其一是自讲话题应该是具体的理论问题，问题的大小程度要适宜。若话题太大则涉及的点面太多，学生难以把握，也无法深入探讨；若话题太小，则不利于贯穿教学内容，且难以将问题细分成多个具体的任务分配给学生分小组讨论，这将限制学生思考和探索的空间。其二则是要根据学生现有的知识结构和实际水平，因人而异地确立任务目标，尽可能结合学生原有的知识背景来建构新的知识系统，这样能极大地激发学生对旧有知识经验体验的快乐和对新的知识探索的兴趣，从而为学生提供有效的自主学习的舞台和自我知识视域更新的机会。

文学概论是一门理论性较强的课程，涉及的基本概论、范畴、理论众多，本课程学习应与文学史课程学习密切结合，教师应引导学生从对文学现象的了解逐渐过渡到对文学观念和文学理论的理解。因此，本课题在设置课堂自讲话题时应该考虑以下条件：教学内容中的重点问题、难点问题或有争议的问题；内容设置的难易程度应吻合学生的实际水平的高低；根据文学理论与文学实践相结合的原则设置自讲内容。基于以上基本原则，笔者设置了理论与实践密切结合的自讲题目，即西方文学演化史中不同文学思潮中文学再现观的比较，其中涉及浪漫主义的再现观、现实主义的再现观、自然主义的再现观、现代主义的再现观、唯美主义的再现观，要求学生结合各个文学流派的创作实践和基本文学观念探讨不同流派的文学再现世界的观念，从而深刻地理解文学再现世界的理论。此话题的设置比较贴合本科生的实际水平，由于学生已经修过西方文学史的课程，有文学史的基础，还有部分同学选修过西方文论的课程，因此，从西方文学史和文论史的演化中总结西方文学再现观念是比较可行的学习方式，能充分调动学生旧有的经验来建构新的知识，而从文学实践到文学理论的路径则符合文学理论学习的规律。

二　通力协作：自讲课程的分工与准备

教师提前两周在课堂上布置自讲课的话题，强调自讲课在教学环节中的重要性，鼓励学生尝试自主学习的方式和路径。这种学习方式不是由教师直接提供问题的答案，而是由教师提出目标方向，向学生提供解决问题的有关线索和具体方法，如需要搜集哪一类资料，从何处获取有关的信息资料，如何从资料中探索问题等，这样，学生带着明确的问题意识去搜集、阅读和整理资料，并探索解决问题的方式和途径，体会获取知识的完整思维过程，促使学生情绪饱满地完成整个自学的过程。

自讲课要充分地体现伙伴教育的意义，即要在班级建立学习小组，小组成员就相关问题分工协作查找资料，通过阅读和讨论，提出解决方案，并以小组为单位在班级展示集体研讨和思维的成果，这体现了团队学习的互帮互助、相互启发、互相提高的学习效果。具体操作过程是，首先将全体学生分成五个学习小组，每个小组推选出一名责任心强、思维能力和语言表达能力都较强的同学作为主讲人，由五位主讲人来分别讲解同一话题的五个方面的问题。所有学生都要根据题目查找、阅读相关资料，并写出话题稿，主讲人则要集思广益，根据小组同学的话题稿，制作讲课课件，并提出讨论话题，小组其他成员补充讲解并参加话题的讨论。小组大体以宿舍为单位，方便学生之间的通力合作和面对面的讨论交流。同小组的学生可以建立小的微信群，借助微信群来实现资料共享和即时交流。由于各小组承担的是同一大问题下的具体小问题，为了方便小组与小组之间的交流，整个班级可建立大的微信群，一方面可以方便各小组就同一话题下不同小问题之间的差异性和共同性进行探索，另一方面也可以在整个主讲教学活动结束后来展现各组的思维成果，达到相互借鉴、相互学习、共同提高的目的。整个教学过程要求所有同学参与，每个同学都要交话题稿，并且参与到课堂讨论。为了保证学生参与此项活动的有效性，此教学活动将作为学生的一次平时成绩计入成绩册，根据主讲人讲课内容、课件的制作情况、本组成员的发言稿和参与情况、组织课堂讨论等情况来给出每位同学一个评价分数。

　　教师作为自讲课的设计者和引导者，应完整地贯穿作用于整个自讲环节之中。在此环节中，教师应为学生能顺利地完成主讲课程的准备提供种种帮助。诸如提前讲解完成任务目标的先在知识，提供学生自讲话题的阅读线索，提供学生资料搜索的途径，指导学生通过课外阅读和探索来制作课件，提供课件制作和主讲的思路，等等。基于上述话题，笔者在课上首先对文学、世界、再现、表现等基本概念的来源、内涵等进行了讲解，并就"文学再现世界"的基本命题作了阐释，这样为学生探究西方不同流派的再现观作了必要的理论准备。其次，要求学生查阅某种文学流派的历史源流、代表作品、主要文学观点，并分析他们的再现观念。这涉及三方面的参阅书目，即特定流派的演化史的研究著作、特定流派代表性的文学作品、特定流派代表理论著作原典。再次，要求学生通过资料搜索和阅读，就特定流派的主要文学观点和再现观念分小组进行讨论、总结和归纳，并将小组讨论成果制作成课件，课件的内容包含三个大的方面：特定文学流派的发生动因、源流演化、代表作品；特定文学流派的主要文学观点和创作方法；特定文学流派的处理文学与世界关系的方式，如他们侧重于再现什么样的世界，再现的方式是什么，他们如何处理再现与表现的关系，等等。最后，要求每组学生自己提出一到两个问题，并通过讨论、探索得出初步结论，在课上提出来供全体同学讨论，并能组织全体同学展开讨论。

三　因势利导：自讲与讨论环节

在经过两周的充足准备后，师生正式进入学生自讲环节。在此环节中，教师要适时退出讲台，让学生登上"舞台"进行演讲，学生是主角，教师则应该充当导演和主持人的角色，完整地掌控整个教学过程的节奏和进度，保证教学过程的完整性，推动教学内容有序地展开。教师开场要对主讲话题进行概括总述，从而导入话题的具体问题，以便让不同小组的主讲人粉墨登场。在学生讲解过程中，要因势利导，进一步提示展开话题的线索和材料，通过质疑、激疑等方式帮助学生顺利地展开讨论论题。在每组讲解完毕后，要对学生的讲课内容、课件制作的情况、小组合作的情况等进行点评。点评要指出各组讲课的特色和思维过程，应以肯定和激励为主，充分保护学生的学习积极性，进一步激发学生自主探究的热情；但也要指出不足和缺点，以便学生在以后的学习中加以改进，并为下面的小组发言提供一些借鉴。最后，教师还应对学生讲解中疏漏的问题或者没有讲透的内容进行补充讲解，对重要的知识点和概念加以总结强调，这样通过学生自讲和教师补充讲解，使预设的教学内容得以完满地讲述。

在本次自讲课的教学实践中，学生们翻阅了大量相关资料，制作了文字、图片、视频相结合的多媒体课件，清楚地讲述了每种创作流派的历史源流、代表作家作品和主要文学观点，最后讨论了每种创作方法处理文学与世界关系的"再现"观念。学生们在老师的启发和暗示下，通过自我探索，提出了很多很好的问题，如西方文学流派演化的内在逻辑关系，现实主义再现的世界与现实世界的关系，自然主义的"自然"和"真实"的含义，自然主义与现实主义的内在继承性与革新性，浪漫主义与现实主义再现观的比较，现代主义的再现与表现，唯美主义再现观是如何颠覆传统再现观的，等等。在主讲人讲解过程中，同组同学对相关问题进行补充完善，其他组的同学就相关问题提出质疑，教师则适时地提出新的材料和问题加以引导，如启发学生用横向和纵向比较的方法探索不同流派的文学再现观的特色，中西再现观念的比较，同一文化语境中不同历史时期再现观的比较等，这样帮助学生打开思路，进一步推进课堂的讲解和讨论。主讲的学生能够大胆地畅所欲言，听讲的学生也能积极应答，参与度高，整个课堂气氛活跃热烈，学生们能将自己作为学习的主人全身心地投入课堂教学之中，同时体验到了自我探索和团体协作的快乐。最后教师则对相关问题进行系统总结评说并加以深入讲解，提出新的问题供学生们进一步思考。这样，通过阅读、探索和自讲，再加上教师进一步讲解、引导，学生们对文学再现的理论问题有了深入的理解。在以往的课堂教学中，由于没有提前对相关问题进行思考，学生往往无法真正介入课堂讨论的环节，尽管教师会提出问题，但学生却常常无力应答，因此课堂气氛沉闷，教师始终无法摆脱"一言堂"的独白困境。而这次学生自讲，自我设计讨论问题，则出现了不同的效果，这正是学生深度介入课堂所获得的最佳结果。

四 引向深入：课外延伸阅读和思考

教师通过自讲课鼓励和引导学生进行大量的课外延伸阅读和思考。大学文科学生进行课外阅读是十分重要的，教师将学生引导到特定的学科领域，提供读书的线索，但真正的学习是靠学生自己读书、思考来完成的。在以往的教学中，尽管教师会在开学初列出本课程的阅读书目，并在课堂讲授中不断推荐参考书目，但由于缺少监督和检查机制，再加上学生阅读文学理论书籍比较困难，真正能够进行系统和深度阅读的学生并不太多，大部分学生仍然延续听课、记笔记、考试等传统教学模式，收效甚微。在自讲教学实践中，由于教师布置了明确的任务目标（自讲话题），并提供了完成任务目标必须阅读的书目，在强大的任务驱动之下，学生带着强烈的问题意识阅读了大量的相关书籍，并探索解决问题的途径和方案。带着问题阅读和思考是真正有效的学习方式，学生在此过程中能融会贯通读书内容，并主动积极地进行思考，变被动阅读为主动探索。

在此次自讲课的实践中，学生带着问题意识阅读了三类书籍，一是关于文学流派演化史的书籍和相关论文，二是相关流派的代表性文学作品，三是相关流派的理论著作。因为有问题意识和兴奋点，学生们在阅读过程中能不断地提出问题、探索问题和解决问题，并能将此三类书贯穿打通进行理解，从而获得了更为深入的对作家作品的理解和对相关理论的思考。这是主动积极的阅读方式的良性循环所带来的良好阅读效果，也是与课程教学密切相关的有效的课外延伸阅读。学生在阅读中还常常能提出新的问题，教师则因势利导，鼓励学生进一步阅读，进一步探讨，以求将学生的阅读和思考的自主学习引向深入。如有学生提出学界关于自然主义的再现观有不同的意见，一种意见认为自然主义是追求全盘复制的客观真实，另一种意见认为自然主义仍然是主客观结合的真实，只是将主观因素控制在一定的客观性的范围内。教师则鼓励学生继续探索自然主义的"自然"观念和"真实"观念，进一步阅读自然主义代表作家左拉等人的理论著作和文学作品，寻求问题的答案。还可以写成小论文的形式，这极大地激发了学生自主学习和探索的热情，推动了自主学习的延续。

五　授人以渔：学生自讲课的意义

通过此次自讲课的设计和实践，笔者深刻地认识到，教学活动是教与学完美结合的艺术，教的目的最终要落实在学的层面上，学生应该在教师的引导下进入自我学习、自我探索、自我知识建构的学习过程。教师应该不断探索新的教学方式，以充分调动学生自主学习的兴趣，培养他们自主学习的能力，促使学生主动、积极地介入学习中，这才是提高教学水平的关键所在。

自讲课的教学形式为学生提供了自我展现的平台，充分开发和调动学生自主、自尊、创造等主体性因素，有助于学生各方面学习能力的培养和综合素质的提高，如在自讲课中训练了学生根据课题搜索和查找资料的能力，开拓了学生思考问题、探索问题和解决问题的能力，培养了学生的组织能力和群体合作能力，锻炼了学生的语言表达能力，更为重要的是激发了学生对理论学习和探索的兴趣，使学生逐渐养成自己学习、自己探索的学习习惯，为他们今后在某一领域中获得终身学习的能力提供保障。

自讲课也对教师提出了更高的要求。教师不仅要设计合理的自讲话题，指导学生查阅资料，而且要对学生的讲解作出适时的评价，并将问题引向深入。因此，教师同样需要大量地阅读相关的理论原典和文学作品，对自讲部分的内容必须娴熟于心、融会贯通，只有这样才能游刃有余、运筹帷幄地把控自讲课堂，引导学生深入地学习和探讨课程内容，并体会学习、思考和研究的快乐。

"授人以鱼，不如授人以渔"，在自讲课中，教师是课程设计者、引导者、督促者、评价者，学生则成为学习者、探索者、思考者、讲解者。在教学中适当地设置自讲教学环节，能有效地激发学生的学习潜能，提升他们的思考能力，促使学生深度地进入某一学科领域学习、思考和探索，真正成为学习的主人，这是实现教与学的良性循环和双赢结果的有效教学方法。

参考文献

1. 钟启泉、黄志成. 美国教学论流派［M］.陕西人民教育出版社，1993.
2. 王洪玉. 试析奥苏贝尔的学习理论及其启示［J］.教学研究，2005，28（4）：291－293.
3. 樊立辉. 奥苏贝尔有意义的学习理论在教学实践中的应用研究［J］.西安社会科学，2012，31（2）：153－155.

外国文学方向本科生毕业论文写作过程中的相关问题及其应对策略

刘胤逵[*]

摘　要：外国文学方向本科生毕业论文写作过程中经常会出现问题，总结起来可归结为以下几方面：论文选题视野有待扩宽、论文选题的研究现状认识不足、批评理论和研究方法相对欠缺等。本文拟对上述问题进行探讨和分析，提出具有针对性的解决方案，以期帮助面临毕业的学生提升选题水平和写作能力，确保其顺利完成毕业论文写作任务。

关键词：外国文学　论文写作　选题视野　研究现状　批评方法论

一　本科生毕业论文写作过程中的相关
问题及其原因分析

文学院外国文学方向本科生毕业论文写作过程中经常会出现问题，总结起来大致可以归结为以下几方面：论文选题视野有待扩宽、论文选题的研究现状认识不足、批评理论和研究方法相对欠缺等，这些问题对学生毕业论文写作进度、论文写作水平、学术习惯养成等多方面都会产生影

---

* 作者简介：刘胤逵，首都师范大学文学院比较文学与世界文学专业讲师，主要从事俄罗斯文学、文化以及西方文学方面的研究工作。主要讲授外国文学、外国文学史、俄罗斯文学、西方文学经典等方面的课程。

响。如不及时加以分析，提出解决方案，并在今后的实际应用中指导其改正，则会对学生的学术发展方向、学术能力培养选择等诸多方面造成负面影响。

（一）论文选题视野有待扩宽

在指导一位学生的论文写作过程中，笔者体会到了让学生打破传统文学史教材中经典与非经典界限框架的重要性。

在进行论文选题时，该生受到传统教材中经典著作观念的影响，希望能以某位经典作家为对象进行写作。但是在确定具体研究内容的时候她又找不到一个新的切入视角，因为经典作家的研究论文、文章过多，研究点也几乎被开掘殆尽，留给该生的选择余地所剩无几。后来询问她平时的阅读兴趣，该生不好意思地回答说"主要喜欢读侦探小说"，而且还对当下流行的日本侦探小说名家如数家珍。笔者好奇地问她："既然有现成的兴趣对象，那么为什么不以此为题展开论文写作？"该生表情吃惊地反问："侦探小说也可以作为研究对象吗？"后来，该生以日本当代推理小说作家绫辻行人的"馆系列"作品为对象，写出了一篇不错的本科生毕业论文，并在专业答辩中获得了良好的成绩。

从上述这一实例我们不难看出，这位学生之所以意识不到自己长期喜爱的侦探小说正是应该选取的研究对象，这种认识的偏差在很大程度上可以说是受到传统外国文学史教材中"经典中心主义"观念影响的结果。诚然，在外国文学教学中，"经典阅读使学生在细致阅读和感受经典原作的过程中，体味到古典文化的魅力，对提高学生的人文素养无疑是有积极意义的"[1]。但是，我们的很多文学史教材在内容选取方面，经常固守于传统的经典划分方式，并以此为尺度来选取需要重点讲述的作家作品。这样久而之就在学生心目中形成了一套固定观念：经典与非经典是泾渭分明的两类作品，文学发展史主要是所谓经典作品的演进历史，而所谓的非经典作品则无足轻重，它们不仅在历史上处于可有可无的地位，而且在毕业论文候选题目中也不适合出现，否则就有被视为"离经叛道""有失体统"的危险。在这里，抱有此种文学史观念的学生往往意识不到这样的问题：在文学史中有些经典是自古早有定论的，而有些则是有待于读者通过阅读和研究而逐步达到其经典化的；所谓经典与非经典之间的疆界并非完全是凝固不变的，二者之间往往存在辩证关系。特别是一些作品，在其产生之初虽然被作为通俗小说来阅读，但是该作品却因其通俗性和大众性而在之后的若干时代迅速普及开来，获得了全球各地、难以计数的读者的推崇和热捧（侦探小说、惊险小说、武侠小说在此方面表现得尤为明显）。在这种情况下，"非经典"便具备了逐步"经典化"的可能，而且其读者群和普及性每每是那些"传统经典"作品所难以企及的。例如，迄今为止，在全球拥有最多读者的英国文学作品既不是拜伦的诗歌，也不是狄更斯的小说，而是柯南·道尔的《福尔摩斯探案集》和阿加莎·克里斯蒂的侦探小说。如果我们在文学史建构过程中忽视了类似的问题，那么由此形成的教材虽不能说存在"误导"和"偏差"，但至少也是不完全的、片面的。

在上述情况下，如果授课教师不注意在课堂上根据自身情况和经验适当补充一些新的观点和观念，来有效地引导学生认识文学作品题材高下的辩证关系，这种"误导"和"偏差"便会在学生的观念中根深蒂固。这样一来，在上述学生选题过程出现视野过分局限于传统经典作品，而忽视了当下流行文学的影响和重要性，也就不足为奇了。

（二）对论文选题的研究现状认识不足

除了上述选题问题外，在本科生论文写作过程中，学生对于所选题目的研究现状认识不足，这一情况也是普遍存在的。

一般来说，研究者在从事自选题目的研究工作之前，都应该对于相关问题的研究现状有一定的认识和把握，通过了解前人的研究成果，可以知道目前对于该问题研究中的成就和不足，从而确定自己研究工作的大致范畴、具体方向、切入视角以及需要集中解决的主要问题。这一环节既是论文选题和写作的重要前提条件之一，同时也可以为写作工作的顺利展开奠定基础。但是在指导本科生论文写作的过程中，笔者发现很多学生对于自己所选题目的研究状况并不是十分了解，有时候甚至是知之甚少。这样就在接下来的写作中导致了一系列问题的出现，如：经过认真研读后选定了研究视角，结果发现已有前人在此方面进行过深入研究；论文完成后发现，自己在论文中引用、借鉴的前人观点，并不属于该领域内的公认权威之作；

自己论文得出的结论不仅早已有之，而且业已受到了来自学界的质疑甚至否定；等等。在这些情况下，学生付出努力完成的论文，或者缺乏学术价值，或者被算作是一种人云亦云的拾人牙慧，更有甚者还会被扣上学术抄袭的帽子。以上问题的产生，无疑源自学生对于题目的研究现状缺乏了解，但是再进一步细究就会发现，这种认识的缺乏实际上源自课堂学习，确切地说可以归结为外国文学史课程设置方面的固有缺陷。从客观方面看，按照目前的文学史课程安排，每一章节中的时代概述和重点作家作品显然是讲授的主要内容，但是要将数千年来的西方文学发展进程介绍充分，帮助学生在头脑中构建起相对完整的文学史框架，一到两个学期的授课时间明显紧张不足。这就导致课堂上没有足够时间为学生系统介绍相关问题在研究史上的重要成果，以及最新的研究动态。从主观方面看，本科阶段的学生不仅知识背景水平不一，而且对于课堂讲授知识的期待视野和接受目的也并不一致，这样一来，单纯采用以科研人才培养为导向的教学模式，未必适合所有本科阶段的学生，这势必会影响到课堂的教学效果以及学生的学习积极性。

由此可见，学生对于相关问题研究现状认识不足的情况，实际上是外国文学史教学过程中的主客观因素综合影响下的结果，这一问题能否予以解决，在很大程度上关系着学生未来毕业论文选题的成败，同时也决定着论文学术水平的高下。

（三）研究方法、批评理论知识相对欠缺

此外，在论文写作过程中，学生能否掌握和运用当代文学批评理论也是一个关键问题，但是从实际经验来看，许多学生的理论素养明显有待提高。

在指导一位学生的论文写作过程中，该学生在选题时希望以自己喜爱的英国作家柯南·道尔的《福尔摩斯探案集》为对象展开写作。和上述那位同学相比，该生受到传统文学史框架制约的程度较轻，敢于在选题中以自己的阅读兴趣为主，坚持写作自己长期关注的问题。这一点显然是值得肯定的。但是在她身上暴露出了另一个问题，即本科生在当代文学批评理论的掌握和运用方面有所欠缺。这样就出现了一种情况：该生围绕着研究

对象形成了不少想法，也可以列举出几种写作计划，但是它们就像是零散的珠子一样，始终无法串成一整条的项链。其原因在于，该生没有找到能够串起这些珠子的那条线，而这条线恰恰就是适合于该研究对象的批评方法，或者说是一个合适的理论介入视角。后来，笔者要求该生首先阅读萨义德关于东方主义、殖民主义、文化与帝国主义方面的理论著述，而后以此为切入点，带着问题意识重新阅读《福尔摩斯探案集》。最后，该生从上述理论视角出发，探讨渗透在作品中的帝国意识和殖民主义问题，由此完成了一篇相当不错的本科生毕业论文，并在专业答辩中获得了优秀的成绩，还参与了学院的论文争优。

从上述这一实例我们不难看出，这位学生之所以在选题之后长时间无法顺利进行写作，主要原因在于头脑中缺乏关于研究对象的问题意识，而问题意识的获得则离不开平时对理论知识的学习。然而，在目前的外国文学史教学中，授课教师往往是以教材中的内容为线索，讲授文学发展史、具体的作家作品等内容，而对于文学批评方法的讲授几乎不在其列，或者只是根据授课教师个人情况适当予以介绍，这样就难免导致上述问题的产生。

二　针对上述问题而提出的教改策略

针对上述本科生毕业论文写作过程中出现的相关问题，笔者发现，这些问题的产生固然受到学生平时不够勤奋等主观因素影响，但在一定程度上却又是和外国文学史传统教学的内容和方式密切相关的，因此，有必要在今后的外国文学史授课过程中予以改进，具体应对策略体现为以下三个方面：

（1）针对论文选题视野有待扩宽的问题，在具体的教学过程中，教师不应局限于教材中由传统经典作品构成的文学史框架，而是要适当增加介绍和解读当下较为流行的、接受面较广的作品，如果课上时间不能保证这部分内容的讲授，则可以在选修课中实现。这样将有助于扩宽学生的知识面和学术视野，帮助他们在今后的科研和论文写作中打开思路，顺利选定研究对象，展开写作工作。

（2）针对学生对论文选题的研究现状认识不足的问题，授课教师可以在讲授每一章节之前，将相关主题的研究现状加入引论部分，以此导入具体的教学环节之中，这样既能够帮助学生认识到相关问题的研究进展和前沿学术，同时也可以加深学生对于相关作家、作品和文学现象的认识和理解。

（3）针对研究方法、批评理论知识相对欠缺的问题，授课教师可以增设关于外国文学方面的学术能力拓展的选修课程，通过系统、深入地介绍当代文学批评方法论，如后殖民主义批评、女性主义批评、生态批评、文化研究理论等方面的知识，弥补学生在外国文学史学习中的批评理论不足。同时，佐之以具体的文学批评实例，这有助于帮助学生尽快将相关理论运用于批评实践，形成一套行之有效的文学研究方法论。

结　语

综上所述，本文探讨了外国文学方向本科生毕业论文写作过程中经常遇到的相关问题，分析了造成这些问题的主要成因，并有针对性地提出了相应的解决方案，以期帮助面临毕业的学生提升选题水平和写作能力，确保其顺利完成毕业论文写作任务。从中我们可以看出，由于外国文学史是中文专业中唯一一门必修的"完全涉外课程"，其中涉及了世界各主要国家的文学发展进程，"时间跨度特别大，国别又多，各地区的文学发展极不平衡"[2]，因此，仅仅依靠课堂上的有限学时，一时间还很难彻底解决相关问题，这就需要我们教师在开设选修课时充分考虑到其与必修课程的互补性关系。如果上述问题能够放在选修课中予以妥善解决，那么，将大大有助于弥补学生在知识、理论和实践训练等方面的欠缺，为日后的论文选题和写作打下坚实的基础。

参考文献

1. 马征 . 高校中文系"外国文学史"教学理念和教材的更新［J］. 贵州师范大学学报（社会科学版），2011，168（1）：129.
2. 雷成德 . 外国文学史：重建与构想［J］. 西北大学学报（哲学社会科学版），1996，26（91）：58.

文化经济学的方法与立场

秦　勇[*]

摘　要： 文化经济学缺乏自己独特的研究方法。基于文化经济的本质是意义经济、意义问题的本质是伦理学问题的认识，统摄文化经济学的研究方法应该是伦理学方法。文化与经济的关系，本质上是伦理与经济的关系，二者应该融合为一。文化经济学的研究与教学不能丢失文化经济伦理维度，这既是指文化经济学需要一种支配性的着眼于辩证伦理分析的方法，更是指在宏观上，文化经济学要确立一种富于人学色彩的价值立场。辩证的伦理立场是要为文化经济设置一种底线，使文化经济研究始终都是在服务于人的发展。

关键词： 文化经济　伦理　方法　立场

任何一个学科都应该有自己独有的或者依赖性的研究方法，但目前为止，文化经济学并没有自己独特的研究方法。或者沿用法兰克福学派的文化批判的研究方法，但一味地对文化经济现象与文化经济学进行否定，并不符合文化经济发展的现状与未来趋势；或者沿用经济学与管理学的研究视角，事实上，经济管理学视角也完全主导了当下文化经济学的研究与教学，霍斯金斯等学者用经济学知识套用文化产业的研究堪称这一趋势的代表，但代价就是——文化经济学彻底沦为经济学的一个分支。文化经济的研究与教学需要自己的方法与立场，以确立自身的学科独立性。而现在文

　＊ 作者简介：秦勇，首都师范大学文学院文化产业系副教授。

化经济学的研究者所持有的方法和立场都有缺憾，并不能解决文化与经济、功利性与非功利性等内在的矛盾。在文化经济的研究与教学中，建立包容文化经济内容的伦理维度，真正在精神层面上促进人的质的提升，是解决文化与经济的内在矛盾的一条可行思路。

文化经济的本质是意义经济。意义问题的本质是伦理学问题。意义是关乎人的最重要的价值维度。研究关乎人的价值维度的最恰当的方法就是伦理学方法。但这不等于说文化经济的研究与教学的方法就是研究意义的伦理维度。事实上，社会学的调研方法[1]、经济学与管理学的分析方法[2]是文化经济研究与教学的常用方法，但是任一学科的方法都不是绝对的唯一的研究文化经济的方法，而是要在文化经济的伦理维度统摄下，以马克思主义辩证伦理观来进行研究与教学。可以说，马克思主义的辩证伦理方法是思考文化经济的总的宏观方法，在其下，可以综合运用从各个具体学科借用的研究方法，但无疑这些研究方法都会具有辩证伦理的色彩。

统摄文化经济学的研究方法是伦理学方法——是马克思主义辩证伦理方法。这种方法或思维方式，是辩证地思考文化经济的伦理底线与文化经济现象、规律、趋势对人的价值。有多种伦理学，也有多种伦理学方法。法兰克福学派的批判方法也是一种伦理学方法。运用马克思主义辩证的伦理学方法不仅要看到文化经济作为文化工业的一部分所具有的天然负面性，也要从历史与社会发展的视角看到文化经济带给平民大众巨大的福利性，相对于文化产品与文化服务被权贵垄断的时代，文化经济的发展是一个巨大的社会进步。在这个意义上，文化经济伦理是辩证的伦理，是不同于文化批判方法的积极伦理，文化经济的伦理学方法是历史辩证的伦理分析方法。同时，也是更为重要的是，文化经济伦理方法不同于其他伦理学的地方在于——文化经济学的伦理方法是密切结合着文化伦理、经济伦理的思考，辩证地结合文化伦理与经济伦理的思考方法，凸显解决文化与经济这一内在的天然矛盾的文化经济伦理分析方法。

文化存在伦理维度。这是一个没有多少疑问的问题。因为文化是人的文化意识的反映，人的文化意识天然地和价值伦理纠结在一起，人的任何文化行动都会有价值伦理的思考，也会为价值伦理所评判。文化经济所涉及的文化自然也存在伦理问题。这在一般学者眼里是不用思考的公理。但经济现象与经济行为中存在伦理问题吗？或者说伦理分析能用之于经济行为研究吗？对此问题的分歧较大，而且绝大多数学者都持否定的观点。这也造成套用经济学方法研究的文化经济具有了远离伦理分析的形势。理解经济与伦理的关系，还需要从经济学发生发展的源头论起。

古典经济学又被称为政治经济学，本属于道德哲学的组成部分。伦理维度与经济维度都是服务于"公民的幸福生活"目标，在道德哲学的视域是完全一致的。教授道德哲学的亚当·斯密为了便于说明经济问题，以"人都是自利的"为假设前提，诠释了"看不见的手"发挥作用的经济学主张，从而写作了经济学奠基之作《国富论》。但《国富论》出版之后，亚当·斯密似乎也意识到了经济与道德分离的问题，又着手修改《道德情操论》，在该书中不断呼应《国富论》中提到的"自利"问题，引导人们将对经济行为的"自利"眼光转向社会整体利益与公民整体幸福。他在书中写道："尽管他们的天性是自私的和贪婪的，虽然他们雇佣千百人来为自己劳动的唯一目的是满足自己无聊而又贪得无厌的欲望，但是他们还是同穷人一样分享他们所作一切改良的结果。一只看不见的手引导他们对生活必需品做出几乎同土地在平均分配给全体居民的情况下所能做出的一样的分配，从而不知不觉地增进了社会利益……"[3]同时，亚当·斯密为了限定经济中的"自利行为"不突破伦理底线，他还指出："虽然人天生是富有同情心的，但是同自己相比，他们对同自己没有特殊关系的人几乎不抱有同情；一个只是作为其同胞的人的不幸同他们自己的、哪怕是微小的便利相比，也竟不重要；他们很想特别伤害一个人，并且也许有很多东西诱惑他们这样做，因而，如果在被害者自卫的过程中没有在他们中间建立这一正义的原则，并且没有使他们慑服从而对被害者的清白无辜感到某种敬畏的话，他们就会像野兽一样随时准备向他发起攻击。"[4]从这些论述中，不难看出亚当·斯密自始至终是用伦理的思维在进行经济学的思考。但是就像推动了"西西弗斯神话"中的巨石一样，自从亚当·斯密亲手把经济学从道德哲学中剥离开后，经济学便取得了独立性，沿着"帕累托最优"的方向追逐利润最大化，似乎永不停息。自诞生以来"从头到脚都充满血和肮脏的东西"的资本主义发展似乎无处不在以尔虞我诈的"自利"的经济事实来证明，经济与伦理互不干涉。

伦理与经济不可弥合的理念影响至深，伦理分析的方法被经济学由排斥到近乎遗忘掉。但是现实社会生活中有很多经济行为引发的伦理问题，又使人们不能不面对二者的关系。比如 20 世纪 80 年代以来，中国社会转型而带来的"血汗工厂"问题，曾引起过人文学者、经济学家们的大讨论，主流经济学者大多支持经济与道德伦理等因素无关论，甚至认为经济学家讲道德是不务正业[5]，"血汗工厂"是社会转型必经之路。人文学者们则在"恶"与"善"的矛盾中徘徊。[6]现实中，脱离伦理分析的经济利益至上理念已经让人类社会发展付出了惨痛的代价，阿富汗人民宁可回到落后的宗教时代也不愿意在贫富悬殊的资本主义社会中享受进步的教训，可见一斑。作为社会主义国家的中国社会不得不一边搞经济建设，一边提倡精神文明，一边谈发展文化产业，一边提出要建设文化事业，而经济文明、文化经济伦理其实本来就是经济学、文化经济应有之"义"，并不需要分裂着去思考。在人类社会发展到一定程度之后，某些学者开始意识到经济学脱离伦理学的重大缺憾，意识到社会发展应该提倡道德伦理原则。由于对经济学与伦理学进行弥合的出色努力，印度人阿马蒂亚·森 1998 年获得诺贝尔经济学奖，由他也开辟出了一个新的经济伦理学派。[7]联合国出版的《人类发展报告》就是以他的经济伦理学思想为理论依托的。这足以证明，即使在私有制社会里，在社会历史发展的问题上也开始越来越多地考虑道德问题，经济学开始向伦理学回归，而非道德的自私自利的"恶"不一定能促进社会的进步与发展。无论是经济学，还是渗透着经济学意识的文化经济学，都不应丢失辩证伦理的维度，只有这样，才能保证经济学或者文化经济学始终服务于社会、服务于人——这一终极的目的。当然，在强调文化经济伦理维度的同时，笔者并不是要否定利用自利心理、运用市场经济的"看不见的手"来自发地调节资源配置，只是强调在宏观层面上，需要的是伦理维度来调控，而不是仍然以"自利"为借口，任由丑"恶"的现象横行而置之不理。对于注重宏观、整体进行思考的文化经济学来说，尤其应该注入这种理性的、人性的思维方式。

文化经济学的研究与教学不能丢失文化经济伦理维度，这既是指文化经济学需要一种支配性的着眼于辩证伦理分析的方法，更是指在宏观上，文化经济学要确立一种富于人学色彩的价值立场。以宏观的伦理分析方法去综合运用社会学方法、经济管理的方法，融合出富有人文色彩的经济学思考，融合出对社会整体负责任的文化经济学体系。在文化产业的课程体系中，文化经济学的指向目标不同于文化市场营销——这种直接以微观的市场效益为目标的课程，其是一门突出理论性、以理论分析见长的学科，直接指向对文化市场的宏观管理与运营的认知基础，服务于文化经济的研究者与宏观管理者，服务于构建未来一个人人幸福的理想社会的理论需要。学科的科学性不排斥研究者的立场性，不含有丝毫情感色彩的纯粹中立的客观立场在人文社会科学研究中是很少存在的。对于文化经济学这种凸显文化"属人"色彩的学科而言尤其是这样。即使是纯然的经济学研究，如亚当·斯密所言："为了强迫人们尊奉正义，造物主在人们心中培植起那种恶有恶报的意识以及害怕违反正义就会受到惩罚的心理，它们就像人类联合的伟大卫士一样，保护弱者，抑制强暴和惩罚罪犯。"[8]古典经济学鼻祖亚当·斯密的这番话并非空穴来风，而是紧紧针对社会经济行为而言的。只有始终以社会的整体或共同的幸福为旨归，才能不过度追求短期效益以致破坏长远利益，追求局部利益以致破坏整体利益，追求个体利益以致危害集体利益；相应地，也只有注重伦理的价值立场，才能不以集体的名义侵害个体的生存之本，不以社会需要的名义侵害公民的合法利益，不以未来发展的"画饼"欺骗现实中衣食堪忧的社会底层群体。

辩证的伦理立场是要为文化经济设置一种底线。有了这种底线，无论是文化经济管理者，还是文化经济研究者，或者是文化经济学的教学人员，都可以本着一颗"正义之心"去诠释经济行为的牟利之举。所谓"君子爱财取之有道"，只有在文化经济学学习中明确了伦理底线，才不会用压榨工人的"血汗工厂"作为经济学教学的成功典范，才不会窃喜于不顾礼义廉耻的生财之道。文化经济学虽然注重分析经济行为的效用与效益，但是并不是以"赚钱"为唯一目的的学科，而是注重分析清楚文化与经济联系、弄明白文化经济的运行规律的学科。学了经济学，并不能保证学生学会赚钱；学了文化经济学，更不能保证这一点。文化经济学只是一种理解文化与经济联系的视角。

如今的文化经济研究与教学，似乎又在逡巡着经济与伦理分裂的老路，仅仅着眼于经济管理的手段，而忘记文化的源头。不同于最初从人文学科介入文化经济学的研究者们不懂经济，不得不以文化代替经济，现在的研究者们对经济一知半解，在有意无意地以经济学的视野替代文化自身的特点。记得 2004 年，笔者曾经工作过的一所学校招收第一批文化产业专业本科学生，师生见面会上，学生提出了一个问题——"文化产业培养学生的目的是什么?""为了赚钱。"有位教师给出了这样的答案，学生们鼓起掌来。这样讨好的回答，完全符合学生与家长们的预期。但事实上，文化经济学或者文化产业没有这个能力保证学生都赚到 4000 万，[9] 也不应该做这一承诺。作为一门学科，它只是教给学生一种理解社会的视角而已。至于如何运用这种理解，则要看学习者后天的追求与机遇了。正是这个至今难忘的场景，让笔者对文化经济研究与教学的目的思考至今。当时对文化产业研究不深的笔者也难置可否。如果今天学生问笔者这个问题，笔者的答案是——"为了人的发展"。

无论是生产还是消费，无论是文化还是经济，都是服务于人的发展——这一最终目的。人是有生活目的的人，在人与万物的关系中，一切关系都因为人的存在，才具有了意义，所以说"人是目的"。而人之为人，更在于人在精神上超出一般的生物为了生存而生存，人有着更高的精神需求，所以人的生存不是以满足于一般性的物质需求为目的，而是要在满足吃、穿、住、行的基础上，从事政治、科学、艺术、宗教……[10] 正因为这种文化层次上的生产与消费，人类创造了一个生动活泼的生活世界。文化经济学的研究与教学一开始就不应该丢掉"为人的发展"这一重要伦理维度，而且要注重从精神文化生活层面提升人的发展，既要包容回归伦理维度的经济学，又要指向人的自身文化发展，所以笔者称这一维度为"文化经济伦理"。文化无所不包，抛弃伦理的经济学目光短浅，而包容经济内容的文化经济伦理提供了一条统摄文化与产业经济的思路，它既是文化经济的分析方法，也是研究文化经济需要持有的立场——促进人的全面发展，真正在精神层面上促进人的质的提升。文化经济学是一门学问，这门学问不仅要理解文化与经济，更需要理解——人。

参考文献

1. 文化经济学需要社会文化经济现象的调查案例与数据统计，社会学的面向实际具体的田野调查等形式非常适合用于跟"人"密切相关的文化经济问题研究。

2. 经济学与管理学的模型分析（例如管理学的 SWOT 分析）等方法，非常适合文化经济学的经济效益等问题的分析与研究。

3. 〔英〕亚当·斯密．道德情操论［M］．蒋自强等译．商务印书馆，2008：230.

4. 〔英〕亚当·斯密．道德情操论［M］．蒋自强等译．商务印书馆，2008：107.

5. 樊纲．"不道德"的经济学［J］．读书，1998（6）.

6. 参见由陆贵山教授《对文艺的非理性主义的理性审视》（《光明日报》1990 年 4 月 12 日）所引发的关于"恶的历史作用"的相关讨论。

7. 参见阿马蒂亚·森的《伦理学与经济学》等著作。

8. 〔英〕亚当·斯密．道德情操论［M］．蒋自强等译．商务印书馆，2008：107.

9. 有位教授曾言，他的学生到了 40 岁还没有赚到 4000 万，不要来见他。这一言论在网络中引起热烈讨论。

10. 恩格斯．马克思恩格斯选集［M］第三卷．中央编译局译．人民出版社，1995：776.

诗歌：在日常经验中完成心灵的旅行[*]

——大学诗教课堂侧记

孙晓娅[**]

摘　要： 诗歌来源于日常生活，优秀的诗人善于从碎片、习常的生活中发现诗意，发现震撼的美，赋予日常经验以诗韵的光泽，本文以教学实践中"外国诗人走进大学课堂"的教学侧记与首都师范大学文学院本科生的诗歌创作实践为例，从创作体验和写作文本入手，阐释诗歌与诗人并行巡弋于日常经验之中，探索并分享心灵旅行的诗学生成。

关键词： 诗歌　日常生活　经验　诗歌写作

"什么是艺术，艺术即经验"，[1]经验包括生命经验和文化经验，前者即在日常生活中的一些体验感受；后者是从古典或现当代文集那里阅读的积累，这两方面构成创作的基础。能够仰望星空的诗人，必然也会俯视大地，在众多经验中，日常经验是从此在通往彼岸的必经路径，是现代诗写者的大地。作为日常经验的核心元素，"日常生活"是一个现代概念，"涵盖的是有差异和冲突的一切活动"，[2]是最直接、最具体的生存形态。差异与冲突通过具体纷呈的生存形态，构成了诗人不同层面和维度的内在真实，在诗歌创作中展现出一个与自己重叠或者迥异的个我。如何在碎片、习常、重

---

　* 本文属北京市教委面上项目：《新时期新诗教育研究的反思与拓展》（SM201310028001）。

　** 作者简介：孙晓娅，首都师范大学中国诗歌研究中心副主任、专职研究员、副教授、硕士生导师。

复的日常生活中发现诗意，发现至少能让自己震撼的美，这需要诗人具有慧敏独具的观察能力和捕捉能力；如何让日常经验经过诗人的处理发散诗韵的光泽，这是诗艺打磨的锤炼过程。从一首诗的诞生到它的完美出炉，从初涉诗坛到游刃于诗意之海，诗歌与诗人并行巡弋于日常经验中，探索并分享心灵的旅行。

一　为什么写诗

"为什么写诗"这个看似初级的问题其实可以直接打开充满偶然与必然、真实与变幻的诗歌创作的本源，同时也是创作观念的一种释放。2014年，笔者请来西班牙、美国、伊朗、南非、斯洛文尼亚等不同国家的优秀诗人以"诗歌与我"为题为首都师范大学的学生做报告、交流，旨在让诗歌在中国的大学课堂上真正完成跨越国界、跨越语言的沟通，让学生现场感受领略不同语种、风格、经历的国际诗人的创作经验、历程，以及为诗歌所投注的真诚的生命情感……以此启发学生们的诗性情怀和创作兴趣，消化和体悟他们从教材中学过的诗歌理论与概念。诗人们所谈芸芸纷呈，但几乎无一例外，都触及诗歌写作与日常经验的话题。诗歌本在日常生活中产生，说得越抽象，听起来就越虚假，反而，将诗歌写作放置在日常经验中，其内涵、意义、魅力自然得以凸显。下面采撷 2014 年度诗歌教学中部分外国优秀诗人的相关发言，再现不同诗人创作的"源头"：

伊朗/美国双语写作的女诗人修蕾·沃尔普（Sholeh Wolpe）说："诗歌对于我是从痛苦中产生的，因为与周围人的不同、异国身份带来的痛苦……我想表达压抑、苦闷、孤独，就开始写诗。但我对自己的写作非常苛求，只有十分明确想向世界展示什么之后，才会把自己的诗拿出来发表，我做了很多年的秘密诗人。"

西班牙 70 后女诗人尤兰达·卡斯塔纽（Yolanda Castano）说："7 岁开始写诗源于读到了第一本诗集，喜欢上诗歌的表达形式。15 岁时看到一本精致昂贵的乔叟诗集，不好意思让我的穷妈妈买，正巧看到诗歌大奖赛的广告，后来拿着奖金买到诗集，这尤其激发了我的创作潜力。从此开始了持续至今已经 20 年的诗歌写作生涯。"

南非 80 后女诗人姆芭丽·诺斯丁茨（Mbali Kgosidintsi）说："童年读到的儿歌、童谣之类的诗句，使我喜欢上诗歌的形式，在学习戏剧表演中，爱上了莎翁等人的台词和古典文本。诗歌有激起情绪的力量，帮助我表达情感；诗歌让我变得更安静、更愿意倾听、阅读、探索。各种东西都可以封存在诗歌这个形式里，诗歌是我表达所有疯狂情绪、理清情绪的方式，籍此认识世界。"

美国当代诗人、学者托尼·巴恩斯通（Tony Barnstone）说："诗歌是一个小小的容器：它可以装入历史、神话、感情，可以装入一次开心大笑，也可以装入一个灵感、童年的某个时刻，随着我变老，沿着我们能享有的百年寿命前行，我试图留下装着我生命点点滴滴的一颗颗小宝石。"

斯洛文尼亚写作中心主任布莱恩·莫泽蒂奇（Brane Mozetic）说："出于青春期的困惑，我开始写诗，把我的问题以及无人讨论的事情都写进诗里，这些诗多多少少都是个人日常经验的表达。"

南非诗人佐拉尼·米基瓦（Zolani Mkiva）说："我的家庭有传统吟诵诗人的血脉传承，我深受活到 105 岁的曾祖父的启发和指导。我们用非洲土著语之一 Kasa 吟诵我们部落的故事、历史，作为传统吟诵诗人，我有资格在任何时间对任何人说任何话，其他人没有这样的言论自由，不能自由表达自己的评判。在上大学一年级时，我开始从更为广泛的语言意义上真正接触英语，并更深地认识自己，更多地了解到我在自己民族和团体中的作用和代表性。写诗不仅是用持久的记忆去提醒人们来自何方、如何行事，还要有预见未来的意义；诗歌是武器，是与社会邪恶抗争的武器。"

斯洛文尼亚青年诗人阿莱什·希德戈（Aleš Šteger）说："诗歌创作的灵感来源于我时常问自己作为阿莱什·希德戈一个个体在这个世界上感受到了什么、认知到了什么。写诗是试图表达个体与生活的复杂性和冲突，趋向于用这种复杂性不断拷问我是谁，借此写出我觉得有意思的诗歌。"

我国台湾诗人、翻译家陈黎说："我除了在大学读书的四年之外，几乎过去半个多世纪都在花莲长大，这与我写作的一些定位有些关系。我几乎是足不出户，没有离开过台湾，可是通过阅读和写作，在我的小城花莲里复制了所有的城，通过我自己阅读和写作的世界去旅行。"

引述的诗人们均有不同的写诗的因由，不过他们都有一个共性时刻与写作与生命紧密伴随，那就是诗歌源于日常经验。其实，生活中每一个人都生存在事件当中，是大事件的一个小的组成部分，在这个过程中每一个人会通过自己的诗歌创作给大事件或细小的情结加一些东西，写诗成为与自己、与他人、与世界交流和分享的一个自选的路径，虽然无法完全掌握登临彼岸的时间，但是过程本身是心灵的美好旅行，日常经验是观光或留在心中的各色风景。

二　诗意无处不在

自 20 世纪 90 年代以来，随着冷战的结束，市场经济的全球化全面提速，以费瑟斯通等研究者为代表，提出了"日常生活审美化"等重要理论。新世纪以来，"日常生活审美化"成为文论界一段时间内相关研究和争论的重要关键词。在诗歌创作中，日常生活的审美化就是诗意生存、诗性智慧的展现。在我国台湾的兰屿岛上住着以捕鱼为生的达悟族，这个保持原始生活方式的部族，每次杀鱼时，他们都会非常认真地用灵魂和鱼对话："很对不起！杀死你是为了我活下去，我不会滥杀。"一场灵魂的对话后才会吃掉鱼，同样，他们每次砍树的时候也会非常虔诚地与树的灵魂交流。虽然他们没有学过诗歌理论，不懂得日常生活与审美化的关系，不过他们的日常生活就是在用灵魂写诗，简单质朴却闪耀着诗性的光芒。笔者认为，中国当下诗教课堂最为匮缺的是对学生的诗性情怀的激发，鲜有教师重视学生在日常生活中体悟和捕捉诗意经验的能力。在笔者的诗歌鉴赏课上，第一节课从生命的韵致讲起，引导学生去感悟、聆听、观察生活与生命的姿态，并以"杨树"和"我听到……"命题或半命题的方式逐步锻炼学生通过诗歌创作，完成从对事物的观察到自觉于日常生活中的诗意直至对心灵沙漠的开掘；从意念的生发到诗艺的锤炼，从表达到不同维度的灵魂的交谈和对话。[3]有的学生通过对校园中杨树的书写表达出植物与自然、植物与人类、植物与世界的紧密关联，甚至写到了孤独。比如党训福同学的诗歌《树与我》：

> 此刻，我在用昨天的诗
> 写着今日的杨树

横是你的土地

竖是你的干

撇是你的枝

点是你的叶

折是你的痕

你看，你的身上刻满了孤独

　　这首诗语言简洁，画面感很强，结尾尤其好。一棵挺拔的杨树呈现在我们的眼前，可触可摸，甚至连它的伤痕也历历在目。这棵杨树的深切的孤独，让我们联想到万事万物的孤独，世界的孤独和自身的孤独。白杨树其实也就是诗人自己，是他心目中的自我之影。

　　同样写杨树，多数学生写得比较平实和普通，缺少想象力，他们没有从日日穿行而过的校园中的夹道杨树身上"寻访"出诗意，虽然这并不妨碍有的学生将诗写得很像诗，比较好的如张旭同学的《狂想》："我的天空是一块破碎的玻璃/我痛恨身边的白杨/他夺去了本属于我的阳光/燥春/杨花在天空来回飘荡/好像孩子手中不小心飞走的棉花糖/热夏/烈日炙烤着大地/我在高高的影子下酣睡/肃秋/枯叶踮起脚尖跳舞/我看见枝干指着天空的方向/寒冬/寂寞的星空下/我多想要拥抱你/可是，晚安白杨。"作者在诗中写了一年四季的白杨树，时间拉得比较长。他所想要表达的却在最后两句，前面都是岑长的铺垫。从诗中可见诗人有着一颗青春的心灵，他无法感受到时间在一棵杨树上的老去，更无法感受到时间在自己身上的老去。这首诗充满了孩子般的青春气息：痛恨，不小心飞走的棉花糖，破碎，寂寞等词语充分表明了他稚嫩的心态，全诗遍插日常生活的随感、片影和青春滋长的茉萸，但是最大的问题是读起来缺少诗的韵味——穿透情感的诗意。

　　优秀的诗作一定要经历具体生活的锻造，汲取人性的、自然界的精髓，并结成生命的晶体；这样，读者在阅读时才会让诗作重新释放现实的能量，才会感受到明亮和温暖。诗人情感要丰满，就要有锐度，要有对自然、对自己的判断。有经验的摄影师拍照，总是十分重视选择角度，以突出所拍摄对象的特点。以邹雨晨同学的诗歌《我喜欢养花》为例：

我喜欢养花
多肉、石斛兰和茉莉
叶插、播种和分株
日复一日
从不觉疲倦
然而
我无法培养在小小的阳台上的
是我最爱的寒梅，和孤竹
于是
我把它们养在心里，从不提及

无论是被铁丝绑架的
无香的梅
还是养在水晶插瓶里的
寓意富贵的竹
皆不是我的所爱

清傲寒梅应盛放在霜雪中
劲节孤竹应挺立在风雨里
或许我所喜爱的
只是我
希望自己变成的样子

我喜欢养花
年复一年
从不疲倦
若有人问起
我喜欢养花

——多肉、石斛兰和茉莉

批阅水平不一的学生诗作时，这首诗温厚的人生情味让我眼前一亮。作者平中见奇，感受洞幽探微，在平凡事物中善于发现和挖掘那些新奇端丽的东西，同时懂得如何在叙述中"独辟蹊径"。显然，邹雨晨同学是一位敏锐感受生活的人，她从日常经验中提取事物的潜滋暗长，开拓个人的想象疆域。我相信，即便是换一个题材她也可以写出好的诗作来，因为她的生活中浸润着诗意。相反，有些学生对周围事物平时缺少观察，甚至是熟视无睹的状态，更不会提取日常经验的诗性韵味，这样写出的诗一定是干枯的浆果。

记得10年前，我请叶维廉来首都师范大学讲座，曾问及他在美国大学考核学生诗歌课成绩的方法。他说形式不一，多有创新：比如，只给学生空矿泉水瓶作为道具，让他们在树林中分组排演诗剧；比如，带学生坐在大海边，冥想倾听，让学生交流听到了什么，这是伸展诗意触角的有趣的形式……诸上大胆创新的考核方式，在我们的大学课堂上不便实施，不过完全可以随机灵活地转换现有的硬性考核模式。其中，锻炼和鼓励学生写诗就是一个灵巧的切口。通过写诗的训练，我们发现，有的学生非常敏锐，天然具备感受现实生活的能力，有的学生则善于从各色日常经验中提炼诗意，自觉的反思，富有深蕴。以黄成杰[4]同学的《听到……》为例：

> 鹰的一声鸣叫
> 把天空叫得越来越高！
> 比屏风似的高楼更高。

> 马的一声嘶啸
> 将草原啸得更广阔了！
> 比网一般的街道更广阔。

> 鹿的一声呼喊
> 把森林喊得更深了！
> 却比不上城市的幽深。

自然在向我们呐喊

听不到我们的回声。

　　这首诗有整体的意象感，每一节铺展出矛盾而又关联的两幅画面的景深，浸透着现代人的共鸣与心声，结尾两句掷地有声，且与诗题和每一节的首句构成了撞击的张力。这首诗虽然表达略显稚拙，但在学生习作中颇具异质性：是一首有回音效果的诗，是一首呼唤诗意的诗，是一首反思现代生活状态、反思人类文明、反思人和自然关系的诗，是一首质朴有感受力量的诗——写诗不是玩文字游戏，它需要我们付出真诚。这首诗让笔者想起伊丽莎白·毕肖普曾说，她的诗服膺三样东西：简单、准确、神秘。简单不妨看作生活与写诗的态度——真诚、不造作；准确不妨看作语言、修辞的表达姿态与能力；神秘则是汪洋的精神海洋或熠熠的星辰，浩瀚蔚蓝，深远不可测。想做诗人，就要学会保留一颗澄蓝色的诗心，葆有对琐碎的现实生活、自然景色以及世间万象的欣赏和审美的心态。诗意无须刻意寻宝，它也没有被刻绘或放置在什么固定的地方。只要拥有诗心，蓦然回首，诗意无所不在。

三　锤打的手艺

——在日常经验中提炼诗

　　诗歌在任何时代都被认作是崇高的精神产品，虽然它并不高于日常的生活历练，流水作业的日常生活中，独有诗意感悟者为诗人。在这个世界里，诗人常常是一个寻求宁静、高远甚而把生活愿景托付给想象空间和思维能力的人，他们用自己的诗歌让人们相信生活中任何地方、任何时节都有诗意。诗人的心里有一块常绿的土地，这块土地生产绿色的思想，爆发突破冰封雪盖的力量。写诗是"横看成岭侧成峰，远近高低各不同"。任何事物总是多层次、多侧面的，从不同的角度去观察，便会有不同的感受和不同的发现。而诗人之所以为诗人，就在于独辟蹊径、立意新颖，就在于能给人以丰富独特的感受，就在于诗意的提炼和凸显。

　　懂得捕捉日常经验的技巧和方法，不足以创作出优秀的诗篇，如何将日常生活的现成物取代艺术品，将日常生活转化为诗歌的影像和情感元素，这是需要技艺、需要锤炼打磨的能事。很多学生不会从日常经验中提炼出诗，有一个重要的原因是缺乏锤打诗歌的手艺。一般地说，在写日常经验的细微感受时，学生容易出现共识性的问题，即认为日常经验非审美的制高点，寡然的诗性，或者走向另一端，过于"元白"地书写。以刘艺涵同学的《窗》为例："眼睛正盯在那块玻璃的后面，/一个神奇而多彩的世界。/白昼和阳光交织的火焰，/和那夜晚灯火迷离的倒影。/一扇透明的窗，/分出了外面的世界，/和青春热切的张望。/听，醉人的欢笑声，/把我的心拉到了外面；/听，失意者无奈的叹息声，/夹杂着高脚杯的碰撞和汽车轰鸣。/走走又停停，/窗内静谧而安详，/安歇着迷茫的双脚和旁观的眼光。/但是，/岁月无情，/有一天我会变成窗外的自己，/在如织的人流中流浪。/但我想我会是不一样，/勇敢、坚强，/不跟从，/不狂妄。"肯定地说，刘艺涵同学不乏诗情，有诗歌的感受力和较深刻的构思能力，问题出在诗歌不需要把话说得太清楚直接，诗歌不是胡适在"五四"之初所倡议的"想怎么说就怎么写"，诗人也不是生活的传声筒。

　　诗人可以是"现代生活的画家"，[5]可以是多维度穿越的幻想家，简单不等于原生态、不等于原封不动地还原生活，诗人需要对世界保持陌生感。保持陌生感就是要对一切事物保持敏感、保持新鲜，这让我想起保罗·策兰。他是一个喜欢用植物做一些特定事物的隐喻的诗人，比如会找一些生长在集中营附近的植物，通过对它们的描写来揭示一段历史。曾有一位德国的文学评论家问他："你到底想说什么啊"？策兰说："读到你读懂的时候就自然明白了。"我还想到了勒内·夏尔，阅读他的诗犹如在原始森林中历险：意象的丛林繁茂缤纷，瑰丽奇谲；词语的藤蔓相互缠绕扭结，意义的小径忽隐忽现，虽然这方原始丛林中有清澈的溪流，整体而言，还是比较晦涩难懂，可是这丝毫不影响其诗作激烈的情感力量。与保罗·策兰和勒内·夏尔一类的诗人不同，中外还有很多优秀的诗人，不用生僻的语词，也不用晦涩的意象，都是日常话语的排列与组合，但这些日常话语经诗人艺术处理后，又常常能于日常蕴超常，于朴素中见深邃，透射出绵里藏针的艺术功效和震颤心灵的审美魅惑。每个人选择怎样的诗路，由每个人的自主性、审美维度与性格等因素决定，但是，这不等于说诗歌是任性而为的创作过程，诚然，它需要诗艺的锤炼。

首先，构思是一首诗的钢架。构思作为诗学策略之一，对于每一个诗人、每篇作品来说都绝对必要，只是因其技巧的精粗，造成了作品的优劣，对此谢冕先生有一段话说得形象而在理："超凡的构思可能造成华美的殿堂，平庸的构思只能产生千篇一律的火柴盒。"这种"超凡"是指新颖、独特和深刻，是一种艰苦而富有创造性的劳动。以郭紫莹同学的《饥饿》为例：

炽烈的骄阳是煎得半熟的荷包蛋
我是苍鹰
与天狗撕咬最后一口残食

我为最后一块屹在峰顶的顽石
取一个响亮的名字
面包峰

奔袭在黑夜与黎明的分界
固执的胃在哀悼
在凄怆的挽歌动人

为何我要咆哮？
你看那隐匿在原罪角落的饿兽
伺机而起

我是天地间
最美味的一餐

做自己信念的猛兽，始终保持着亢奋与警觉。在精神宏大与生活俗常之间叹息，狐疑，摇摆，罪己。这首诗对素材的选择、组织、提炼均有一定的斟酌，结构鲜明清晰，情感主干节节关联盘错，有独得独悟，"得之在俄顷，积之在平日"，对于2013级的学生而言，写出这样的诗作比较可贵，也绝非一日之功。[6]

其次，还要掌握诗歌写作的技巧，锤炼诗艺。写诗的基本功就是炼字、炼词，诗中所用到的每一个字和词，都要反复推敲、斟酌。以佟缘圆同学的《昙花》为例：

你喜温喜湿喜阴，
我为你浇水填肥遮光。
忘了，你是小小仙人掌，
忘了，窗外的冬季。

刺座生于圆齿，
毛刺铺满幼枝。
有多久，
你偏爱称赞的目光，
疏离质疑的话语。
你，是顽强的，
你，是倔强的。

月下美人，昙花一现。
你那白色的大花，如梦一场。
你在东方的上空闪耀，
琼花反转浮空，裸露着，
碧波洒在你的裙下。

一窗一门，
一明一暗，
一春一梦。
黑白暗影交错，
因你，生情，

只为瞬间便是永恒。

古人写诗，十分讲究炼字，常是"吟安一个字，捻断数茎须"，"两句三年得，一吟双泪流"。诗贵精练，应以一当十，以少胜多，一句废话毁全篇。一行诗的内容，不能像抻面似地拉成三行；三行诗的内容，浓缩在一行诗里，才是真正的佳句。因为诗人对日常生活的复杂经验、独异感受并不是由诗人直接抒发、陈述出来的，而是将其寄寓、投射，在游走中绽现。

除上述所提及之外：好诗要含蓄，将思想感情熔铸于精练、鲜明、生动的语言之中，寄寓于作者精心选择的形象之内，不一语道破，而让读者去揣摩，去体会。只有含蓄的诗才能在普遍的日常经验中"言在耳目之内，情寄八荒之表"。

好诗是诗人与语言的不期而遇，诗歌通过有内在节奏的文字唤醒读者的想象力和再创作的欲望。语言丰沛，诗歌饱满；语言冷静，诗歌深邃。没有一个诗人可以脱离语言的咒语。丰富的语言，产生于丰富的生活经验，反之，日常经验的诗意滑行，离不开语言的助力。

好诗要有好的结尾。好的结尾，不是诗意终结的标志，而是画龙点睛、破壁腾云的神来之笔，是诗韵的升华，是赋予事物内在底蕴的"撞钟之笔"。"清音有余"是诗歌特有的魅力，它使诗意超越篇章之外，言有尽而意无穷，行有限而情无限，促使读者跳出生活与经验的惯性，带上自己的思考，过滤咀嚼现实的层面。

最后，优秀的诗人是用全部真诚来生活的人，好诗，从未与现实分离过！

结　语

悼念叶芝（节选）
〔英〕W. H. 奥登
……

因为诗无济于事：它永生于
它辞句的谷中，而官吏绝不到
那里去干预；"孤立"和热闹的"悲伤"

本是我们信赖并死守的粗野的城，

它就从这片牧场流向南方；它存在着，

是现象的一种方式，是一个出口。

……

（查良铮译）

　　功利地讲，诗无法直接地满足我们日常生活的物质需求，更不能增加我们的物质财富，尤其是在现代语境中，越来越多的先锋艺术家强调艺术与日常生活的分离，倡议一个独立于日常生活世界之外的艺术的世界。但我们却常常自觉不自觉地喜欢上某些诗歌。为什么呢？作为人的生存，我们每一个个体与诗歌之间都有着某种必然的联系。这个连接点在哪？很简单，就是日常生活、日常经验，它离我们最近，无时不在，无时不诱惑着我们。但是，我们必须时刻警惕审美认识的陷阱，诗歌创作中"将存在的事物化为瓦砾，并不总是为了瓦砾本身，而是为了那条穿过瓦砾的道路"。[7]我们将日常经验、日常生活审美化的最终目的不是呈现或复制生活的不确定性、经验的现实性、细节性，更不是落脚于常识、流俗、成规旧习、习惯看法等，而是从庸常的日常经验和习见的生活中提炼新鲜的审美经验、亮彩的碎片、宿命的偶然与灵魂被雷击的颤动。

　　每一个人，都有自己的生活经验和精神地形图，彼此交织渗透，"人和人都无权对日常生活进行'诗意裁判'"（恩格斯语）。那么，如何在日常经验中开启真，储存善美慧？它需要我们认真地、率性地、尊贵地去捕捉、汲取和创造，这就是诗。

注　释

1. 杜威的《艺术即经验》一书，对当代日常生活审美化思想影响最大，该书认为：人们关于艺术的经验并不是一种与日常生活经验截然不同的另一类经验。他要寻找艺术经验与日常生活经验、艺术与非艺术、精英艺术与通俗艺术之间的连续性，反对将它们分隔开来。他强调艺术品要从日常生活经验出发，他从日常生活经验中发现了一种他所谓的"一个经验"，即集中的，按照自身的规律而走向完满，事后也使人难忘的经验。

2. "日常生活"作为一个现代概念于 1933 年率先被法国哲学家列费伏尔在其和古特曼合作的论文《神秘化：走向日常生活批判的札记》中论述，Henri Lefebvre, Critique of Everyday Life（London：Verso, 1991），97。

3. 首都师范大学驻校诗人杨方和慕白都参加了对学生习作的批改和点评工作，他们的参与，为大学诗教课堂带来了生机和意想不到的互动效果。

4. 黄成杰同学是香港岭南大学的交换生，在首都师范大学交换一年期间，恰值选了笔者的课"新诗鉴赏原理"，这首诗是其课后完成的一次命题习作。

5. 波德莱尔.《现代生活的画家》[A].波德莱尔.《波德莱尔美学论文选》[C].郭宏安译.人民文学出版社，2008：485.

6. 后来得知今年读大二的郭紫莹同学已经出版两本个人诗文集：《恰同学少年》北方文艺出版社，2008 年 9 月第一版（24 万字）；《正逢高中时》北方文艺出版社，2011 年第一版（35 万字）。

7. 戴维·弗里斯比.《现代性的碎片》[M].卢晖临、周怡、李林艳译.商务印书馆，2003：4.

语言学课程指导课外阅读的几个问题

汪大昌*

摘　要：指导学生课外阅读是教学工作的重要环节。本文拟提出几个要注意的问题。第一，并不是所有的名家名篇都适合选用，要特别注意学生的实际需求；第二，要给出恰当的指导，不能一切都凭学生自己完成；第三，要充分理解学生，尤其是努力学习打算深造的优秀学生，适当地降低他们的阅读热情是有必要的；最后，给学生推荐参考书目时必须分层次进行。

关键词：课外阅读　名著　指导　层次

大学语言学课程中，课外阅读是教学活动的一个非常重要的环节。对学生的阅读活动给予适当指导，是教学工作中很重要的一个环节。教师在开列阅读书目和篇章后，必须给出及时的、充分到位的指导，不能以提倡学生自学、培养阅读能力为由而放手不管。本文回忆笔者亲历的著名专家对学生课外阅读的指引，并将多年来在这方面积累的一些经验和教训谨记如下。

一　慎重推荐

——名著不一定都适合阅读

教师在专业课上推荐参考书目和篇章时，很容易犯"急躁症"，恨不得

---

* 作者简介：汪大昌，首都师范大学文学院汉语教研室副教授。

把相关的全部知识或者信息一股脑倒给学生，使他们快速成长。其实，这种"急躁症"是很难有好的效果的。例如在"语言学概论"课上，教师当然要介绍结构主义语言学奠基人、瑞士语言学家索绪尔的《普通语言学教程》，美国描写语言学大师布龙菲尔德的《语言论》，美国著名语言学家兼人类学家萨丕尔的《语言论》。在介绍之余，教师很自然地会将这些著作，至少是其中某些篇章，推荐给学生作为课外阅读材料。我们可以想见，如果哪位语言基础理论课的教师公然不赞成学生花时间去读这三部名著，十有八九是要受到同行指责的（附带说一句，国内一流出版机构商务印书馆早在 20 世纪 80 年代已经将这三部书列入"汉译世界名著"）。但是，坦率地讲，这三部名著其实并不容易理解，究竟应否向学生推荐并且要求学生通读呢？可以不可以建议学生先把这样的名著放一放呢？这里，笔者回忆一段往事。

　　1983 年夏，笔者受委派与同学一起去著名语言学家、北京大学中文系朱德熙先生在中关村的住所送一封信。见到朱先生，我们深怀敬仰之情，很想利用这个难得的面对面的机会直接请教却又不便多有打扰。先生看出我们的心思，主动询问我们的学习状况。在提及阅读专著的困惑时，先生非常直白地谈了他的看法：索绪尔这本《普通语言学教程》很不好懂，大致了解一下就可以了；如果你非要钻研，搞懂里面的全部内容，你没有两年三年的工夫是不行的。可是你研究生学习阶段总共只有三年，又是刚刚进入学术大门，你没有时间、没有精力去这样做。从整个学习阶段和以后的发展看，是划不来的。另外，索绪尔这本书过于看重共时语言研究工作，对历时方面不够重视，这当然与作者当年的学术环境有关，可是第一次阅读这本书的学生是不容易看出的。当天下午回来，笔者就在笔记本上把朱先生的话尽可能记下。朱先生的话完全出乎笔者的意料，笔者以为他会给我们鼓气，告诉我们一些阅读"诀窍"，没有想到是"一盆冷水"。笔者现在也已经是教书多年的老教师了，结合自己的教学经历，越发理解了朱先生的意思，也越发钦佩老辈专家的眼光和真诚。当然，也只有朱德熙先生这样的大家，在反复钻研之后，才敢于提出自己的主张，不盲从。

　　再说萨丕尔的《语言论》。这部书的中文译者是著名语言学家陆志韦先生的公子陆卓元。陆志韦先生为这部书中译本写的序言里坦言："个别地方我也不敢说完全理解了他（指萨丕尔——本文作者注）的用意，只能勉强忠实地翻译。"陆先生直截了当地说，萨丕尔这本书中有的章节"叫人有点莫名其妙"，"一位中国语言文学系的同学，只修过现代汉语这一门的，泛泛地浏览这本书，未必能体会到它的长处，批判它的短处"。

以上回忆和引用，并不是要否认这几部汉译世界名著作为教学参考书的价值，而是强调教师在开列参考书目时必须慎重考虑所涉及的书，尤其外国书，有什么长短，有什么必要，有哪些方面可能对学生是很难跨越的难点，当如何给以有效的辅导，等等，千万不可信口开河，或者只看重参考书的知名程度；更不可以认为参考书单越长越能显现教师自己学问大、眼界阔，而置学生的接受能力于不顾。

二　恰当指导

——越是名著越需要教师的点拨

教师在反复斟酌、根据不同学生的不同情况开列参考书目后，接下来就是如何指导的问题。这种指导，不可能也不应当像课堂教学那样详细，而是点到为止的，当然也不妨在适当时机与学生就参考书目开展一次讨论。笔者这里再回忆一件往事。

1982 年春季，笔者和几位同学在中国人民大学与其研究生和进修教师一起听著名语言学家胡明扬先生讲授语法研究。讲语法研究自然要回顾历史，胡先生要我们通读第一本由中国人完成的汉语语法学专著，即马建忠的《马氏文通》，再读其后的一系列汉语语法研究专著。面对这一大堆专著，我们一时真是蒙了，别说理解，就是泛泛浏览一遍也是不容易的，且这样泛泛走一遍又能有多大收获呢？我们把这些疑问向胡先生提出。先生的解答是：必须抓住分析标准，而不要过分看重一本书中的分析结论。你可以找一个点，例如词类，看看从马建忠《马氏文通》一路发展直到 20 世纪 50 年代丁声树等先生的《现代汉语语法讲话》，究竟在定义方式上和定义标准上发生了怎样的改变，这些改变的实质是什么，与语法学分析标准有怎样的关联，特别是语法形式和语法意义的关联。先生的这个解答，我们听了还是似懂非懂。不过带着这个指导去看原书，很快发现了线索，看出了《马氏文通》的开拓性贡献和自身局限，以及其后多部研究专著的长处和短处。我们都感到受益匪浅，真正是事半功倍。

现在自己教书多年，还是不断地从前辈先生那里得到启发。读书不能不下功夫，甚至是笨功夫，但是读书又不能没有人指点，仅凭刚刚入门的本科学生的血气方刚并不能高效汲取前辈学者给我们留下的养分，甚至是在走弯路。

三　理解学生
——适当调整他们的读书热情

我们全部的教学工作都是为学生发展而设置的，我们在讨论课外阅读问题时必须把学生的需求和发展放在首位，一切围绕这个中心。因此，对不同学生要有不同的教学方式方法和内容。整体而言，我们当然要鼓励学生提升他们的读书热情，但学生情况是复杂的。我们不必讳言其中有人以混文凭为目的来到高校，也不能排除各种不利因素对学生完成学业的消极影响，我们更应该注意到还有为数不少的学生渴望在校期间多多汲取知识，多多阅读专业书籍，尽可能地提升自己的素质。教学经验告诉我们，对这些渴望知识的学生当然要给出必要的辅导和鼓励，但是本文要强调的是，可以适当地给他们"泼冷水"，而不是由着他们的偏好，一味简单地给出肯定和鼓励。举个例子：

音位是语言学课程中的基本概念，又是难以理解的概念。教师在讲授时，一般都要引用国际公认的优秀研究成果——赵元任先生的《音位标音法的多能性》一文。引用、介绍这篇著名论文是无可非议的，于是总有学生对此感兴趣甚至感到神秘，他们自己找来论文研读，甚至是英文原作，当然很快就遇到出乎意料的巨大困难。实事求是地讲，笔者认为这篇文章并不适合本科学生阅读。笔者给学生的提议是：不一定把每个细节都看明白（事实上，在没有教师指导的情况下，通读一遍都很困难）；或者，读一读这篇论文的简写本，也就是赵元任先生 20 世纪 50 年代在台湾大学中文系的语言学演讲《语言问题》中"音位论"一节，这个相对简单了不少，且基本精神已经具备。如果坚持鼓励学生去"啃"《音位标音法的多能性》原文，就要占去学生很多的时间和精力，且学生未必能够真正理解其中的精神实质，因为这需要大量的语言学知识和一定的外语及方言储备。本科学生第一次接触"音位"概念，他们尚未具备这样的基础，硬着头皮读，似懂不懂，最后只好囫囵吞枣，效果未必好；而且可能养成一种不良的阅读习惯。

网络时代使得学生阅读较往日要便捷很多，他们有多种途径获取大量文献。首都师范大学不是第一流高校，部分学生，特别是平日好学的，多少感到自己在这样的学校是受了委屈，是高考一时的失误，进而抱有进一步提升自己毕业学校知名度的想法。他们谋求在本科阶段努力读书，最后通过考研而进入更高层次的大学。这部分学生很可能片面地理解学校的课堂教学，以为本科阶段课本上的内容都是简单的，以为只有通过个人的非课堂的方式，通过大量阅读专业名著去获取大量知识信息才能够在未来考研中胜出。这种想法本身不难理解，但是这并不是学习专业知识的最佳途径。这就需要教师充分接触学生，了解他们，然后根据不同需要，对学生做出适当的判断和辅导，并且向他们讲清课堂教学的基础作用是课外阅读无法取代的，切不可简单迎合和称赞。

最后，谈谈向学生推荐参考书要讲求多样性。

学生的水平有高下之分，需求也是多方面的。针对学生的层次和需求，针对讲课中的不同章节和内容，我们应当适时地根据需要开出多种适合学生阅读的书目，并且配合适量的指导。教师要认真地钻研参考书本身，然后充分考虑学生需求和他们可能遇到的困难。这里可以分为几层：（1）同类型教材。我们在课上如果选用某教材，就一定要配合着所用的教材再向学生推荐其他教材，并且做出大致的对比和介绍，讲清不同教材各自的侧重和特点。例如课上使用教师自编的教材，这当然比较方便，就无妨把北京大学、复旦大学等名校的教材做个介绍，供学生参考。（2）进一步深入的参考书。20世纪80年代黄伯荣、廖序东先生在主编《现代汉语》教材时同时组编了一套辅助读物，把教材中各个章节展开，作出深一步介绍和探讨，篇幅不大，每一本都在七八万字，是对课堂教学的极好补充，学生理解起来也比较容易，且能够激发他们进一步的思考。（3）研究性专著和论文。这是在（2）的基础上的进一步提升，这一步要特别谨慎，切不可简单求高求深，一定要有针对性，一定要精选，一定要跟上适当的辅导，如"语言学概论"课可选取赵元任先生《语言问题》，"现代汉语"课的语法部分可选读朱德熙先生《语法讲义》。（4）外语著作。这一步更要慎重，更要注意指导，教师自己一定要充分读懂读透，最好选取某某引论概论一类。这里附带说一句，必须是外国学者的原著，尽量不要用一般中国学者的外语著作。

文学中的文化

——"通识核心课程"再议

王　南[*]

摘　要："中国文化"知识是高等院校学生"通识"中的重点和难点。由"时代背景"讲解"艺术特点"的传统文学教学模式对于中国文化知识的传授有一定的局限性；将教学思路从"文化中的文学"转换为"文学中的文化"——即通过"中国文学"了解"中国文化"——是"通识"意义上的"中国文化"学习既有效、又有趣的路径。

关键词：中国文学　中国文化　诗　文学中的文化

一　课程理念的思考

作为我国高等院校学生的"通识"，"中国文化"（传统文化）知识无疑是重点，也是难点。对应于自身文化特点的认识和"全球化"趋势的需要，我们的高校毕业生在知识结构上存在严重的欠缺，甚至难以应对日韩等国高校生关于"中国文化"的质询（对此笔者进行了多次调研）。中国文化博大精深又具有极强的延续性，其丰富的内容包含着许多非实证性的因素（比如"天人合一"在很大程度上就是一种体验性的观念），这也造成了讲授"中国文化"在内容和方法上的抉择难度。

---

　* 作者简介：王南，首都师范大学文学院教授。

长期以来，"文化"中的"文学"是中国文学教育的主流模式。王国维有言："凡一代有一代之文学：楚之骚，汉之赋，六代之骈语，唐之诗，宋之词，元之曲，皆所谓一代之文学，而后世莫能继焉者也。"（《宋元戏曲史·序》）这是继承了前人的观点，如"汉文、唐诗、宋性理、元词曲"（明代曹安《谰言长语》）。如"后三百篇而有楚之骚也，后骚而有汉之五言也，后五言而有唐之律也，后律而有宋之词也，后词而有元之曲也。代擅其至也，亦代相降也，至曲而降斯极矣"（明代王骥德《古杂剧序》）。如"一代之言，皆一代之精神所出。其精神不专，则言不传。汉之策，晋之玄，唐之诗，宋之学，元之曲，明之小题，皆必传之言也"（明代王思任《王季重十种·杂序》）。如"楚骚、汉赋、魏晋六朝五言、唐律、宋词、元曲、明人八股，都是一代之所胜"（清代焦循《易余录》卷十五）。类似之言很多，直接启发了王国维。这样的观念，延续了中国自先秦已降"知人论世"（孟子）的文学诠释原则，即时代文化对文学活动的决定作用，也奠定了中国教育（从初等教育到高等教育）中的文学教学由"时代背景"讲解"艺术特点"的传统模式。再加上长期流行的"经济基础决定上层建筑"的简单化认识，使这一观念更为固化而僵化。文学与文化的实际性质、发展变化及二者的关系证明，这样的原则和模式存在明显的局限性：不但会导致庸俗社会学的文学解读，而且会使中国文化的"诗性"特点难以得到应有的阐发。

笔者认为，将教学思路从"文化中的文学"转换为"文学中的文化"——即通过"中国文学"了解"中国文化"——是"通识"意义上的"中国文化"学习既有效，又有趣的路径。而在中国文学的各种类型中，诗歌又是最能反映中国文化特点的典范文体。这是笔者为首都师范大学大一新生开设"中国文化与中国诗史"通识课的初衷。

"中国文化与中国诗史"通识课的基本理念是"中国诗歌中的传统文化元素解读"，具体而言包括两个方面。

（1）中国诗歌史与中国文化史的发展历程具有一定的同步性，诗歌的阶段性特征往往也表现着文化发展的阶段性特征，这两者都极为"中国化"。

（2）中国诗歌以独特的语言形式承载并不断衍生着中国文化的基本要义，包括哲学、伦理、政治、宗教、经济、民俗、语言文字和美学等方面。

当代西方著名学者理查德·霍加特（Richard Hoggart）指出，"文学作品中有三个主要因素：审美因素、心理因素和文化因素。简而言之，审美因素是指那些为审美需要以及形式结构等因素所决定的特征。心理因素是指那些显然是为特定作品的创作个人所决定的特征。文化因素则主要是由某个时期特定社会中产生某部作品的背景所决定的特征。当然，前两个因素在某种程度上是取决于文化条件的，而且彼此间密切相关"。而文学"是一种文化中的意义载体，它有助于再现这个文化想要信仰的那些事物，并假定这种经验带有所需要的那类价值。它戏剧化地表现了人们是如何感受到延续着的那些价值的脉搏，尤其是如何感受到源于这一延续的是什么压力和张力……由于艺术在自身中创造了秩序，它便有助于揭示一种文化中现存的价值秩序，这种揭示要么是通过反映，要么是通过拒绝现存价值秩序或提出新的秩序"。[1]虽然霍加特只是概括地说明了文学中的文化，其论并不能完全地用于解释中国文化的一般和特殊，但"审美因素、心理因素和文化因素"及"价值秩序"的观念对于我们通过中国文学讲授中国文化知识具有深刻的启示。

中国是"诗国"。中国文学的"纯文学"观念是"诗"。在中国的诗歌观念中，诗言志（《尚书·尧典》），诗言情（《毛诗序》说"情动于中而形于言"，陆机《文赋》说"诗缘情而绮靡"），诗言事（《汉书·艺文志》称乐府诗"感于哀乐，缘事而发"，白居易说诗"一吟悲一事"）……实为诗言一切。叶燮《原诗》评苏轼诗"天地万物，无不鼓舞于笔端"，刘熙载《艺概·词曲概》评苏词及杜诗"无意不可入，无事不可言"。思妇诗、游子吟、赠别诗、酬唱诗、感遇诗、咏怀诗、咏史诗、应制诗、山水诗、边塞诗、田园诗、宫廷诗、咏物诗、艳情诗、哲理诗、讽喻诗、谐趣诗……中华古国的世情心象在诗中得到了全方位的展示。中国人不仅习惯以诗的态度去观照生活，也自觉或不自觉地以诗的方式参与生活。孔子说"不学诗，无以言"和"诗可以兴，可以观，可以群，可以怨"，也反映了"诗"在中国人的观念里早已有了几乎无所不包的内容要求。《文心雕龙·原道》曰："文之为德也大矣，与天地并生者何哉？……心生而言立，言立而文明，自然之道也。"刘禹锡《唐故尚书主客员外郎卢公集纪》曰："心之精微，发而为文；文之神妙，咏而为诗。"皆为论述文学与文化关系的名言。

"诗"在中国文化中的真实意义何在？诗歌文体在中国文学中占尽风光必然有其持续的社会心态的需求。这种心态转化于诗的创作行为和文本中，则形成独特的语言意象所传递的审美心理因素——诗意。诗意的公认程度和普遍的心理接受，构成了诗观念形成的基础。在中国文化史中，"诗"是一种极为独特的文化现象。从文化意义的生成和存在方式的角度检讨"诗"，"诗"的性质在本质上就是文化中的诗性。从中国传统的文化和文学理论中，可以梳理出这样的文化观念模式：

> 天（自然万物）→人（人类）→心（人的本质特征，即精神、情感活动）→文（对于"心"的语言文字表达）→诗（集中表达"心"之幽微奇特的"文"）

由此可见，在中国传统文化观念中，"诗"（文学）是人类文化中最能反映人的本质特点（"心"）的高级形态。"文学中的文化"正是对应于这一文化观念的知识传授理念。

二 授课方式的尝试

大一新生来自文学教学模式相当"格式化"的高中阶段，进入高校课堂需要一个适应和转化的过程。因此，我们不妨仍从学生习以为常的"文化中的文学"导入，继而再引出文化视角的反向观照。

例如：李白《静夜思》的主要特点？面对这样的问题，几乎在咿呀学语的同时就会背诵"床前明月光"的学生会哑然失笑，然后不假思索地说出诸如"诗人抬头仰望天空的一轮皓月，想起了家乡""清新朴素，构思细致而语言自然"之类的评语。再问：诗中如何体现以及体现了何种中国传统文化？此时学生往往面面相觑，难以明确回答。教师则继续由"诗"的角度导入过渡性思考："如果说中国文人诗主要是抒情诗，那么这首诗抒发的是何种'情'"？学生即很快地答出"思乡之情"。由此便可以进入对于这首作品如下的"文化"解读：

> 诗情的"思乡之情"（"思乡"是中国文人抒情诗的永恒主题）——"安土重迁"的文化观；

诗法的"咏月抒怀"（中国诗歌寓情于景、托物言志的基本模式）——"天人合一"的文化观；

诗风的"浅显自然"（李白自言之"清水出芙蓉，天然去雕饰"）——"自然之道"的文化观；

诗意的"含蓄蕴藉"（表达思乡之情而全篇却多为咏月之辞）——"中庸""中和"的文化观。

传统文化元素便顺理成章地呈现于诗句的解读之中。继而可以引申到儒家的文化观、道家的文化观、中国佛教的文化观等问题，实现从感性体验到理论认知。

"人"观念（人性、人格、人情、人类社会等）是文化观的起点和核心，而文学是"人"的本质特征的审美化表现，集中体现人性的独特性。像中国诸多的传统文化观念一样，中国古代典籍中几乎见不到类似于西方哲学中的系统的人性论，常说的孟子言"性善"、荀子言"性恶"、老庄的"性自然"，包括儒家的伦理道德"人"论、理学家的"心性"论等，大多语焉不详，不做对人本质的具体深入剖析。而中国诗歌也以极为"中国化"的方式多方面地表达对"人"的观念认识。通识课"中国文化与中国诗史"的理念落实于具体的教学内容，在很大程度上，"文学中的文化"就是"诗"中的"人"，包括"诗性"中的"人性"、"诗观念"中的"人观念"。举课堂教学案例为说明：

横　塘

【南宋】范成大

南浦春来绿一川，

石桥朱塔两依然。

年年送客横塘路，

细雨垂杨系画船。

作品是典型而优秀的中国抒情诗。通过赏析使学生先获得诗意的了解：全诗在字面意义上似乎是描写客观景物，没有诗人主观情感的直接表露，更不见"人"观念的理性陈述。而在讲解之后提示学生思考：在貌似"空山不见人"的诗句之中，"人"何在？进而分析诗中之"人"：

人性与天地自然之性的同——人性；

生命岁月的感喟——人生；

善良关爱的情谊——人情；

始终如一的真诚正直——人格；

典雅清丽的言辞、和谐的声韵、典故的化用——人的学识修养。

是全然的"诗"又是全然的"人"，集中而充分地体现了中国文化中典型的"人"观念。这样的因"诗"见"人"的文化观念表露，既非社会学的，亦非哲学、伦理学的，是中国文化特有的"诗性"言说方式。

中国传统文化的又一要点是鲜明的时代文化阶段性发展特征。例如先秦的诸子文化，儒、道文化的对立和互补，中原的礼乐文化与楚地的鬼神文化，汉代的经学文化，魏晋的玄学文化、名士文化，南北朝的江南文化与北方文化、六朝的审美文化，唐代的"唐人气象"、"三教并立"、佛道文化，宋明时期的理学文化和文人文化、城市文化，金元时期的"异族"文化，清代的满族文化，等等。这些文化史的阶段性特征在文学艺术中有着生动的反映，李泽厚较早地在其名著《美的历程》中体现了这一视角的研究，书中的"龙飞凤舞""青铜饕餮""先秦理性精神""楚汉浪漫主义""魏晋风度""佛陀世容""盛唐之音""宋元山水意境"等部分的设置就展示了审美活动中的中国文化阶段特征。在这样的文化史视角下，"中国文化与中国诗史"通识课安排了如下的讲授内容：

中国文化形成与早期诗史（先秦两汉）：（1）诗的国度；（2）源远流长；（3）诗和诗人的出现；（4）"挥毫当得江山助"；（5）中原诗与楚地诗；（6）诗的生存与汉文化；（7）"感于哀乐，缘事而发"；（8）不朽的"古诗"。

中国文化转型与诗的独立（魏晋南朝）：（1）人与诗的觉醒；（2）诗的"风骨"；（3）"咏怀"和"仙趣"；（4）诗情的新天地；（5）"情

往似赠，兴来如答"；（6）南北不同风。

中国文化成熟与诗的繁荣（唐文化开放与诗世；宋文化研究与思辨之诗）：（1）审美感情的雄浑气象；（2）"河朔"与"江左"；（3）碧霄间的诗情；（4）盛唐之盛；（5）倚诗为活计；（6）不将淹博杂风云；（7）诗中的"理趣"；（8）以文为诗；（9）铁马冰河入梦来。

中国文化总结与诗的传承（元明清）：（1）万紫千红总是春；（2）双眼自将秋水洗；（3）听唱新翻杨柳枝；（4）走出"艳科"；（5）"蛤蜊味"与"蒜酪味"。

从古代到当代——文化与诗的延续。

从典范的一代之诗到典型的一代之文化，课程在诗史和文化史的相互阐明中大体达到了高等院校"中国文化"的"通识"要求。

另一种可供选择的教学方式是：以"导言"引入"文学中的文化"的基本观念，然后依据中国传统文化的要点分讲为六个专题（作品实例分析以历代诗歌为主，加入少量的经典叙事文学例证）：

第一讲，天与人：（1）诗性文化；（2）以"诗"见"人"——文化（传统文化中人性的自然之美；人心的自由无限；中国文学的最高境界）。

第二讲，正统与异端：（1）中国传统社会形态：自然经济——封闭，自然；宗法制度——家族，血缘（作品例析）；"国""家"，"忠""孝"；（2）文学正统观念："子曰诗云"和引经据典；（3）"正统"的价值评判；（4）文学异端观念（庄子、李贽、徐渭例析，诗歌作品例析）；（5）"异端"的价值评判。

第三讲，情与理：（1）抒情传统和理（礼）文化；（2）六朝诗文中的"情"（《文心雕龙·情采》）；（3）李梦阳文论例，《六一诗话》例，袁枚《随园诗话》例；（4）作品解读（"性灵派"作品；《水浒传》宋江见戴宗李逵中的"情"与"理"）。

第四讲，通与变：（1）继承与新变观念的显现；（2）鬼神天道观和自然天道观；（3）传统文化中的"通变观"——《周易》例析；（4）文学史上的"复"与"变"；（5）天道变动不居与文学发展创新。

　　第五讲，文与象：（1）《老子》《庄子》《周易》的例证；（2）古代文学理论中的"象"论及其应用；（3）作品例析——以文成象，诗境之论（杜诗、《三国演义》例析中的"象"观念）。

　　第六讲，中国文学与文化特征论（1）自然之美——天人合一；（2）兴观群怨——刚健有为；（3）言志抒情——以人为本；（4）为时为事——礼义人伦；（5）心胸境界——诗性超越。

　　每讲之中皆辅之以"作品文化内涵分析"的讨论。

这一方式与前一种相比理性色彩较强，对学生的思辨能力有更高的要求，比较适合于文史基础较好、作品阅读量较大的学生。

通过学生的评语、试卷答题和问卷调查，可以看到在正确的理念指导下的"中国文化与中国诗史"通识课达到了传播中国文化知识的目的。虽然课程得到了学生较为普遍的认可，但如何在极为有限的课时里使中国文化知识更为精练而充满趣味地传授，仍是今后在理论和实践中需要不断深入探讨的命题。

注　释

1. 周宪等编.《当代西方艺术文化学》，北京大学出版社，1988，第34、36页。

参考文献

1. 逯钦立. 先秦汉魏晋南北朝诗［M］.中华书局，1988.

2. 胡经之. 中国古典美学丛编［M］.中华书局，2009.

3. 梁漱溟. 中国文化要义［M］.学林出版社，1987.

基于个案的语文阅读教学情境特征探析

王 倩[*]

摘 要：情境学习被中外教育研究认定为有意义学习的必要条件，因此，情境的特点，以及情境建构的策略，就需要深入研究。为此，本研究运用质的研究方法，以案例的方式，对汉语文阅读教学中的情境特点进行了剖析。研究发现：语文阅读教学中的情境建构，是以学生处于阅读实践的状态为基础的；它由基于阅读的各种对话、交互活动构成；并以由此形成的共通性情感和意向为标志。

关键词：情境学习 阅读实践 交互 反思

一 引言

（一）研究背景

已有研究表明，在"去情境化"的教学中，有意义学习的效能相对是比较低的。因此，通过教学情境的建构，促进学校教育背景下的有意义学习，是当前教学论、教学心理学、教师教育等相关研究领域关注的课题。

---

* 作者简介：王倩，语文课程与教学论专业硕士、教育史专业博士，首都师范大学文学院语文教育学学科副教授，硕士研究生导师；中国教育学会语文教育学分会理事、学术委员，北京市语文教育研究会学术委员。主要研究方向为语文教学论、语文教育史。

1. 发生在有意义情境中的学习才是有效的

杜威认为，思维要在直接经验到的情境中发生，因为主体与环境交互才能产生疑问，并引导心智得到正当的结论；而思维的结果也要回归到情境中去才是有效的，所以，思维的目的和结果也是由情境决定的。[1]

具体来说，正是情境向实践者提出有待解决的疑难，才引起实践活动；它也推动着学习和认知实践的进程——实践者与对象和事件的交互，主要是建立、分析、改变各种事物的联结，从而使问题得到解决；最后，情境也检验学习和认知的效果，当困难得到解决、问题得到回答的新情境形成，也就意味着实践的推进。[2]

相关研究者进一步提出，人类的认知活动基本上都是情境化的，情境是一切认知活动的基础。[3]参与到具体的文化实践中去，是学习的一个认识论原则；而知识的普遍性，指的是通过建构现有情况的意义，来重新协商过去和未来的意义。[4]因此，结合具体的社会文化背景，建构学习意义，才能促进真正的学习实践。[5]

2. 在学校的常规教学中展开情境学习存在两难

目前学校的常规性教学，在促进学习上处于两难之境：一方面，学校教育的效率，主要是体现在系统地将文明成果传授给受教育者；但另一方面，由于以教师的逻辑讲授和学生的被动接受为主要线索的教学往往是去情境化的，因此，真正意义上的学习实践活动很难发生。正像杜威所分析的："在学校中，不能使学生获得真正的思维的最常见的原因，也许是在学校中不存在一种经验的情境，因而不能引起思维，而校外生活却有可以引起思维的情境。"[6]因此，需要加强对学习情境的建构。[7]

（二）问题的提出

国内关于情境学习的研究，主要是在情境学习的理论基础和基本原则上提出见解；同时，对著名小学语文特级教师李吉林老师的情境教学案例进行了挖掘。在此基础上，有关教学情境设计的具体指南有待探索。[8]

从语文学科教学的状况来说，汉语文的历史、文化背景决定了情境在语文学习中具有重要而独特的地位，因此，为学生营造一定的学习氛围，已经成为常规的教学手段。但是，它往往只是作为教学的引子，与学习实践之间的内在联系并未得到落实；而且，目前建构情境的实践，往往重在运用多媒体等外部手段。虽然在一些专业比赛和研讨会上，有经验的语文教师和专业研究者指出声光电的效果不等于教学情境，但是，由于缺乏对其原理的研究，因此难以真正推动教学实践的改进。

综上，深入分析情境建构的特征，既是进一步深化研究的方向，也是情境设计最核心的"指南"。

（三）研究方法

本研究采取案例研究的方式，以一位小学语文教师（化名张老师）和一位中学语文教师（化名王老师）为对象，对语文阅读教学情境的特征进行了探析。在研究过程中，对两位老师分别进行了深度访谈，对她们的课堂教学进行了观察，并对所收集的相关文本资料进行了分析。在对研究结果进行提炼的过程中，适当采用了教师的"本土语言"。

（四）研究对象与资料收集

张老师是北京市西城区某小学一名资深的高级语文教师。她对语文教学最基本的感悟有两个。一个是教师一定要"爱学生"，这是做好工作的前提条件。她对于"爱学生"的内涵有自己的理解。比如，有些老师对学生有"恨铁不成钢"的心态，她认为："恨铁不成钢"根本上还是"恨"，不是"爱"。在她看来，"爱"是基于理解而为学生着想。她的另一个感悟是，阅读兴趣是学好语文的关键。

这些感悟与她对阅读教学情境的积极建构有内在的统一性。例如，她常常通过建构阅读情境激发学生的阅读兴趣；为了培养学生的阅读习惯，她长期致力于帮助学生建立良好的家庭阅读环境。

王老师是北京某市级重点高中的高级语文教师。与张老师类似，她的语文教学经验也包括师生关系和阅读两方面。她基于和学生做朋友来开展教学，因为这样师生就会合作无间。在教学中，她恪守着"不拿学生当工具"的原则，包括教师在搞教学改革中，不能为了给自己做业绩而把学生当工具；也包括对待高考的态度——不应该把学生当成考试的机器。关于阅读，她认为这是一个影响人生的过程，所以理想的阅读教学应该是"润物细无声"的。

这些体会和经验，让王老师在面临高考压力下，仍然能够坚持进行阅读教学情境的建构。

在资料收集的过程中，两位老师接受了多次访谈，并接纳研究者进入课堂进行参与式观察，同时也提供了她们的教学录像；此外，还提供了她们积累多年的备课笔记，以及学生的习作、书信，作为文本资料以备分析。

二　语文阅读教学情境的基本特征

研究发现，阅读实践是建构阅读情境的第一步，也是阅读情境的基本要素；阅读情境的核心要素，是读者基于文本进行对话和交流；通过对阅读意义的体验和反思，形成共同的阅读信念和共享的经验，则是情境形成的标志。

（一）　处于阅读的实践中

《情境学习：合法的边缘性参与》这一权威性成果，主要是对三个职业情境进行了研究（裁缝、助产士和海员）。和学校的不同之处在于，这三种职业情境是先在的，新手可以在逐步参与其中的过程中得到熏陶，而课堂教学情境是无法预先设定的。那么，怎样在教学中建构学习情境呢？

两位语文老师的经验表明，阅读实践是阅读情境最基本的要素，学生投入阅读实践，是阅读情境建构的第一步。

1. 阅读实践是阅读情境的基本要素

张老师有一个她称之为"划批"的教学策略，典型地体现了基于阅读建构情境的特点：

> 就是说你回家读书的时候，觉得是重点的地方，或者有收益的地方，画一条曲线，也就是画重点，目的是让他们必须要看书。上课的时候就可以说一说：都画哪里了，干嘛要画在这儿？谁都画在这儿了，

谁觉得这儿不该划啊？这就讨论起来了。如果自己不读书，不圈点勾画，上课的时候就成了一个"局外人"，自己都觉得很难受！

"画批"的第一个阶段是"划"，即在阅读中进行圈点批画，意在借助这些手段，促使学生专注于阅读，力求阅读与理解相辅相成。第二个阶段是"批"，即通过师生之间、同学之间的交流，对自己的阅读理解展开反思，从而更深入地涵泳文本。

进一步分析可见，"画"的阶段，是学生个体投入与文本对话的世界中，这样，心境就成为区别于周遭环境的一个无形而独特的场域。在这里，读者的注意力越集中，对文本的理解越深入、体会越丰富，心境与外部环境之间的张力就越大，心境就越充实。"批"的阶段也是类似的。学生们的注意力集中在关于文本的讨论中，无形中就进入一个以话题为中心、以多向交流为内容的语境，这就使得课堂自成天地……所以说，阅读实践是阅读情境最基本的特征，也是决定性的一步，而且，它要贯穿于情境建构和情境学习的始终。

2. 学习共同体促进阅读实践

如果阅读实践是建构阅读情境的基础性要素，那么，怎样才能引导、激励学生投入阅读中去呢？王老师在这方面最主要的经验是，通过建立学习共同体，促使个体参与到阅读实践中去。例如组织学生根据自己喜欢的现代散文分组做墙报：

> 四个人一组，每个组出一份，就是介绍一个作家，包括对作家作品的简单介绍，还有阅读的体会，哪儿好，他的特点，以及作家的其他作品。哎哟写得真挺好的！这样展出来以后，学生有的根本没读过的就一个一个地看。

情境学习理论认为，学习是在周边共同体的学习型课程中通过向心性的参与而发生的，"向心性"不是由教师主导学习活动，而是基于情境性协商，形成一个话题。在分组做墙报的实例中，话题是喜欢的作家作品。因为"喜欢"是阅读实践的主旋律和建构墙报内容的大前提，所以个性化的阅读体验也就得到了保障；同时，因为它得到了普遍认同，从而也就保证了学生会积极参与阅读实践。

出墙报的过程是在两个层次上进行情境性协商。一个是个体与文本之间，通过广泛的阅读和深入的对话，确定"喜欢"的对象及其意义；另一个是小组成员之间的，即基于阅读实践，彼此充分沟通、分享喜欢的作家作品，建构具有精神统一性的墙报。

由此可见，通过共同体活动促进学生阅读实践的关键，一个是"话题"要让成员能够建构、交流自己的学习实践和体验；另一个是情境性协商的原则要贯彻始终。

（二）处于阅读意义的体验中

在很多语文教师看来，成功的阅读教学情境最突出的特点，是与文本相适应的情调和氛围。它能够唤起情感，凝聚意志，激发理解和想象。然而，建构情境的难点也是在此。

1. 交流阅读体验是建构情境的机制

从王老师的实例中我们可以看出，形成阅读情境的主要机制，是在学习共同体中交流阅读体验，从而共享阅读理解，强化对阅读意义的共识，提高阅读实践的水平。

等到讲《梦游天姥吟留别》的时候，突然有两个同学来找我，说我们俩这个诗准备了好长时间了，而且还读了好多别的诗，特别想由我们讲。我说可以呀！结果这哥儿俩站在讲台上，一个讲，另一个补充，然后再引导着同学们一块儿读，还谈他们自己怎么读的这首诗，觉得这首诗怎么样。我就像一般学生一样坐在下头，也举手提问题，但是不干涉他们讲。

两个学生分享对李白这首诗的解读，使得他们的阅读体验得以表达；学生来导读，大家更能够平等交流，更容易各抒己见，并相互补充、讨论。

这样，既启发了各自对阅读体验的反思，同时，也增进了对彼此的理解，并在一定意义上建立起阅读的共识和认同。

2. 交流体验与共同体的形成相辅相成

情境学习的代表性学者温格认为，共同体意味着成员在共同投入实践的过程中，对追求和信念有共识，并且共享实践经验。[9] 从这个意义上看，情境建构既有赖于阅读共同体的实践，也促进阅读共同体的生成。

一方面，交流既有赖于对阅读信念的基本认同，也促进对阅读信念的共识。从以上的例子来看，王老师欣然同意由学生来导读诗歌，是由于师生对诗歌的阅读信念都在鉴赏；反之，如果师生们不能对阅读的意义达成共识，交流就无法畅通，这也是之所以王老师要以一般学生的身份参与交流的原因，为的是避免教师的视角和经验，影响学生交流的逻辑和语脉。

另一方面，交流还要具备相应的阅读经验。上面两个学生分享诗歌解读经验的实践，既是基于师生们具备了交流所需的阅读经验，也正是丰富实践共同体经验的过程。

这就像 Engeström 在建构"社会文化活动理论"模型时所说的："相对于个体的实践活动来说，群体性实践中产出的不是暂时的、特定情境下的成果，而是具有重要社会意义的、历久弥新的交互模式。"[10]

3. 交流体验与语文素养彼此促进

产生美感是成功的阅读教学情境的迷人之处，但是往往令人难以名状。从两位老师的案例可见，这里的美感，是师生在交流阅读体验的实践过程中，通过言语活动散发出来的。也就是说，阅读体验的交流和读者的语文素养是彼此促进的。

作为前提，课堂阅读教学活动中的交流，提供了一个语境。按照语言学的定义，语境包括语言语境和情景语境。语言语境是指用于理解语段或语篇意义的上下文；情景语境包括直接的情景，作者和读者共同意识到的此前说过的内容，以及恒久的信念系统（即与该语篇相关的信念和预设）。[11]

在一个特定的语境中，师生们一方面是从自己的信念和价值观出发来反思体验，从而调动生活经验和语文经验，对当下的情景进行解读。换言之，交流需要有相应的语文素养作支撑。另一方面，在交流、反思的过程中，他们的思维发展、语言应用、审美创造、文化理解等语文素养[12]，也在实践中得到磨炼、提高。

这样，当体验交流的过程呈现出深邃的思想、缜密的逻辑、充沛的感情、丰富的语料、敏锐的语感，便会散发美感。

（三）处于对话的交互中

如果说情境中的"情"是学生对于阅读意义的情感体验和反思，那么，阅读意义又是怎样生成的？从两位老师的实践来看，阅读意义的生成，是学生围绕阅读进行交流、对话的结果，这也是阅读情境建构的第三个基本特征。

美国著名的英语文学教育家 Dr. Graff 提出："为了让学生真正理解学科的意义，而不是仅仅被动地当教育的观众，不能只告诉学生结果，还要把讨论和争论的过程暴露给他们，让他们体验到交流和关系。"根据他的经验，基于阅读的交流讨论，是激发学生走进阅读最好的途径，所以他说："将讨论置入我们的教学努力中，这在不久的将来，将是对教学法最大的挑战！"[13]那么，为什么交流和讨论能够激发阅读？这与阅读情境的关系是什么？这对于教学的挑战在哪里呢？

1. 交互对于阅读的意义

对话、讨论首先是为了激励学生拓展阅读量。两位老师最初都是因为不满足于学生仅仅读教材，才通过建构阅读情境，来提高学生的阅读兴趣和阅读量："不能总是就知道课本上这几篇东西"，"一定要博览，300 篇3000 篇都行，才算是学到东西了"。围绕文本展开交互的过程对于拓展阅读至少有两个作用。一个是不同读者的体验和观点相交汇，就使得学生的视野、思路都得到了拓展；另一个是与他人的对话，对他人观点的反思，都促使学生要去读更多的相关资料——这也在无形中拓展了阅读量。

交互对于阅读更深层的作用，是使得学生获得了反思的机会。通过上文的分析可见，"情境"中的"情"，是学生对自己的情感体验进行反思的结果。就是说，阅读首先刺激读者的经验，引起情绪反应；反思就是进一步意识到这些情绪背后的所以然，并进行探究。这样，阅读所引起的情绪反应便转化为更为深刻、丰富、隽永的情感和信念。而对话、交流的过程，是使学生们领略到更多的想法、了解新的思路，从而促进反思，形成新的体验。例如，早在 20 世纪 90 年代，王老师的学生通过对《雷雨》的研读和演剧过程，就觉得，周朴园对鲁侍萍的感情其实是非常复杂的。谈起这件事，王老师说："那时候我们当然没有见过现在这么多专业资料，但同学们就凭着揣摩剧本和表演实践，就觉得不能那么'贴标签儿'似地处理！"

两位老师之所以能够较好地引导学生展开对话，关键是以真实性作为基本原则。这包括真阅读、真反思、真交流。而且，教师不仅引导学生实践这一原则，自己也真诚地对待文本和学生。像张老师反复强调："语文特别讲究情感教学，所以老师的情感是基础。"王老师也是特别忠实于自己的情感体验："课本里有的散文，说实话我不是很喜欢。比如有的是特定时代的产物，那真是我不愿意讲的，也觉得没什么好讲的东西。有的是有人说还行，但是我就是不喜欢，不知道为什么。"于是，她选择了尊重自己："所以我就把这些散文勾勒一遍，然后第三堂课或者第四堂课，我会再布置一个活动，让学生们课外阅读自己喜欢的一篇散文。"

2. 交互对于情境的意义

对话和交流，是情境建构的主体内容。

在学生独自与文本对话的语境中，交互是阅读实践和意义反思的中介；在此基础上，师生之间的分享和交流，就使得反思的层次和向度增多，情感体验也就随之得到了拓展和深化，情境的范围就由个体的心境扩大到集体的氛围，情境的张力也从阅读行为与物理环境之间，深化到不同的阅读体验之间。这样，就使得课堂的物理环境升腾为情境。

相应地，对话和交流也是情境对阅读学习发挥作用的主要途径。因为正是师生之间的对话和交流，让教室中的人与人之间，建立了思想上的、情感上的联系、认同和默契。这样，就使得学生们通过情境性的协商和再协商，得到了成长。

3. 交互对于教学的意义

我们常说，学生是学习的主体，教师要发挥教学的主导作用。但是，在这两位老师的经验中，是学生的阅读实践处在了教学的主导地位——这大概是交互实践对教学最有力的挑战。

张老师有一个讲《草船借箭》的例子：

> 原来我按教参教，到中间就不行了。因为平时看得多了，他们对《三国》已经很熟了，他们自己就讨论起来了，比如鲁肃的心理啊、周瑜的心理啊什么的。然后这课就转向了。转就转吧，你顺着学生转有什么不好啊？教学目的可以换一个方法得到，但学生的积极性一定要保护，让他觉得这课上得有意思，真的是寓教于乐！

我们可以想象，这样的教学转向不仅在当场促进了阅读情境的生成，而且逐渐具有了语文学习共同体的"向心力"。事实上，言语作为一种实践活动，一旦与实践者的思想感情脱钩，也就成了落花枯木，因此，顺应学生的思路，而不是让学生被动、盲目地跟从教案，才能让语文学习有效率，才能让阅读有情、入境。

又如上文所举的，王老师的学生主动要求主讲古诗的例子，也说明了这一点——把讲台这个教师"最后的阵地"也交给了学生，反映出学生的自主阅读已经成为教学的主导了。

所以说，Dr. Graff 所说的"挑战"是教学观的改变——是学生养成阅读习惯的需要，主导着教师从头做起；是学生阅读得法的需要，主导着教师教读有法；是学生对阅读量的需求，主导着教师突破教材；是学生对阅读品位的追求，主导着教师追求卓越……在这当中，语文教师的水平，主要表现在既顺应学生的学习需要，又能够给学生以帮助和启迪。

结　语

通过以上的分析，可以说，语文阅读教学中的情境，包括阅读实践、交互实践，以及由此形成的情感体验三个基本要素。它是以学生处于阅读实践状态为基础，由基于阅读的各种对话、交流活动构成；作为情境标志的氛围，实际主要是读者在交流、反思过程中形成的共通性的情感体验和意念。因此，对于教师来说，最重要的不是利用物理手段修饰阅读环境，而是激发学生阅读的积极性；最困难的不是让学生在声光电等手段的刺激下产生和文本相呼应的情绪，而是促进学生的交流和反思。

注　释

1.　〔美〕约翰·杜威. 我们怎样思维·经验与教育 〔M〕. 人民教育出版社，2005：81.
2.　〔美〕约翰·杜威. 我们怎样思维·经验与教育 〔M〕. 人民教育出版社，2005：46.
3.　RobertA. Wilson & Frank C. Keil（1999），The MIT Encyclopedia of the cognitive science. Massachusetts Institute of Technology. pp. 767 – 768.
4.　〔美〕J. 莱夫、E. 温格. 情境学习：合法的边缘性参与 〔M〕. 华东师范大学出版社，2004：16.
5.　David Kirshner & James A. Whitson（1997），Situated Cognition：Social，Semiotic，and Psychological Perspectives. Lawrence Erlbaum Associates，Publishers.
6.　〔美〕约翰·杜威. 我们怎样思维·经验与教育 〔M〕. 人民教育出版社，2005：82.
7.　David Kirshner & James A. Whitson（1997），Situated Cognition：Social，Semiotic，and Psychological Perspectives. Lawrence Erlbaum Associates，Publishers.
8.　高文. 情境认知中情境与内容的作用——试论情境认知的理论基础与学习环境的设计之一 〔J〕. 外国教育资料，1997，（4）：15 – 18.
9.　E. Wenger（1998）. Communities of Practice：Learning，Meaning，and Identity. Cambridge：Cambridge University Press. p. 72.
10.　Y. Engeström（1999）. Activity Theory and Individual and Social Transformation. Perspectives on Activity Theory. p. 31. Cambridge University Press，1999.
11.　D. Crystal（1991）The Cambridge Encyclopedia of Language 〔M〕. Cambridge：Cambridge University Press. pp. 78 – 79.
12.　基础教育课程改革所提出的中小学语文学科的核心素养，包括语言建构与应用、思维发展与提升、审美鉴赏与创造、文化传承与理解等。
13.　Gerald Graff（1992）. Beyond The Culture Wars：How Teaching The Conflicts Can Revitalize American Education. W. W. Norton & Company. pp. 12，p. 63.

任务型教学法提高语言学能的效度探究[*]

——以对外汉语口语词教学为例

王伟丽[**]

摘　要： 任务型教学法是以内容为中心强调互动性的教学活动。任务型教学的倡导者强调学习者要进行有意义的学习，以内容为中心的同时要兼顾语言的形式。通过任务型教学法的实践我们看到，任务型教学法是提高留学生汉语口语词运用能力的一种颇具优势的方法，更适用于以培养留学生汉语口语交际能力为主旨的对外汉语教学。任务型教学法的教学理念对留学生的汉语口语词学能的提高具有很大的指导和帮助作用。

关键词： 任务型教学法　效度　语言学能　对外汉语口语词教学

一　关于任务型教学法相关研究的基本观点和基本内容

（一）任务型教学法相关研究的基本观点

任务型教学法是北美地区对外汉语教学普遍应用的模式之一，但是目

* 本文得到"2014 年度教育部人文社会科学研究青年项目（项目批准号：14YJC740087）"、"2015 年度北京市教委社科计划面上项目（项目编号：SM201510028002）"和"2013 年度北京市留学人员科技活动择优资助项目（优秀类）"以及国家社科重大委托项目"语言大数据挖掘与文化价值发现"（14ZH036）资助。
** 作者简介：王伟丽，首都师范大学文学院教师。

前任务型教学法在我们国内高校的对外汉语课堂教学中还处于一个尝试阶段，并没有受到真正的重视。随着对外汉语教学实践的不断发展和改革，任务型教学法的优势教学效果不断呈现，任务型教学法在国内的语言教学领域将会逐渐发挥越来越重要的作用。

最早关于"任务"的定义是 Long 1985 年所提出的"任务是一项为自己或他人的有偿或无偿的活动"。关于任务型教学法，英国教育学家 N. Prabhu 于 1982 年在印度 Bangalore 英语教学中最早开始尝试任务型教学法，进行了一项强交际法的实验（Bangalore Project），主张学生"在用中学"，让学生完成教师所设计的一系列实际运用的任务，课堂教学活动用任务的形式来呈现。人们开始逐渐认可这种任务式语言教学，一些专家着手编制出了很多任务型教学大纲，如 J Yalden 曾于 1987 年在 Principles of Course Design for Language Teaching（《语言教学课程设计诸原则》）为加拿大政府海外事务部制定并详细介绍了新型的任务型教学大纲。

任务型教学法的标志性人物 D. Nunan 较早对任务型语言教学的理论和实践进行了深入研究，在 1989 年 Designing Tasks for Communicative Classroom（《交际课堂的任务设计》）一书中认为，"任务是一项以意义为中心的活动，使学习者使用目的语参与到理解、处理、输出和/或互动之中"，并且把任务分为真实世界任务（或目标性任务）和教学任务，全面阐述了任务型教学法的基本理论，介绍了一些国家和地区的任务型教学大纲，标志着任务型教学法的正式形成。进入 20 世纪 90 年代以后，研究任务型教学法的论文与著作不断出现，例如 Skehan 在 1998 年出版的 A Cognitive Approach to Language Learning（《英语学习认知法》）就提出，当前教学思想的主流便是任务型教学法，但是也是基于英语教学来进行研究和探讨的。

（二）任务型教学法的基本内容

任务型教学法起源于英语教学，它以任务为核心，在教学活动中，教师要围绕特定的交际和语言项目，设计出具体可操作性的任务，以具体的任务作为贯穿学习者学习的主线，教师与学生互动性地组织并开展语言课堂教学，学习者通过任务来完成对目的语知识的习得以及语言交际能力的提高。任务型教学法既注重目的语的显性输入，又注重目的语的隐性输出，通过多重的任务，使得学习者的听说读写能力在语言学习的交互中得到锻炼。

任务型教学中的任务是基于内容交流的语言活动，这样可以与非任务活动相区别。值得一提的是，任务与操练同样是大相径庭的。但是也不等于说操练是不重要的，它对于语言形式的建立是有一定帮助的。任务型教学是以内容为中心，但在内容使用的同时其实也对形式做出了要求。为了更好地理解任务型教学法的具体内容，我们将任务型教学法与传统型教学法进行了对比，通过对比我们可以看出任务型教学法很多应用方面的特色，具体可见表1所示：

表1

	任务型教学法	传统型教学法
教师的作用	教师通过制定具体的、形式多样的任务，激发学生学习的热情	教师控制整个课堂，将语言点输入给学生
	教师为学生提供真实的交际语言和交际环境	教学内容局限于教材
	教师让学生自主选择已掌握的语言形式，不必拘泥于"教科书"	课堂语言局限于"教科书"或教师规定的用语
学生的作用	学生通过完成任务，将理论知识和真实任务情景相结合	被动地接受教师传授的知识，充当知识的记忆器
	在角色扮演或做游戏中完成任务，有意义地进行语料的输出，培养真实的语言交际能力	学生机械地模仿教师进行语言操练

通过以上对比，我们可以看出任务型教学法相对于传统型教学法在教学内容、教学形式以及师生角色等方面在教学上的改进和完善。关于任务型教学法目前学界大致认为，任务型教学法是以内容为中心的、强调互动性的语言教学活动。任务型教学的倡导者强调学习者要进行意义的学习，以内容为中心的同时要兼顾语言的形式。在这里，内容指的是句子本身所表达的意义，这与语用有很直接的关系，而形式，指的则是句子的结构，与语法有联系。任务型教学法以内容为中心，协调了语言教学界一直存在的一个问题，即语言形式与表达内容之间到底孰轻孰重。

任务型教学的观点认为，并非所有的输入都能得到学习者的处理，有的输入学习者没有理解，有的输入学习者没有关注到，只有处理的输入才能算是吸收，吸收的过程就是要不断地进行互动，而且是在输入与输出过程中的互动，互动性的语言活动就是语言的输出，但是输出还有一个前提就是吸收。之所以要互动，是因为在互动过程中有意义协商，也就是在语言交际中相互间要努力准确理解对方的意思，选择和调整适当的表达方式以保证交际内容准确地表达。意义协商的会话结构可以保证学习者接触到新的语言现象，又可以提高可理解的程度，从而有助于目的语的学习。

二 任务型教学法的案例分析

（一）任务型教学法的实验过程

在运用任务型教学法进行具体的教学过程中，我们大致分为三个阶段：前期阶段、展开阶段和反馈阶段。教师在前期阶段、展开阶段以及反馈阶段中所担任的角色不是处于主宰地位的领导者，而是作为引导者、组织者和管理者帮助学生完成任务并且掌握相关语言的运用能力。

在前期阶段，教师要把教学任务介绍给留学生，让留学生明确自己学习任务的内容和要求；激活留学生关于学习任务的有关知识储备包括词汇、语法、文化背景等；激发学生完成学习任务的兴趣和欲望；帮助留学生进行完成学习任务的准备。在任务型教学法实施的过程中，教师可借助于图片、教具、体态语等多种教学媒介，在必要的情况下也可以辅助使用留学生的母语以及其他媒介语言。任务开始之前的准备工作可以有三种途径：（1）先让学生开展一个类似的活动，教师给予指导，也可以提供一个范例给学生。比如，让学生描述一个事件之前，教师可以先让学生介绍一下他们的日常生活，从而为任务的开展打下基础。（2）开展一些非任务性的活动，讨论一下跟学习任务相关的其他活动，比如可以让留学生讨论一下给不同国别、不同文化的同学送什么生日礼物时，先让学生了解在中国什么礼物适于送给朋友，什么礼物不适于当作礼物送给朋友，这同时也融合了中国的相关文化。（3）进行完成相关任务的方法和相关策略方面的准备。让留学生们讨论应该如何完成任务，应该分为几个步骤，注意哪些方面，等等，就是让学生自己做主制订计划。

展开阶段是任务型教学法的进行阶段，具体来讲可以分三个步骤进行：

（1）准备阶段，即教师给学生时间去准备。（2）完成任务的阶段，即教师给学生分组或是让学生自由组合，根据要求完成任务。（3）向全班汇报任务的完成情况。在展开阶段教师应该把时间因素考虑进去，占用过多或过少的时间都是不适合的。另外，还有可能出现学生不愿意配合，或者由于角色的扮演使学生引起争执等情况，再者是由于教师在前期阶段的准备工作有疏忽，导致学生的输入量不够表达时出现困难，教师在实际课堂操作就要针对具体情况进行补救。

反馈阶段就是要测试出学生的水平情况，也是对教师教学质量的评估。教师把学生使用的语言现象罗列出来，让学生探讨其中的规律，纠正其中的错误，改进其中的表达方式。教师还可以针对任务活动中语言表达所出现的问题，采用传统的形式加以操练，以强化学习者对语言形式的自觉意识。另外，为了加强学生的语言运用能力，教师还可以要求学生在任务讲评完成之后再重复相关的任务。

（二）具体实验数据分析

我们根据任务型教学法的理论和实践对留学生的汉语词汇的学习情况进行了研究，对任务型教学法指导下的留学生的作文进行分析，从而来考查一下任务型教学法的效能。我们依据国别和等级水平选取了来自韩国、泰国、美国和英国四个不同国籍学生的课堂表现作为实验样本，通过统计考查留学生文本中口语词的使用情况、留学生作文中汉语口语词汇的学习效能，以及在任务型教学法指导下的留学生的语言学习效能，统计结果见表2、表3：

1. 按国别

表2

	韩国	泰国	美国	英国
总篇数（篇）	4171	374	117	107
各国所占总数比（%）	86.96	7.79	2.45	2.24
统计篇数（篇）	80	80	80	71
口语词数量（个）	77	71	124	119
每篇口语词个数比（%）	96.25	88.75	155	167.6

由表 2 数据分析可知：第一，从数据的比重来看，由于以韩国和泰国为代表的亚洲国家的留学生学习汉语的比例明显高于以英国和美国为代表的欧美国家，不同国别的留学生在汉语口语词的习得中也呈现出国别化的区分度，我们在运用任务型教学法进行对外汉语口语词教学时，考虑到根据国别的不同来制定不同的设计方案会更加优化教学资源和教学目标的效用。第二，从每个学生口语词使用的比重来看，美国、英国明显高于韩国和泰国的比例，我们可以看出，同样是运用任务型教学法进行学习，欧美国家的留学生相比较于亚洲国家的留学生尤其是韩国、泰国，在语言表达中更多地使用了口语词。可见，同样是使用任务型教学法，不同国别的留学生在语言的实际习得效能方面也呈现出国别化的特点。

2. 按等级

表 3

| 等级 | 分数 S | 韩国 | | 泰国 | | 美国 | | 英国 | |
		口语词个数	百分比	口语词个数	百分比	口语词个数	百分比	口语词个数	百分比
A	S≥85	31	40.26%	20	28.17%	22	17.74%	34	28.57%
B	75≤S<85	21	27.27%	16	22.54%	34	27.42%	38	31.93%
C	65≤S<75	12	15.58%	20	28.17%	43	34.68%	30	25.21%
D	S<65	13	16.88%	15	21.13%	25	20.16%	17	14.29%

我们按照不同的国别对不同等级水平的留学生的口语词使用情况，分为四个等级梯度进行考查（见表 3），可以看出：韩国留学生中 A 等的学生在交际中使用口语词的比重明显高于其他等级；泰国留学生各个等级的使用情况差不多；美国留学生是 C 等级的使用比重高于其他等级；英国的则是 B 等级的使用比重高于其他等级。从分析数据来看，不同等级的留学生口语词的使用并没有表现出明显的规律性，唯一肯定的并且一致的是，D 等级也就是水平最低的留学生使用口语词的比重也最低。可见，在任务型教学法过程中，留学生的语言水平和口语词的习得情况并非是正相关的，也就是说，语言水平和口语词的使用情况不是呈正态分布的。

（三） 实验数据的效能分析

从不同国别和不同等级水平的实验结果，可以看出，在我们使用任务型教学法进行教学的过程中，留学生的口语词的使用情况呈现出了国别化的色彩，但是并没有呈现出等级梯度上的显著差异。从我们对任务型教学法的教学过程的分析来看，前期阶段教师把教学任务介绍给学生，使学生明确了学习任务的内容和要求之后，激活了不同国别的留学生们关于学习任务的诸如词汇、语法、文化背景等方面的相关知识储备，从而使留学生们的口语词的习得表现出了国别化的特点。同时，从以上实验结果的数据来看，留学生的语言水平等级与留学生口语词的习得结果不是正相关的，可以看出，在任务型教学过程中，学生的学习效果表现出了更多的个体化特点，不同留学生完成教学任务的兴趣和欲望以及其他诸多因素如关注现实社会生活的广度和深度等，都对留学生的学习效果产生了不同程度的影响。因此我们在进行任务型教学时，要注意研究影响留学生学习效能的相关因素，在此基础上加强对留学生进行有针对性的培养和教学引导。

三　关于任务型教学法效度研究的后续思考

任务型教学法从 20 世纪 80 年代以来一直到现在仍然被很多教师采用，这说明它必定有很大的教学价值，但是不是每个教学方法都是完美无缺的，各个教学法综合运用，扬长避短，针对具体的学生进行适当调整，这才是有能力的对外汉语教师所不可缺少的素质。

从我们运用任务型教学法在对外汉语教学过程中对口语词教学所进行的教学实验分析来看，影响教学效果的因素需要合理安排才能使教学资源达到最优化配置。任务型教学法自出现以来，与交际法有相似之处，但是在某一程度上又优于交际法，所以得到广泛的推崇。

在对留学生进行汉语口语词的教学过程中，我们发现任务型教学法还有很多需要合理完善的环节，如在任务的设计、学前准备、分组安排、评价的科学合理性等方面，都需要进一步改进。

（一）任务的设计要进一步合理完善

任务设计的不合理包括在实际操作中任务目的不明确、任务内容脱离实际、任务难度不适宜、任务难以形成梯度、任务多却不精。目的不明确主要指设计的活动单一，学生没有运用语言去做事情，而是为活动而活动。内容脱离实际在前文也提到过，就是无法与学生的实际生活紧密地联系在一起，脱离实际而无法引起学生的兴趣和共鸣。任务难度不适宜主要是教师没有考虑到学生的认知水平或是任务的设计导致信息差过大，若信息差过小，学生觉得没有挑战性，把学生稚化。任务设计的环节中教师要考虑到任务的梯度，学生已经完成的一项任务里面稍加难度可以变成另外一项任务，这也体现了"i＋1"的教学理念，任务的设计要从低到高，并且各项任务的链接要合适。任务设计不合理所包含的最后一个问题就是任务多而不精。过多的任务不仅使老师手足无措，而且也容易让学生在众多任务中找不到突破点。

（二）进行任务教学前要充分准备

任务前的准备不充分，比如教师提供的语料不足，导致任务在开展过程中学生出现表达不清楚或不会表达的情况，更严重者会导致突发问题的出现使教师手足无措。任务前的准备活动可以介绍新的语言知识点、激活学生原有的语言素材并且尽可能地减轻任务信息的处理负担，从而指导学生更充分地准备任务活动。好的任务准备会让教师更加胸有成竹。

（三）进行合理的分组安排

任务活动不是个人行为，而是需要小组成员来共同完成的。教师在分配小组的时候要特别考虑学生的心理特点。心理学认为，不同的学生有不同的学习方式，学习方式与他们的性格、文化、生活背景相关。有的学生属于场独立型，这样的学生具有很强的学习能力，对基础的知识也掌握得比较牢固，但是性格比较内敛，不善于与人交际。属于场依存型的学生喜欢与人沟通，并且性格也比较开朗，但是对基础知识的掌握不是很牢固，并且也不善于考试。在任务活动的分组中，教师要根据学生的性格特点进行小组分配，很多教师只是常规性地让学习委员按教室座位或学生的学号给学生自然的分组，结果可能出现小组搭配不合理，严重者还会引起争执。

（四）任务评价要多元化

任务评价对学生会有激励的作用。对于任务完成得好的学生，教师的评价无疑是增加他们学习的自信，在以后的任务活动中他们也会更加积极活跃；而对任务完成得不好的学生，评价会让他们看到自己的不足，更加明确他们应当努力的方向。但是很多教师对任务的评价不够重视，认为学生只要完成任务即可，其实不然。教师不应当放过任何一个活动的评价机会，给学生适当的纠错，让他们往正确的汉语学习道路上行进。

注　释

1. 吴中伟、郭鹏. 对外汉语任务型教学［M］.北京大学出版社，2009.
2. 马箭飞. 以"交际任务"为基础的汉语短期教学新模式［J］.世界汉语教学，2000（4）：87－93.
3. 马箭飞. 任务式大纲与汉语交际任务［J］.语言教学与研究，2002（4）：27－34.
4. 贾志高. 有关任务型教学法的几个核心问题的探讨［J］.课程·教材·教法，2005，25（1）：51－55.
5. 刘珣. 对外汉语教育学引论［M］.北京语言大学出版社，2000.
6. 张韧. 功能语言学的社会认知方向：交际语言学的理论、应用和发展［J］.当代语言学，1997（1）：12－18.
7. 龚亚夫、罗少茜. 任务型语言教学［M］.人民教育出版社，2003.
8. 吕婷婷. 任务型教学法任务设计在对外汉语初级口语教学中的运用［D］.北京语言大学硕士学位论文，2007.
9. 金柚延. 基于任务型教学法的韩国高级汉语视听说课设计［D］.山东大学硕士学位论文，2011.

项目教学法在文化产业管理专业的应用[*]

徐海龙[**]

摘　要：项目教学法就是在老师的指导下，将一个相对独立的项目交由学生自己处理，信息的收集、方案的设计、项目实施及最终评价，都由学生自己负责，学生通过该项目的进行，了解并把握整个过程及每一个环节中的基本要求。项目教学法在今天的文化产业管理专业教学中尤为重要。本文就项目教学法的项目限定条件、具体实施及价值等方面做出探索。

关键词：文化产业管理专业　项目教学法　限定条件　实施价值

项目教学法就是在老师的指导下，将一个相对独立的项目交由学生自己处理，信息的收集、方案的设计、项目实施及最终评价，都由学生自己负责，学生通过该项目的进行，了解并把握整个过程及每一个环节中的基本要求。"项目教学法"最显著的特点是"以项目为主线、教师为引导、学生为主体"。

项目教学法在文化产业管理专业的运用经历了一个较长时间的试用过程。因为当今互联网时代，学生的信息获取渠道和容量都极大扩充，自学能力很强，兴趣导向明显，老师在课堂上单向地、分章节地讲述课程知识

---

　* 本文属首都师范大学 2016 年度校级教材建设项目"文化艺术经纪理论与案例研究"。

　** 作者简介：徐海龙，首都师范大学文学院文化产业系副教授、博士。

已经难以获得学生集中的注意力。以前，作为老师，笔者根据自身的学习经历，担心学生学习的知识不够系统，采用传统的章节式教学，结果越讲越没人听，一堂课乃至一个学期下来，教师十分迷茫。之后，笔者采取了案例教学法，带领学生收集资料、确立几类案例，也以此申报了"双推进"项目，取得了一定的效果，但是案例也会慢慢过时，而且并不一定满足所有学生的兴趣——学生对这个案例"无感"。

"艺术文化经纪人"和"制片管理"课都是面对文化产业管理专业的高年级学生。对于这个阶段的学生基础专业知识已经讲授完成，本专业又是一个实践性、实操性非常强的专业，所以项目教学法比较适合于这两个课程。根据现在学生的特点和所处的知识环境，对于这两门已经讲了七八年的课程，任课教师决定较为彻底地实行项目教学法，目的是突出文化经纪人、制片人、创意经理人的核心作用，与市场营销紧密结合。在教学中直接进行分组实践，把预习、讲解和探讨相结合，把教学课件细化为几个承接部分，不仅包括知识内容，还包括每个环节的提问和议题。当项目完成后，进行复盘，形成很详细的评估报告，与作业一起打包上交，最后也可以进一步做成课件展示给下一届选修此课的学生，使大家在教学中可以按图索骥，进行思索，周而复始。

一 项目的限定条件

（一）项目的真实性

尽管文化创意者需要在产品上做出天马行空式的挖掘与思考，然而这种创意思维与创新能力却无法在没有任何市场背景与实际案例操作的情况下获得。任何一种好的想法都需要市场对其进行支撑和检验，也需要深入了解市场方能知晓市场与消费者的真实需求。因此，在当下的创意产业发展良好的情况下，对文化产业管理专业学生进行项目制的教学更能提升学生的实践能力，锻炼其对市场的敏锐感知力。

学生可能无法找到非常大的商业项目进行运作，但是教师必须要求学生的项目是全程模拟商战营销的，至于产品，为了可行性，可以限定在校园内，以校园生活为主题，线下活动可以在学校里以及校外周边展开，当然，如果学生有能力承接校外大学商业项目会更好。总之，不能是停留在一个策划案就截止了，要有真实的产品和营销过程。例如，你找不到一个著名歌手做他的经纪人，但是你可以找一个校园歌手做他的经纪人，对他进行包装和推广，从而完成课程的作业。

（二）项目尽量靠近教师熟悉的领域

项目教学法不是简单的项目执行，也不是简单的教学，而是需要教师将自己的经验在具体的实践过程中传授给学生，同时还培养学生了解市场、研究市场并且最终对市场做出正确判断与设计最终产品。这个过程对于教师的要求已不是单纯的教学活动，而是一个研究方法的教授。如果学生选择和确立的项目，距离教师知识领域较远，则指导起来非常费力，因此，教师要对项目范围进行限定，如果实在不行，就必须为学生提供一些校外专家进行辅助指导。

（三）项目选题尽量靠近校园生活

"制片管理"在教学中要让学生对于拍摄对象和内容进行结构的设计，在前期和后期都要体现出导演的构思，强调作品的吸引力。为了解决学生的体验能力差、器材短缺的问题，不应要求学生拍摄的镜头和光线的专业性，而是看重选题、采访、人物状态这些"干货"。学生可以用相机、手机拍摄。

但是在项目的选题方面，为了防止过于泛滥，防止学生面对较大选题无法把握，笔者会限定学生的综艺节目的制片要拍同一个主题，例如校园生活。其实大学校园生活的选题是无穷无尽、常拍常新的。每一届、每个年龄段的学生都对校园爱情、师生关系、宿舍关系、某一类学生群体等有不同的认识。

二 项目教学的具体实施

（一）分组分阶段讨论

关于项目教学方法，学界讨论较多也较成熟，笔者采取的基本方法是：学生分组。本课程是每组一般 5 人左右（学生自由组合或由教师指定，每次的人员尽量不重复）。各组分别按照教师提供的案例内容进行讨论，包括全面分析项目的内容，所涉理论的基本概念和方法，小组发言人记载讨论的基本内容和结果，进行陈述，并且由该小组成员再进行记录。在时间分配上，本课程发言时间控制在 7 分钟，然后由老师做出点评和质疑，学生在此期间可以回应。成绩评估所依据的标准是：全面分析了案例的内容，结合了所学文化经纪理论，体现出本组的独立创新思考，发言人表述的感染力和清晰度。每次项目讨论后都尽快公布成绩，这样可以让大家对本次案例讨论和发言进行比较和总结，激发下次案例学习讨论的积极性和认真度。学期结束公布各个案例讨论和作业得分成绩以及平均总成绩。

可以想象，这样的方法与传统单向讲授相比，给教师增加了极大的工作量。一方面，是作业的增加，例如"艺术文化经纪人"每个项目都要做 1～2 个作业，5～6 个小组，几十份作业都需要老师及时批复。另一方面，在课堂讨论中，为了让学生积极投入，想要表达，老师必须全神贯注，听取学生陈述和意见，迅速理解，提出自己的观点并指出学生的不足。长时间的课堂辩论对教师的思考反应能力和口才都提出非常高的要求，因此每次课结束，"头脑风暴"式的脑力劳动都让老师感到筋疲力尽，但是这种案例讨论的成效是显著的。

一方面，有效克服了各种客观条件的限制和盲目照搬国外项目教学的缺点。这种教学方法没有提出额外的要求，只是充分利用了现有条件，因而较容易施行；它也没有抛弃传统方法的合理内核，仍然十分重视理论学习；分组的方法有效克服了学生讨论不积极、参与不够的弊病，在分组小范围讨论的情况下学生都能做到积极发言或参与发言稿的整理，推荐的发言者能代表大家，也不妨碍每人获得再发言的机会，同时，积极补充发言者还能得到额外的加分补偿，从而既照顾了一般的学生，也鼓励了敢于大胆表现自己的学生。另一方面，有利于提高课堂教学效益，使学生的平时成绩公平、公正、公开和合理。在这两门课程的项目教学中，教师是引导者和监督者，学生是案例的参与者、组织者、分数的评定者，这样，学生就无法置身于课堂之外而必须自始至终参与其过程，有效地提高了课堂教学效益。学生知识的掌握程度与其在平时案例课中的表现具有一致性。项目教学方法的科学性由此可见一斑。

（二）一揽子作业的计划

作业需要依循项目进展情况而制定出一个一揽子作业包，而不能只看期末作业，因为这样无法监控和督促项目进展期间的工作。

一揽子作业计划要注意承接性和总结性，计分系统要细化和科学。拿"制片管理"课的作业计划来讲，就是体现了以上要求：

时间周期	工作进度	评估报告	备注
第一周至第五周	完成选题策划 完成剧本（分场剧本） 完成故事版（分镜头画面） 完成综艺节目的环节设计 完成拍摄计划表（按场地制定） 成立摄制组、分配组员的工作	上交 1 份	评估报告值得此阶段工作完成后的一个总结（也是下一阶段的一个准备），包括： （1）人员问题 （2）资金问题 （3）工作进度安排时间问题，以及完成的情况和效果 下面两份评估报告的内容同上
第六周	上交以上的作业（文字和图画）给老师		
第七至第十周	上课，老师和学生讨论各组的综艺节目和影片的剧本和故事版		
第十一周	各组课后继续修改剧本、故事版和拍摄计划		
第十二至第十三周	成片作业的拍摄		
第十四至第十五周	成片作业的后期制作 成片作业的宣传	上交 1 份	此阶段根据实际情况会灵活安排具体时间，并且拍摄计划会随之发生变化，但在这个时间段内要完成拍摄工作
第十六周	先导预告片的宣传 正片首播的宣传		
第十七周	最终作业（成片作品和宣传作品）打包上交	上交 1 份	针对成片作业的宣传作品的内容包括： （1）宣传视频（预告片）至少 1 支，时长 30 秒或 60 秒 （2）宣传文字文案至少 2 份 （3）宣传平面海报至少 3 幅（成系列）

作业要求：

（1）本课程的成片作业

其一，影片。影片作业主要考查学生的叙事、构图、分镜、拍摄、剪辑的电影技能和制片管理能力。

类型包括原创剧情片（5~8分钟）；翻拍剧情片（2~5分钟）；企业广告片和宣传片（60秒~2分钟）；MV（2~5分钟）。

以上类型可以任选一个，但是此作业的分镜头不能少于10个；场景不能少于2个。

其二，综艺节目。节目作业主要考查学生的综艺节目的创意能力和环节设计能力，以及该节目（样片）能够成为"系列"的延展性和可能性。此作业对镜头画面的要求不高。

类型包括真人秀、脱口秀，不能是戏剧小品的拍摄。

以上类型可以任选一个，但是此作业的时长不能少于5分钟。

（2）以上两个作业（影片、综艺节目）都需要完成，也就是说，每组都要上交这两个作业。所以大家既要做好分工协作又要互相帮助。在开始每个阶段的工作（尤其是拍摄）之前，务必要把每个人的分工、职责确定好，不要临时变动，防止在工作期间出现互相推诿扯皮的现象发生。

（3）评估报告的上交时间不做硬性规定，但应该是在每个阶段的工作完成后上交，这样有利于开展下一阶段的工作。评估报告要上交3份，每份字数不少于1000字。

（4）宣传的作品，可以选择在社交媒体或是视频网站上上传和播出。不硬性规定要有线下活动，但是如果有，则作为加分因素。

（5）考虑到每组要完成两个节目，因此在上表中备注里要求的宣传作品内容可以针对影片，也可以针对综艺节目。如果两个作业都做了宣传作品，则作为加分因素。另外，如果作业是60秒的广告片——宣传视频可以是30秒的剪辑版本。

（6）商业的部分，例如融资、企业赞助、售片收益，不做硬性规定，但是如果有，则作为加分因素，但需要上交《商业合同》的副本给老师，以资证明。

（7）作业完成所需资金和预算，不做规定。

以上这个作业计划虽然为教师增加了很多工作量，但是很好地、强制性地要求学生做好项目的每一步工作，避免只草草交上单一期末作业，混个成绩了事。

三 项目教学法对于文化产业类专业学生的价值

文化产业管理是一门与市场联系紧密的学科，同时该学科又需要较为宽广的知识面与较好的分析、研究能力。只有在高年级学生身上才能发挥项目教学法最大的优势，从而使学生形成较强的分析市场、研究创意与设计宣发策略的能力。北京市较为发达的文化创意产业为学生的项目教学法实施提供了得天独厚的机遇，使其前沿性和实践性的特征都得到了体现和满足。

经过几个学期的尝试，这种项目教学法课堂教学和作业架构的科学性还是显著的。课堂教学有真枪实弹的体验，师生课堂关系发生了改变，学生兴趣高，老师有劲头，沟通更为高效。最有价值的是项目教学法的采用给文化产业管理专业的学生提供了一个实现自己创意、激发自身能动性以及团队协作的空间，在这样一个融合的试验空间之内，每个人的创造性思维、每个人所擅长的方向都被激发出来，从而使学生个人的创意能力、传播能力都有了很大的提升，对自己的价值体现方式和就业发展方向都有了更清晰的认识。学生小组完成项目之后，复盘成项目手册，进一步模式化，不仅写出了很规范的总结评估报告和创意作业，也很好地体会到了文化经纪人、制片人、创意经理人的角色职责。教学过程则体现了这两门课程的"人"之特色。

项目教学法已经初步见效，让教师摆脱了以往的一些教学困境和迷惑，但是未来的形势依然严峻。一方面，真正的文化产业经纪人、制片人来课堂教学的机会较少（尤其是长期教学），专业老师又缺乏丰富的实战经验，所以很难做到每个项目都能够理论与实际紧密结合，给予学生以指导；另一方面，项目教学法需要降低师生比，因为较好的师生比例配置使学生与导师的接触更多，其沟通的能力也更强，沟通过程更为顺畅——这也是很多学校的相关院系目前无法实现的。希望今后随着更多新教师的引进，校内外双导师的施行，可以让项目教学法乃至导师工作坊制度进一步在各地高校的文化产业管理专业中试行开来。

参考文献

1. 曲丽荣. 项目教学法在教学实践中的探索［J］. 中国科教创新导刊，2008，6（11）：59－61.
2. 李庆武. 项目教学法在课程教学中的运用探讨［J］. 教育探索，2008（4）：76－78.

戏剧教育教学模式探索

徐　震[*]

摘　要： 校园戏剧教育是当今校园艺术教育的重要课题。它应该摆脱单纯的文学教育模式，努力进行思维变革和机制创新，有效整合课程资源，创建文学、舞台、理论、生活"四维一体"的戏剧教育新模式，为当代校园戏剧教育探索出一条有效的实施路径。

关键词： 校园　戏剧　教育　策略

"在所有艺术门类里，戏剧是离人最近的艺术，戏剧教育是最便捷、最适当的人文素质教育。"当我们羡慕伦敦西区戏剧产业带来如此巨大的经济效益和文化影响力的时候，应该同时看到早在 16 世纪伊丽莎白时代，英国就开始提倡校园戏剧，把戏剧与学校教育结合起来。当代英国的基础教育也沿袭了这一传统，把戏剧纳入普通中小学的教育体系之中。而且面向全社会，惠及所有社会人群。英国艺术委员会 2010 年制定的 10 年规划《为所有人创造伟大的艺术：艺术发展的战略性目标》追求的是："卓越性、普及性、参与性、多样性和创新性。"中国戏剧市场的不景气，虽然与政府体制密切相关，但更深层的原因是戏剧教育还不普及。2015 年《国务院办公厅关于全面加强和改进学校美育工作的意见》明确提出要创造条件开设戏剧课程，对此只有祈盼在实施过程中不要对戏剧疏忽得太久。

---

* 作者简介：徐震，首都师范大学文学院教师。

高校校园戏剧曾对中国社会文化发展起到过重要的推动作用。戏剧的净化等主要文化功能和核心因子始终深深地根植于民族文化之中。从 20 世纪 80 年代开始，大批高校纷纷建立校园戏剧团体，目前全国很多大学都成立了自己的剧社，创排了大量剧目，涌现出了《魔方》《清华夜话》等一批优秀剧目。目前高校校园戏剧虽然开展得如火如荼，势头较好，但仍然存在不少的弊端。如专业素养不足、艺术锤炼不够，大多尚处于一种松散、无资金、无场地、无专业指导的状态，课堂教学与演出实践的有效整合不够，对戏剧的人文教育功能重视不够等。这些需要我们认真地加以离析、探讨，以期找到适宜的教育教学模式。高校校园戏剧的兴起本身无疑就是一个值得重视的文化现象，但是这种"蔚然兴起"是否表明我国高校的戏剧教育就真的取得成功了呢？如何才能加强综合性大学中的戏剧文学专业的戏剧教育呢？

目前，综合性院校的戏剧教育侧重文本分析，教学内容呈现为戏剧文学的"单维"形态，人为割裂了戏剧的"多维"存在，忽视了戏剧作为一门综合艺术的教育本质，戏剧史不是文本史，戏剧教学应树立"多维"的观念。

一 "文学"之维

"文学"之维立足于戏剧文学教学即剧本教学。它是实施戏剧教育的常规模式和基本载体。俗话说：剧本，乃一剧之本，剧本是学生进入戏剧之门的第一条通道，教师依托经典剧本，引导学生理解戏剧文体特性和基本规律，学生由此出发真正学会阅读和欣赏剧本。剧本是一种特殊的文学形式，剧本的创作大多以服务于舞台为旨归，作家借助想象中的舞台支撑进行创作构思，在舞台魔咒的艺术限制下，"戴着镣铐跳舞"。"剧本（悲剧和喜剧）是最难运用的一种文学形式，其之所以难是因为剧本要求剧中每个人物用自己的语言和行动来表现自己的特征，而不用作者提示。"[1] 戏剧故事主要不是"叙述"出来的，而是通过充满戏剧性的人物关系、戏剧动作、戏剧情境、戏剧场面"展示"出来的。戏剧不像其他叙事文学那样通过故事的叙述启发读者的生活想象，而是借助一个个生动的戏剧场面直接表现生活情境，从这个意义上讲，戏剧本质上是场面的艺术，戏剧场面构成了戏剧最完整的基本单位。因此，教师在引导学生阅读和欣赏剧本时须加强场面意识和思维，借助舞台想象，还原和建构剧本中一个个具体生动的戏剧场面，引导学生讨论和分析经典剧本的场面配置和调度技巧，理解戏剧文体的审美本质。

二 "舞台"之维

"舞台"之维立足于戏剧教育的舞台实践。戏剧的真实生命在于舞台，检验学生戏剧素养的有效平台也在于现实演剧。波兰戏剧家耶日·格洛托夫斯基认为："剧本本身不是戏剧，只有通过演员使用剧本，剧本才变成戏剧——就是说，多亏语调，多亏音响的协调，多亏语言的音乐性能，剧本才变成戏剧。"[2]因此，校园戏剧教育要时时紧扣戏剧的"表演性""剧场性"特征，借助戏剧表演，形象地再现各种戏剧情境，使学生置身其中，进行角色体验，真正领会戏剧的艺术本质；校园戏剧教育的目标重在培养学生的戏剧兴趣而不是戏剧专才，学生的演剧实践重在"业余"的艺术训练，因此，教师在引导学生进行现实演剧实践时应该举重若轻，就地取材，研究校园特定的戏剧环境，在教学中充分发掘和营造各种灵活多变的、适合学生进行演剧实践的"剧场"，适时地诱发学生内在的"表演"动机与兴趣，使学生的演剧实践摆脱职业演剧复杂的专业元素，而变成一种朴素的艺术锻炼行为。在耶日·格洛托夫斯基看来，戏剧本质上是一种质朴的表演行为，只要存在活生生的观演关系，即便是"没有化装，没有别出心裁的服装和布景，没有隔离的表演区（舞台），没有灯光和音响效果"，戏剧也"是能够存在的"。既然戏剧是可以无时不在、无处不在的，那么戏剧课堂自然也就可以演绎成老师与学生共同参与和合作设计的现实"剧场"，在教学课堂中，教师应该有意识地抓住戏剧课堂教学内容特有的"戏剧性"，引导学生当众"表演"，在表演和观看的互动关联中检验和实现戏剧教学的课堂任务。让学生的校园演剧实践成为一种常态的教学行为，学生在戏剧舞台中还原戏剧的生命，深刻理解戏剧的本质。

三　"理论"之维

"理论"之维立足于戏剧理论教育。任何一种艺术实践都离不开理论的指导，理论为艺术实践的发展与进步提供了强劲的内在动力。戏剧是一门古老的艺术形态，戏剧理论的积淀非常丰厚，如何把这些深奥的戏剧理论转化为学生校园戏剧的艺术资源，是当今校园戏剧教育的重要课题和现实挑战。当今校园戏剧方兴未艾，以青春的姿态展现出旺盛的生命活力，但激情的表象背后时而显现出艺术的粗疏与理论的疲软。"有些人为了先锋而先锋，拙劣模仿，晦涩烂俗；有些人停留在自娱自乐自恋的层面，浮躁脆弱；还有不少染上了伪现实主义或形式主义的坏毛病。"[3]缺乏理论关怀的校园戏剧终究会面临前进乏力的尴尬。要改变这种状况，既要强调校园戏剧理论教育的重要性，在大学开设戏剧理论类公选课程，建设完善的课程体系，又要强调校园戏剧教育的非专业属性，强调理论教学的知识性、趣味性和普及性，把古今中外戏剧理论家创造的理论资源进行重新筛选、整合、激活，再造出适合当今校园戏剧教育的知识体系。戏剧理论教育同时也要强调学生在艺术实践中自主获得和自主建构戏剧理论知识，校园戏剧指导教师应该善于把学生戏剧排演的过程有效地转化为戏剧理论的学习过程。现今校园戏剧演出和校园戏剧社团方兴未艾，在实践中深化学生戏剧修养已成为当代校园戏剧理论教育的一个重要模式。浙江大学黑白剧社、华南理工大学笃行剧社、南京大学文学院剧团等聘请了专门的戏剧指导老师进行戏剧文化训练，指导教师在戏剧排演的准备阶段，引导学生共同讨论剧本，分析剧情，制定排演方案，在排演过程中分析场面调度技巧，演员形体动作设计、舞美道具的配合与设计，排演后组织学生讨论演后体会，总结演出经验与教训，引导学生根据自我实践撰写专题论文，在戏剧实践中逐步形成相对稳定的、系统全程的理论教育模式。

四　"生活"之维

"生活"之维立足于戏剧的生活应用教育。"情境"是戏剧再现人类生活的基本单元。因此，教师在指导学生进行"亚戏剧"形态（包括师能训练、形象装扮、就业面试、商业推销等）训练时，应该注重创设适合于学生训练的各种情境，使学生入境会意，融入其中，进行表演训练，引导学生进行情境模拟训练，把现实生活场景进行情境再现，在假定的情境中不自觉地提高个性表演能力。如为了提供学生就业面试技巧，教师可以引导学生模拟现实生活中的面试场景进行情境设计，分角色合作表现各种面试情境，体验面试过程中可能出现的情景，学习临场应变能力和面试处理技巧。与此同时，在组织"亚戏剧"训练时要积极地积累各种"亚戏剧"经典表演案例素材，适时选择恰当的情境片段组织观摩表演，在经典案例的诱导中提高行为表现能力。如在对师范生的师能训练过程中，借助优秀教师的先进教学资源和经典情境，对师范生进行相似诱导和模拟表演，规范他们的训练行为，强化训练特色，形成宏观整合与微观控制、自主训练与教师诱导相结合的高效流程，从而实现师能训练效果的最优化。"亚戏剧"形态教育的"亚"性特征决定了它应该摆脱正统戏剧艺术教育的思维束缚，把戏剧与生活实现有效整合，实现大戏剧教育理念和模式，利用戏剧的艺术形态整合校园教育生活，灵活创造各种表演情境，使校园变成一个生动的"剧场"。

在具体的戏剧课程教学过程中，应以戏剧经典作品和发展脉络为考察对象，实行理论和实践相结合的原则，紧密结合演出实践、课堂交流和课外调研，深化学生对戏剧作品和戏剧文化的认识和理解。进一步突出艺术学、现代戏剧学和文化学三个学科的结合，进一步关注当前戏剧领域最新、最前沿的理论发展动态、业内发展现状，进一步激发学生独立思考的能力，努力建设探究式教学工程。教学大纲应参考其他兄弟院校的相关专业，并结合本专业的培养方案而制定，注意克服面面俱到、平板化、少纵深的毛病，大纲整体由浅入深，循序而进，每个相对独立单元也体现出这一点，即要体现现象—机理—意义—经典剧目—探究式课题及方法—相关阅读文献与链接这样的逻辑顺序。同时，加入实践环节，将历史与现状相联系，理论概念与实践演出相结合，努力突出本学科的现代戏剧学的内容和特色。在教学方法及手段上，第一，既注重基础知识传授，更重视专业观念和思维的树立和培养。坚持从课程的开放性、实践性出发，进行探究式教学的探索。（1）多媒体教学方式，用 PPT、视频设备等方式展示和讲解理论知识和相关课题；网络课件建设，制作网页课件，建设网站，整合学生自己的原创、改编的演出作品。（2）课堂环节：互动式教学，以教师讲授为主，有小组陈述、课堂讨论、提问等形式，适当安排学生助教主持互动环节。第二，课堂、探究项目和业界三者结合。加大组织和邀请业内专家讲座的力度，形成一种固定长期的"戏剧文化论坛"模式，使学生拓展视野，更多了解鲜活、生动的戏剧经典与产业运营结合的案例和经验，带领学生观演经典作品，课内外相结合，训练艺术实践能力。第三，整合教学平台，将校园剧社作为戏剧教学的延伸，将戏剧史上的经典作品和学生的原创搬上更大的舞台，获得更大的成就感，增强学生学习主动性和动力，在剧社纪念日和校庆上，让本系学生担任团队骨干会取得更好的效果。在个性及特色教育上，注重在教学中贯彻因材施教的原则，根据学校教学体制的改革的现实要求，根据学生的特点，结合专业特色，对于不同程度的学生给予不同的指导。通过学生的参与性实验创作，激发学生在完成表演练习过程之中的创造性火花，并且以此作为校园戏剧的创作雏形，为创作新剧打下基础。与业界进行一些剧目合作，引导学生进行收集整理数据资料，加强调查研究实践工作，加强学生的实际操作能力，激发对本专业的兴趣。深化学生对戏剧现象和现代戏剧文化产业的认识和理解，帮助学生建立相应的知识和理论结构，培养艺术审美和实践能力，提高学生文学艺术修养，加强人际交往能力和团队协作能力，为从事文化艺术实践打好基础。进行考试评分改革，采取综合测评方法给定学生成绩，将学生的学习态度、独立思考能力、实践能力纳入考核体系之中。以期末考试、课堂陈述、论文和演出实践为考核办法。适当加大平时和期末作业的量，形成文字和 PPT 进行课堂陈述以及实践演出；进行评分改革，加大平时成绩考核的分值比重。通过自选课题的撰写和陈述，并结合研究论文的质量来给定成绩，占总成绩的 40%，最终结合期末考试给出总成绩。

　　校园戏剧教育"四维一体"实施策略立足于戏剧资源的"四维"特征，探索"大戏剧"教育模式，让戏剧教育超越文学鉴赏而进入舞台实践，超越舞台经验而升华为理论提升，超越艺术涵养化入生活应用，成为立体综合、多维延伸的高效过程，必将成为学校实施素质教育的重要路径。戏剧教育可以帮助大学生进一步认识社会、认识人生。戏剧是人类延绵不断的一项活动。戏剧排除了时间和空间的障碍，帮助人们把过去、现在、将来融为一体，通过把生活中发生的事件戏剧化，让人们能够更好地了解实际存在的问题，进而帮助人们去体验生活并选择自己的人生道路。许多优秀的戏剧作品就是一部形象生动的政治教科书，对受教育者有着非常明显的政治导向、思想感化作用。对大学生进行戏剧教育，无论是开设戏剧赏析课程，还是让学生参加戏剧创作或扮演各种戏剧角色的活动，都是一种不可多得的人生经历，这种经历更多地是一个自我教育的过程，正是这种舞台上的人生体验，这种戏剧作用于个体的人的伟大力量，以及所展示出来的高尚的思想境界、精神境界、政治品德、道德情操等对大学生所产生的影响力，都是一种高尚的境界和行为，使他们在潜移默化中、在润物无声中受到影响。

参考文献

1. 高尔基. 论剧本 [A]. 高尔基. 高尔基文学论文选 [C]. 孟昌、曹葆华译. 人民文学出版社，1960：243.
2. 耶日·格洛托夫斯基. 迈向质朴戏剧 [M]. 魏时译. 中国戏剧出版社，2006：11.
3. 黄鹤、黄有东. 人生的艺术化与厚德载道——校园戏剧美学导引论 [J]. 华南理工大学学报（社会科学版），2005，7（5）：52-55.

高校秘书学专业秘书文化教育
的实现路径[*]

杨 霞[**]

摘　要：本文论述了秘书文化的内涵和现代秘书文化的主要内容，分析了秘书文化教育在秘书学本科人才培养中的重要意义，阐释了从思想、制度、行为三个层面开展秘书文化教育的初步探索。

关键词：秘书文化　秘书教育　文化认同　制度建设　行为规范

秘书文化，是秘书从业人员在特定的历史文化背景和工作生活环境下，所形成的相对稳定的理想信念、价值取向、文化心理和思维方式以及行动模式。秘书文化具有历史性、民族性、地域性、行业性，不同时期、不同民族、不同地域、不同行业的秘书文化也具有一定的共性，表现在谋划、平衡、服务三方面。[1]在中国，秘书工作演进了数千年，先辈们创造和积累了丰富而又优秀的传统秘书文化，如秉笔直书、忠于职守、落笔神速、处变不惊、富有气节等。[2]不过，自20世纪90年代以来，随着市场经济的快速发展，秘书工作、秘书教育中出现"实用主义"倾向，如秘书专业著作和教科书越来越突出"术"的指导，而忽视"道"的引导，过于强调秘书工作

---

　* 本文属学校教改立项重点项目"秘书学本科应用型人才培养模式改革研究"（本文已正式发表于《办公室业务》2015年第10期）。

** 作者简介：杨霞，副教授，秘书学专业负责人。

的规则和技巧，而不太注重职业伦理的培养和情感的陶冶；社会上生产的
与秘书职业相关的精神产品（描写秘书和办公室工作的一些文学作品、影
视作品等）过度夸大甚至有意歪曲秘书形象和秘书工作事实，造成秘书从
业人员、社会公众对秘书职业的误解，对秘书文化的解读偏离了专业与科
学的方向。[3]为此，需要根据当前秘书工作与秘书职业发展的客观实际，总结
提炼新时期秘书文化的内容和形式，并将其融入到当前高校秘书专业教育
中，以培养更多高素质的高级秘书专门人才。

一 我国当代秘书文化的精神内核

秘书文化的精神内核由秘书社会实践和意识活动长期孕育而成的价值
观念、思维方式、道德情操、审美情趣、民族性格等因素构成。从本质上
而言，秘书文化是同秘书这一职业的职业精神及个人生存际遇或社会集团
的统治意识联系在一起的。它是支配秘书实践活动的价值基础，是其秘书
精神的外在表现。[4]

与其他文化一样，秘书文化也是需要随着社会的发展不断与时俱进、
不断变革创新的。我们以为，在汲取传统秘书文化营养的基础上，新时期
的秘书文化的精神内核应当集中体现在以下方面：认真负责，富有内涵，
自强不息，职业精神，专业水准，精准服务。

认真负责，这是做好一切事情的基本态度，也是做好秘书工作的首要
前提。秘书工作负责上传下达、左右协调，关涉全局，影响深远，如果粗
心大意或光说不做，遇事推诿扯皮，必然会造成工作失误甚至无法挽回的
损失。态度决定一切，秘书从业人员必须树立脚踏实地、勤奋敬业、言信
行果的做人做事态度，这是成就秘书职业发展的必由之路。

富有内涵，这是秘书工作必需的知识能力支撑。秘书要做好领导的
"助手"和"参谋"，没有真本事，难以胜任"秘书"岗位。当今社会已进
入知识经济时代，秘书们面对的形势和任务复杂多变、日新月异，只有富
有良好的知识储备、学习应用创新能力以及沉着冷静的心理抗压能力，才
能从容应对各项管理事项，切实履行"助手""参谋"应尽的职责。

自强不息，这是秘书坚守独立人格的修身之道。秘书主要服务于党政

机关企事业单位的各位领导，靠近管理决策核心，了解决策领导，知悉决策内容，处于权力与利益网络之中心节点，面临着各种权力利益诱惑。为此，秘书只有自强不息、学习进取，提升自身的政策水平、专业技能，确立正确的人生观、价值观、世界观，才能不依附权贵、保持高洁人格，才能明辨是非、恪尽职守，才能廉洁廉政、知行合一，从而避免出现违规徇私、违法乱纪的错误行为。

职业精神，这是秘书职业化发展的必然选择。20 世纪 80 年代以来，秘书工作逐步发展，秘书从业人员队伍不断壮大，秘书职业已是社会公认的一种职业类型。不过，由于近年频频爆出秘书腐败丑闻，使秘书的职业形象受到损害。因而当下亟须正本清源，挖掘、凝练、宣传现代秘书职业道德与规范，重塑秘书职业社会形象，推动秘书职业持续健康向前发展。

专业水准，这是秘书工作绩效考核的评价标准。秘书工作是组织管理工作的一个有机组成部分，具有系列工作制度、程序、方法和规范，体现了秘书工作的专业要求、程度和水平。秘书从业人员的活动和行为理应体现出秘书职业应有的专业思想、专业技能、专业标准。目前这方面的研究还不够，尚须进一步总结提炼，这是秘书职业化、专业化发展的方向。

精准服务，这是秘书工作追求的根本目标。秘书工作是辅助性、服务性工作，要始终围绕领导决策与管理事项来提供准确、及时、安全、有效的高品质服务，如做好收集信息、撰拟公文、处理文件、调查研究、拟订方案、组织会务等。这是秘书工作的根本出发点和归宿。

总之，秘书文化是秘书从业人员群体形成的一种共同精神特征，它不仅内在地规定并规范着秘书人员的思想行为，而且也无形地影响控制着秘书活动沿着一定的秘书文化的价值取向运行。因此，在高校秘书专业开展秘书文化教育，将有助于帮助秘书专业的学生深入领会秘书职业规范和价值取向，引导他们继承优秀的秘书文化，形成共同的价值理念，做好秘书职业定位，发挥自己的潜能，提高秘书工作效率。

二 秘书文化教育重在引导学生建立文化认同

2013 年以来，全国各地已有近 80 所院校申报成立了秘书学本科专业，在校学生人数短时间内呈爆发式增长。各地院校不断探索秘书本科应用型人才培养模式，在这一过程中应同时重视秘书文化教育，借助于秘书文化认同的力量来引导学生加强秘书专业训练，增强秘书职业自信，树立秘书服务意识，遵守秘书职业规范。不过，今天已是互联网时代，信息高度发达，文化更加多元，学生的主体意识很强，强硬地让他们接受秘书文化，或者一味地照本宣科灌输教材上的秘书职业道德条文，往往难以深入学生心灵。

我们以为，秘书专业开展秘书文化教育可划分为循序渐进、逐步深入的三个阶段：一是认知教育，旨在使学生了解秘书、秘书工作内容里与场域中的观念、道德、习惯、行为模式等。除了秘书专业课程中的相关文化知识的传授外，特别重要的是，切忌空洞说教，应让学生在秘书工作实境中去感知、体验、领会、掌握秘书文化，达成"春风化雨润物无声"的教育效果。二是认同教育，旨在使学生在思想观念上接受秘书文化且将其内化于心。开诚布公地呈现与诠释秘书工作与秘书文化的复杂多样的表现，甚至现实冲突，让学生开展深入研讨、辨析，从中接受优秀秘书文化，实现观念接纳和价值认同。三是行为教育，旨在引导学生将秘书文化融会贯通于学生自身的秘书专业学习和专业实践中。学生们一旦内心接纳了优秀的秘书文化，就能将这种文化转换为一定的价值观而体现在他们的精神追求、精神寄托、思想道德状况和文化生活等方面，反映出他们的利益需求，从而渗透并呈现在他们的专业学习和秘书实践活动中，这正是秘书专业开展秘书文化教育的目的所在。

上述三个阶段中，认知教育是前提，认同教育是关键，行为教育是目标。为了实现学生对秘书文化的认同，自觉自愿继承弘扬优秀秘书文化，须从人文、物文、行文三个层面来综合考虑设计秘书文化教育教学思路。

（一）人文层面，强调以"人（学生）"为本，教化立人，养心修身

秘书文化是在一定的经济、政治、文化背景下的秘书职业活动中所形成的对于秘书、秘书活动、秘书行为以秘书职业价值观念为核心的认识、态度、感受以及秘书职业道德、规范、习惯的有机综合体。[5]作为秘书工作的

主体——秘书人员，既是秘书文化的创造者也是秘书文化的承载者。因此，秘书文化教育必须充分考虑秘书专业学生的实际情况，选择设计适合"准秘书"们喜闻乐见、认可接纳的形式如秘书短剧创作、角色扮演、研讨演讲、经典分享等来开展秘书文化教育，使之认知、理解秘书文化的价值和作用，逐步达成内心的认同。

（二）物文层面，重在以文化物，物以载道，使之汲取"文物"之滋养

秘书文化不仅表现为以秘书职业价值观为核心的精神文化和行为规范，而且还表现为与其相适应的物质表现形式。从物质层面来说，秘书文化包括秘书职业活动中的一切物质要素，例如各种办公设施、笔墨纸砚等，这些物质反映了人的匠心，是很重要的文化现象。[6]秘书文化的物质要素"既包括秘书学家、秘书工作者撰写的论著样本，如清代汪辉祖的《佐治药言》等，也包括秘书工作所需的文房四宝、棋琴书画、酒茶饮料等实物"[7]。因此，秘书文化教育中不仅要考虑秘书工作主体出发的"人文"教育，而且也要考虑秘书工作环境各物质要素的文化建设，如在秘书实训办公环境、办公设备、办公用品等实物中融入秘书文化，让学生在充满秘书文化的氛围中熏染、摄取文化养分，达到秘书文化教育教化之目标。

（三）行文层面，指引学生将秘书文化贯注于自身专业学习实践的行为中

行为文化强调学生的行为符合秘书专业规范的要求，侧重对学生行为进行规训。通常，对秘书文化具有认同感的学生，其行为会自觉体现秘书专业的各种规范和价值取向，这是最理想的一种教育结果。而部分对秘书文化认同缺失的学生，则需要通过刚性制度规范从外部强化其行为，使之接受秘书专业思想、职业道德、认知习惯等，从而达成秘书文化教育之目的。这两种方式指向同一个目标，使学生行为表现出符合秘书专业要求的某种行为模式，增强学生对秘书专业和秘书文化的认同，尊重并切实落实秘书职业规范。

上述秘书文化教育体系的设计思路，旨在从不同维度来达成学生对秘书

文化的"认同"。不过，这一目标不是一蹴而就的，而是要与学生素质教育、知识学习、能力培养等其他教学内容和环节紧密相连、相互交融促进的。

三 引导与规范同步来开展秘书文化教育

一位美国学者罗威勒说过：在这个世界上，没有别的东西比文化更难捉摸。我们不能分析它，因为它的成分无穷无尽；我们不能叙述它，因为它没有固定形状。我们想用文字来界定它的意义，这正像要把空气抓在手里似的；当我们寻找文化时，它除了不在我们手里以外，它无所不在。[8]可见文化是不可捉摸的，但它却无处不在。秘书文化是一种职业文化，也难以捉摸又确实蕴含于秘书活动过程中。故而高校秘书专业开展秘书文化教育须找到秘书文化教育之抓手，方能发挥秘书文化教育之实效。为此，我们尝试从思想、制度、行为三个方面多管齐下来进行秘书文化教育。

（一）思想浸润，从思想认识层面开展秘书文化的内化教育

秘书文化是秘书从业人员思想、观念、道德、行为等的集中体现。秘书文化教育是秘书专业教育的一个重要组成部分，不过由于"秘书文化"看不见、抓不住，教师教育教学中要单纯讲述"秘书文化"概念原理，其教学效果并不理想。为此，需要深入思考如何在人才培养过程中潜移默化地开展秘书文化教育。为此首都师范大学秘书学专业正从"言传"和"身教"两方面探索秘书文化的内化教育：一是在课程中"言传"秘书文化。设置了中国秘书史、秘书学概论、秘书礼仪、秘书实务等系列课程，教师讲授秘书工作特色和属性，秘书工作历史、人物，秘书工作制度、程序，等等，从中体现和传达秘书从业人员应有的专业思想、理念、习惯和行为规范，诠释秘书职业精神和专业规范，使学生从中感知、领会、学习、继承优秀的秘书文化传统。二是推行"双导师制"来实现秘书文化的"身教"。即为每位学生配备2名导师（1名校内导师+1名校外导师）四年跟踪学生，学生参与导师相关工作，使学生在与导师相处中耳濡目染秘书文化的蕴涵，使优秀的秘书文化润化其心灵、指导其认知、形成其理念。通过这种课堂教育与师徒教育的结合，将"灌输式"与"体验式"文化教育

结合起来，使学生在体验中找到专业信心、职业规划以及职业尊严和认同。文化认同具有强大的牵引力，学生只有在思想上认同了秘书文化、秘书专业，才会调动其学习内驱力，在专业学习中下功夫。因而，思想浸润达成的文化认同，是秘书文化教育的最有效的方法。

（二）制度规范，以制度建设保障学生接受优秀秘书文化教育

如果说思想浸润教育是柔性教育的话，那么制度规范就是刚性教育。通过将优秀的秘书文化嵌入秘书专业教育教学的各种制度框架中，以制度的切实执行来引导秘书文化教育教学，从而提高秘书文化教育教学的效率。为此，首都师范大学秘书学专业正在逐步制定系列教育教学制度，力求以刚性的制度管理，引导学生逐步树立正确的价值观、职业认知、职业道德、职业精神和行为习惯等。如制定秘书志愿服务管理制度，旨在培养学生的社会公共参与意识、志愿服务精神，为今后秘书服务意识的养成奠定基础；制定学生同步实训制度，旨在引导学生将理论知识与实践应用相结合，同步感受秘书工作氛围、了解秘书工作过程、知悉秘书工作内容，从而理解秘书文化的内蕴；制定学生学术训练指导管理制度，旨在指导学生着力研究秘书工作理论与实践中的现象、问题、规律等，深刻理解秘书工作的本质和内在规律。当然，在将秘书文化的内容和形式写入秘书专业教育教学制度的过程中，需要充分考虑本专业人才培养目标和特色发展的需要。好的制度设计，将有助于学生成长为更加优秀的秘书专业人才，反之，则将会对学生成才产生不良影响。故而须充分考虑制度设计的科学性、合理性和可行性，确保制度及其执行具有实效性。

（三）行动落实，以学生践行来外化与巩固秘书文化教育之成果

思想浸润、制度规范的内外结合无疑将有助于学生对优秀秘书文化的"认同"。为避免学生成为"思想上的巨人、行动上的矮子"，在此基础上，还须激活学生的行动力，使之思想见之于行动，保持思想与行动的一致性，实现知行合一。为此，要重视学生的"行为"管理，指导和督促学生将秘书文化具体转换为学习秘书专业知识、提升秘书专业技能、实践秘书职业精神的各种具体活动中。为此，首都师范大学秘书学专业设计了"学生主

办"的系列特色活动，驱动学生行动起来。例如：建立校内校外同步实训基地，使学生的专业学习与知识应用同步，边学边做，教、学、做相辅相成，让其深切体验办公室文化氛围；举办秘书职业技能大赛、应用文写作大赛、现代办公技能大赛、国际秘书节等活动，学生负责策划、组织、运行，以赛促学、以赛代训，检测学生对秘书专业素养的理解和诠释；编辑运营秘书网站及微信公众号"CNU 文秘圈"，使学生在项目策划、文稿写作、文本编辑、信息处理、团队组织合作等方面的能力得到综合实训，也使学生从中领悟秘书的工作规范、职业道德、专业精神；开办"高级秘书实战系列讲座"，鼓励学生参与各种学生社团活动等，借助于校内外的交流与沟通，让学生学以致用，理论联系实际，缩短与社会的距离，使之在知识学习、能力提升、职业规划方面更贴近、更适应现实需求，符合秘书本科应用型人才培养的目标要求。

综上，思想浸润是秘书文化教育发挥实效的关键，制度规范是秘书文化教育的制度保障，行动落实是秘书文化教育追求的根本目标。作为应用型本科专业，秘书学专业不能只重应用技能教育而忽视秘书文化教育，而应高度重视秘书文化教育在人才培养中的地位与作用，充分研究、科学设计秘书文化教育的内容方式，结合专业规划、课程设置、实训教学、才艺培养等设计秘书文化教育之相关内容，在思想、制度、行动层面得到切实落实，以此来助推秘书专业发展，提高秘书本科应用型人才培养的质量。

参考文献

1. 俞文华. 略论秘书文化的基本内涵 [J]. 今日浙江，2010 (9).
2. 杨剑宇. 继承优秀的传统秘书文化 [J]. 秘书，2012 (9).
3. 赵毅. 秘书文化批评刍议 [J]. 秘书，2012 (7).
4. 何坦野. 秘书文化的精神内核 [J]. 成都大学学报，2001 (3).
5. 佘亚荣、孙晓飞. 试论当代秘书文化的兼容并包 [J]. 秘书之友，2012 (8).
6. 赵映诚. 秘书文化及其继承与重构 [J]. 秘书之友，2004 (6).
7. 何坦野. 秘书文化论 [M]. 中国广播电视出版社，2002.
8. 孙逊. 文化的密码 [N]. 人民日报，1988 年 1 月 27 日.

文学研究方法论课程的目的及教法探索*

姚苏杰**

摘　要：为刚入学的研究生开设研究方法论课程是古代文学学科的传统，已延续十多年。此课程的目的和意义已十分明确，教师和学生对其必要性应有充分的认识。在此基础上，对课程的开设方式、课堂互动及学生能力的评定等问题，也可进行适当的实验性探索。

关键词：研究方法论　教学目的　开设方式　课堂互动　能力评价

给本学科研究生新生（含硕士和博士）开设研究方法论课程是古代文学学科的传统，自 2003 年至今已延续十多年。赵敏俐教授一直担任此课程的主讲教师，而笔者则从 2016 年起担任此课程的辅助教师。初步在此类课程的教学实践中积累了一些有益的经验的同时，也试图进行一些自己的新思考和新尝试。笔者认为，此课程的目的和意义非常明确，针对性极强，教师和学生首先对其必要性应有充分的认识。在此基础上，对课程的开设方式、课堂互动及学生能力的评定等问题，也可进行适当的实验性探索，从失败和成功两方面吸收经验。本文是对上述问题进行的几点简单思考，

---

　*　本文属 2016 年首都师范大学学术学位研究生精品课程建设"中国古代文学研究方法论"项目（001165510800）及 2016 年文学院新入职青年教师帮扶计划（指导教师：赵敏俐）成果。
　**　作者简介：姚苏杰，文学院古代文学教研室讲师，中国诗歌研究中心研究员。

并结合实践所得经验提出部分尝试性的改进建议。

一 明确方法论课程的教学目的和意义

本课程的教学对象为"研究生新生",这是一个比较特殊的学生群体。此处以硕士新生为例(博士新生则相对特殊),他们选择求学深造,已说明他们有对学术的自发追求。但就目前国内的教育情况来说,学生在本科阶段所受的学术训练一般是不足的。他们虽然大部分学习过本专业的基础性课程,如文学史、文献学、文学理论等,也经过学年论文、学位论文的基本学术训练,但对如何独立地发现问题、独立地解决一个有价值的问题,尚缺少足够的认知和实践经验。我们当然不期望通过一门课程就简单地解决这些问题,但确实应该充分考虑学生的这种情况和需求,并以此为目标,在教学过程中尝试尽可能地针对学生的此种能力予以提升。

就目前为止的教学经验来看,此阶段的学生(主要是指硕士生)遇到的一个基础性问题,是对学术问题或学术成果的是非、优劣缺少自主的判断。换句话说,他们不清楚什么问题是有价值的,什么问题是无价值的;同时,他们也无法准确、客观地判断某一学术成果的确切价值或意义所在。这既影响他们的阅读,也影响他们的写作。这种情况的产生应主要源于两点:一是本科阶段学术积累的不足,或者说阅读量尚未达到需要的程度;二是缺少明确的标准,或者说比较的标杆,以至于未能形成对优劣的衡量尺度。对此,本课程在教学安排上即注重学生阅读量的提升和积累,以及学术"名篇"的示范性介绍。正是基于此,由赵敏俐教授主编的教材《文学研究方法论讲义》在教学实践中逐渐完善,形成了一套自己的思路,他选取了17组文章供学生阅读,其中每组文章由一篇"名篇"领起,辅以一系列参阅的文章,再配合课堂讨论讲解,一定程度上解决了上述两个问题。

当然,此教材目前也尚存一些缺憾,比如文字、排版上的错误,学术领域覆盖面上的一些欠缺,以及对当代最新成果反映不足等,这也是我们今后修订的方向。这一修订工作已随着本学期课程的开展同步进行,并且组织学生参与了进来,这也应能起到很好的训练目的。

总而言之，此方法论课程始终以提高学生的学术能力为目标，并通过以下三个方面的强化，对学生的学术论文的写作能力进行提升。

（一）学术规范及其意义的理解

一方面，刚入学的研究生新生，经历过学位论文训练，已了解基本的学术规范，比如论文格式、引文出处、参考文献标注等问题，一般都能够遵守。但对于此种学术规范何以重要、何以高校及导师一再强调的原因，却缺少必要的认识。笔者认为，对研究生的学术规范的教育应与本科生不同，应该从要求其"遵循"提升到要求其充分"理解"的层面，即要从根本上认识到严格学术规范之所以形成的原因以及对学术发展的重要意义，或者说破坏学术规范对学术发展的恶果。但对于此点，目前的课程安排及教材设计上确实存在一些不足，主要表现在正反两方面案例都很缺少，尤其是反面例证。我们后续的教材修订，或者可以考虑加入一些相关的延伸阅读。

另一方面，由于教材选用的文章大多为民国至新中国成立初期的名家名著，而那个时代的学术规范与当代不同，或者其规范尚未严谨，因此学生在思想上容易产生这样一种矛盾：某些文章何以未遵循严格的学术规范，却能在该领域开拓出新的天地，产生重大影响。因此要避免学生产生以下两种极端思想：第一，认为这些学者"不过如此"，并轻率质疑其学术价值、学术水平；第二，认为学术规范并不重要，甚而认为不遵循学术规范方能在学术上有所突破。孟子说"知人论世"，理解学术史时也是如此。本课程虽名方法论，实际上也同时承担着本学科的"现代学术史"的介绍任务。在论文的阅读中将学术发展史进行呈现，从而引导学生认可现代学术规范的重要意义，则此种遵循才是真正的遵循。我们的课程教学，也正是朝着这一方向、这一目标在努力。

（二）问题意识及发现问题的能力

本课程不要求学生在课堂上即能发现或解决有价值的问题，而是要求学生去学习前人如何发现问题、解决问题的过程。教材下编所选的 17 组文章，无一不是本学科发展史上具有开拓意义的范文，作者所提出的或尝试解决的问题，显然是那个时代最具学术价值的。那么，这些学者何以能够提出这样的问题，此问题在当时的学术发展中处于何种地位，它对后世学术发展有何种影响，此问题是否已完全解决等，这才是此课程要求学生在阅读学习中深入思考的。正是针对这些点，我们在布置每节课的课后训练任务时，即要求学生在写作读书报告时重点思考并回答这些问题。

比如就杨公骥先生《商颂考》一文而言，学生应掌握作者的学术生平，同时也须了解自古至于当代对《诗经》中商颂年代问题的研究史，从而理解杨先生在当时提出此问题的重大意义。当然，本版教材中已附有此篇文章的"解读"，乃由赵敏俐教授所撰，给学生作为范文参考。此后的每篇文章，亦要求学生按此基本目标来撰写。

实践证明，学生思考问题的能力随着课程的开展得到了提升。在前几篇读书报告中（本学期课程要求学生总共撰写 12 篇读书报告），主要还是按照所给范文进行叙述，比较程式化，但在稍后的报告中，他们的思路则越来越活跃并寻求突破。在关于"问题"的思考上，他们能够有更多的新观点，开始能指出教材所收的文章在该问题上存在的不足，或者提出了此问题后续仍可如何研究的设想。由此可知，学生对学术问题思考的程度已经深化，课程的基本目的已达到。

但是，由于课时量的限制，本学期的课程虽然安排了 10 篇论文的分组阅读和讨论，但实际上课堂讨论的时间并不充裕，或者说未能展开。在交流、争论中发现问题，这也是学生应该掌握的内容，理应视为本课程的教学目标，但这一点仍待今后的进一步调整。因为课程的客观限制，比较可行的做法恐怕还是减少分组阅读的数量，将泛读部分放在课外，而将课堂时间尽量用于交流讨论。

（三）注重论述逻辑与行文细节

现在时常听到各学科导师们抱怨，谓某些学生的论文词句不通、逻辑不顺，连基本意思都表达不清，遑论学术贡献；或者批评有些学生提交的文章根本未经自己核查，错字、标点误用、排版混乱之处比比皆是，说明其态度极不认真。诚然，后者不属学术问题本身，但却严重影响了一篇论文的质量。对于这种情况，此方法论课程在开课之初即予以重点指出，并在后续的教师点评环节中不断强调。凡学生的读书报告有类似毛病的，一律一一点出，争取做到上完这门课的学生，在写作论文时必养成这样的意识和习惯：写完一篇论文必须自己阅读若干遍，自查完全无错误之后再给他人阅读。学生应以被别人发现"小错误"为耻，而不能认为此无关紧要。

而目前这本教材，由于前期编撰、印刷时的各种原因，尚存在一些文字、标点、排版疏漏。这原是无心之失，但在本次课程中，这一点反而成为了比较好的训练材料。有相当多的学生在读书报告中细细梳理了教材所收文章中的细节错误，并一一标注说明。我个人觉得，除了在后续的教材修订中，将这些问题修正之外，确实也应该考虑再提供一些特殊的"错误材料"，让学生为其挑错。这一训练不仅能够提高学生细读的能力，也可以从根本上改正他们对细节问题不重视的缺点。

关于论文的论述逻辑的问题，教材所选范文中有几篇是比较典范的、具有清晰论述逻辑的文章，如《殷卜辞所见先公先王考》《韦庄〈秦妇吟〉校笺》《商颂考》等，它们各有不同的顺序，或按时间，或按作品，或按论证理路。但问题在于，我们的教材并未就这个问题进行一定的归纳和理论升华，也就是说，学生要自己从阅读中去领会某某文之逻辑顺序何以恰当。但因为学术问题的复杂性，学生即使了解了这一点，在自身的论文写作中，却未必能够恰当应用。因此，在今后的教学中，应考虑就这一问题进行理论性的归纳分析，或者在教材的选篇中注意将论述逻辑相似的文章进行关联，或者就在上编中将此问题进行阐释，如果课堂时间允许，也可考虑课堂上的讲解和讨论。

二 课程开设方式的探索与思考

目前课程的基本开设方式如下：课程分为课堂内和课堂外两部分，学生的主要精力其实是花在课堂外的论文阅读和读书报告写作上。课程要求学生至少阅读教材中的 11 篇文章（按分组数量来定），每篇皆须撰写一篇读书报告。课堂内的内容则主要分为两段：前四次课由主讲教师讲授教材上编及下编第 17 章的内容；后 12 次课，则由学生分组进行汇报讨论（自由结组、自由选择目标论文）。原则上一节课（三课时）由一个小组的学生进行汇报，而在每次汇报讨论之前，会由辅助教师对此次的读书报告进行评点，并回答学生们在报告中提出的问题，汇报讨论之后再由主讲教师进行总结。因假期安排以及学生们讨论热情较高等原因，本学期安排讨论的文章有 10 篇（10 组），但实际只完成 8 篇（8 组），所以今后开设此课程时应考虑缩减分组。

从目前的效果看来，这种开课方式是比较有成效的。学生在一学期的时间内精读了至少 11 篇经典性的学术论文，并撰写了规范的读书报告。在撰写读书报告的过程中，他们根据自己的精力，也接触了相关领域的其他文献，扩展了学术视野。本课程的目标之一——"提高学生的学术阅读量"，可以说基本已经达到。同时，因为对范文的深入剖析，学生的学术视野和写作能力，也能得到提升。但后一点因为期末没有要求撰写学术论文，在本课程的考核中未能得到检验。

本课程鼓励学生在读书报告中将自己的问题或疑惑表述出来，在课堂的教师点评环节中，主讲教师和辅助教师逐一进行解答，基本无一遗漏。此环节有时能占去大部分的课堂时间，尤其是在部分问题引起激烈课堂讨论的情况下。这一点其实也是本学期课程的创新，很明显地提升了课堂的互动效果，激发了学生的积极性。笔者个人因为正是负责审读学生读书报告、回答学生提问的辅助教师，所以对此颇有感触。在前几次的读书报告中，学生的叙述较为谨慎，内容多呈套路。但随着在多次点评中，教师对各类问题不拘束地回答，学生在后来的读书报告中，思维越来越活跃，其所发现的问题也越来越多且深入。而随着学生积极性的提高，他们主动寻找、阅读文献的范围也越来越大，特别是其中几位积极性特别高的学生，其单篇读书报告体现的阅读量已经非常惊人，基本上达到了通过一篇文章了解一个研究领域的目的。这充分说明，良好的师生互动是激发学生主动性、提升学术热情的重要因素。

当然，本课程在开设方式上仍有许多地方可以改善，也存在一些亟待解决的问题。比如，由于课堂时间的局限，当教师点评、学生汇报占去绝大部分时间时，其他学生的讨论就无法组织起来。这一问题造成的比较麻烦的后果是，课程预设的教学计划未能全部完成（即 10 组学生仅有 8 组进行了课堂汇报），也带了最后成绩评定上的问题（即两组同学无课堂汇报的参考成绩）。当然，这一矛盾主要是由于课时量不足造成的，如能将课时量提高到64课时（目前为48课时），应能基本解决此问题。但如果课时量无法提升，如何充分利用课堂时间、协调好各部分教学内容的比重，则是下一学年课程实践须妥善解决的。

此外，由于整门课程未要求学生撰写一篇学术论文，也未对学术论文的具体写作流程、具体的学术规范进行一一说明，所以无法考查学生最终在此方面的能力提升。这一点颇有点传统教学法中"耳濡目染"的用意，但此法在勤勉、主动的学生身上可能效果显著，对于较懈怠的学生，可能并不能起到应有的效果。我们显然应进行更加个性化的教学设计，在选课人数允许的前提下，再进一步进行一对一的指导。虽然目前课程计划中有这一安排，即鼓励学生在课后继续与教师互动交流、多多提问，但结果仍然是越具有主动性的学生课后与教师的交流越多，懈怠的学生仍无动于衷。要解决这一问题，恐怕需要教师根据课堂表现和课业情况，主动与存在问题的学生进行沟通。囿于研究生教学的惯性思维，笔者个人之前确实对这一做法存在反面的意见，觉得它过于接近初等教育方式（近似于中小学的教育法），但经过深入思考，恐怕此教学法仍然是有其必要性的。

三　学生能力评价及成绩评定问题

一门课程最终的成绩不仅是评价学生学业表现的一个指标，同时也是反映教师课程教学效果、指导今后教学改良的一个重要参数。目前高校中存在教师给分随意的问题，部分教师出于个人意愿给过高分、过低分，这已经成为许多学生抱怨的老问题，甚至也导致部分学生钻空子，以不良手段提高自己的成绩。给分不客观，分数波动大，给分标准与课程要求不合，分数不能反映学生的能力或投入的精力，这些问题都是我们在教学中应该避免的。本课程既为方法论教学，对学生成绩的评定理应聚焦在其掌握、使用方法的能力上。但如前所述，课程考核中未设学术论文写作这一实践环节，因此如何考查学生的能力或能力的提升幅度，并给予恰当的评价，也是本门课程开设时预料之内的一个难点。关于此问题，我们亦觉有不断改良、尝试的必要性。

考虑到公平、客观应是成绩给定的第一准则，所以本学期此课程总成绩的给定采用多次考核、累积得分的方式。具体操作方法如下：课程共布置 11 次课后阅读和读书报告的撰写，要求每位学生都提交，并经辅助教师详细审读评议，给出等级分（从 C - 至 A +）；布置最终的期末考核作业，学生撰写一篇要求更高的报告，亦经教师审读评议，给出同上的等级分。最终，以期末作业的等级分为基础，凡平时作业中有至少 3 次分数达到此等级者，保留该等级分；除此外，有另 3 次以上分数高于此等级者，等级分提升一级；提升次数不限，要求相同。

如设学生甲期末作业成绩 B +，其 11 次平时成绩依次为：B/B +/B +/A -/B +/A/A -/A +/B +/A/A +。因其平时作业中有 4 次成绩达到 B +，超过需要的 3 次，故先确定其保留等级 B +；又剩下的成绩中，高于 B + 的成绩亦超过 3 次（取 A -、A -、A），则成绩提升至 A -；又剩余成绩中，高于 A - 的尚有 3 次（A +、A、A +），故成绩提升至 A。等级 A 的起评分数为 92，再参考其他因素（如课堂汇报时的优良表现、讨论及课后互动等），酌情加分。此算法在实际计算中会遇到一些细节取舍的问题，但都可事先制定一些规则进行明确，最终给出的成绩既能达到对期末考核的重视，也能反映平时作业的重要性，又在一定程度上参考了课堂的表现。就本学期的实践来说，尚不失为一种较公平的、尽量减少最终阶段教师主观干预的方法（当然，在每篇作业的评分上仍不能免除主观性）。

当然，此方法的弊端在于，在保证公平、客观的同时，无法保证"针对性"，即最终得高分的学生可能并不是方法论掌握的最好的学生。换句话说，在课程的目的上，存在最终评价与预设标准的偏离。通过 12 次读书报告的考核，我们确实能够相对真实地掌握学生在名篇阅读、资料检索、观点表达、问题探索等方面的能力，但对最核心的"研究方法的掌握和应用"能力，只能说是以边缘的方式进行了考查。因为毕竟很难把一个学生了解某论文、某学者的研究方法，与他能够使用此方法的能力进行等同。因此，在后续课程的开设中，笔者认为可以考虑加入一些针对性的实践考核，即并非撰写一篇完整的论文，而是就某个问题进行片段性的分析研究，以检查学生分析问题、使用方法的能力。

另外，作为研究生课程，课堂汇报和自由讨论应是本课学习的重要环节，但此部分在最终评价中的反映较少。一方面，当然是出于客观性考虑，因为这部分表现可能更多会受到一些临时因素或教师主观喜好的影响。但另一方面，汇报和讨论确实一定程度上可激发学生研究问题的热情，并部分反映其对学术问题的敏感性以及灵活使用所学方法的能力。因此，今后如何加大此部分的给分比重，并能够保证其客观性，也需要进行深入思考并探索出可行方法。

总之，文学研究方法论作为一门开设了十几年的经典课程，其取得的成果和积累的经验是非常丰富而有益的。笔者个人虽然初次担任课程的辅助教师，但深感将这门课程开设好的重要性和必要性。所以，在频繁求教于主讲教授并结合自身实践和深入思考的基础上，不揣浅陋，就课程的目的、开设方式、成绩评定等问题提出一些看法和意见，并诚心求教于方家。

参考文献

1. 赵敏俐. 文学研究方法论讲义 ［M］.学苑出版社，2011.

如何利用学生课余时间让有限课堂容纳更丰富的内容

——"外国电影史"课改探索

于丽娜[*]

摘　要： 大学提倡学生的自主学习，但并非放任学习。如何引导学生利用课余时间，为有限的课堂做好充分的预习和复习，是大学课堂效率提高的一个重要方式。本课改以"外国电影史"的课堂教学为例，探讨了如何打通学生的课上与课下时间，让学生通过做期中选题、课外读片课和给学生设置预习问题来为课堂教学做有效的补充。对学生课下学习的有效引导，不但会提高学生的学习积极主动性，而且可以丰富课堂内容，形成"教""学"互动的良好课堂氛围。

关键词： 课外读片课　预习问题设置"外国电影史"

"外国电影史"是一门梳理世界电影发展历史的课程，涵盖了各个国家自电影诞生至今的电影美学发展史、电影技术发展史、电影经济发展史、电影社会发展史。它虽然以梳理各个国家的电影发展历程为落脚点，但是每个国家的历史发展、文化渊源、民情风俗、社会事件也是把握特定时期电影现象的重要参照。因此迄今为止，虽然国内外出版了不少研究世界电影发展的著作，但其实没有一部著作可以充分、全面地容纳世界电影发展历史的综合发展史，即便是最有影响力的法国电影史家乔治·萨杜尔的

---

* 作者简介：于丽娜，首都师范大学文学院文学院戏剧影视文学专业副教授。

《世界电影史》、美国学者大卫·波德维尔的《世界电影史》也只能是在某一方面达到前人不能达到的高度而已，更没有一部教材可以作为这门课程的唯一参照书去授课。这就意味着"外国电影史"庞杂的课程内容与有限课时的冲突是难以调和的。

在首都师范大学文学院，"外国电影史"是戏剧影视文学专业学生重要的专业必修课，也是戏剧影视文学专业电影类课程的重要基础课。"外国电影史"这几年在课时安排上经历了比较大的调整，从 2011 年的 72 课时修订为 2012 年的 54 课时，在 2014 年随着学校学期的调整又成了 48 课时，学时的缩减更为授课增加了难度。对于戏剧影视文学专业的学生来说，如果电影史的学习不以具体作品的解读作为学习的切入点，而仅仅是蜻蜓点水式的电影史脉络的梳理，那学生完全可以找一本结构比较好的电影史教材看看。但如果要深入作品，按照以作品带脉络的方式授课，那就算以前的 72 课时也还是不够的。随着电影史课时的不断调整，笔者在授课中必须解决"如何在有限的课时中容纳更丰富的内容"这个难题。尝试以国别史或者时间线索讲都避免不了刚刚开始学期已经快要结束的尴尬。按照国别史讲，一旦展开细讲就会局限在仅有的几个电影大国，其他一些国家的电影发展状况就不得不舍弃；或者按照年代发展讲，往往讲到 20 世纪 50 年代就到学期末了。为了解决这些矛盾，充分利用学生的课余时间已经成为提高一学期"外国电影史"信息含量的最佳选择。

这几年笔者对"外国电影史"课程改革的探索一直没有停止过，也尝试了很多方法充分调动学生的课余时间，来提高课上学习的有效性。比如让学生以小组为单位选择电影史中的重要导演或者电影思潮运动做期中选题，给学生们开展课程配套的课外读片课，通过提前设置预习问题激发学生课下查阅资料、思考问题的主动性，这些措施都是为了让学生充分利用课下时间，为有限的课上时间做好充分的准备和补充，也让学生的主动学习成为这门课程的主要学习方式，而不是仅仅依赖有限的课上时间。

一 学生选题的设置：锻炼学生自学能力

期中选题其实是笔者打着期中成绩的"幌子"，让学生在一学期中自己深入研究一个导演或者一个电影思潮运动而给学生的任务。学生选择研究的对象不拘泥于我们课程当中涉及的部分，可以是我们课堂没有涉及的某个时期电影史的梳理、导演的深度研究或者电影思潮的剖析。实践证明这是一个非常好的调动学生主动学习的方式，学生在这个环节中表现出来的积极踊跃是教师"一言堂"的教学课堂难以相比的。学生往往投入大量的精力为此做准备：仔细观看影片、制作PPT、截取视频，在大量的资料中提炼自己的观点。这不仅可以让学生自己深入作品，锻炼了学生解读作品的能力，还让学生在团队合作中养成了讨论问题、共同解决问题的能力。更重要的是，课堂上的展示无形中使大家产生一种竞争意识，让学生在展示自己的同时看到同班其他同学的实力、学习的态度，更会激发学生们学习的动力。

对于教学课堂来说，学生做选题的方式也弥补了教师教学视野的局限，令课堂生发出无限的可能性。比如笔者本人对于科幻类或者动画类的作品涉猎较少，而有些学生却比较痴迷，平时比较关注也收集了大量资料，所以我们讲日本电影时学生们做的宫崎骏动画，讲到美国电影时学生们讲的库布里克电影，都丰富了课堂内容，给我很大惊喜，也屡屡让我感叹学生自学的潜力。可以说，学生做选题的方式已经由原来被动敦促学生学习，变成课堂教学的一个积极因素，它调动了课堂上的每一个人，让他们参与到教学中来，发挥他们的优势和特长，提供给课堂更丰富的内容和更开阔的视野。

当然学生做选题并不是解放了教师，而是给教师提出了更高的要求。教师要对学生做选题的形式、研究方法和研究思路给予有效的指导而不是放任自流，放任不仅达不到预期的效果，还会浪费课堂时间。在学生选题形式上，笔者要求学生以3~4个人作为小组，一人综述，其余2~3人以代表作品切入对作品进行具体解读。以往学生单独一个人做选题，往往蜻蜓点水难以做到深入，太多成员又会消极怠工，所以3~4人的小组选题是最有效率的组合方式。学生做研究尽管有着兴趣爱好的支撑，但毕竟经验缺乏、视野有限，对于一个研究对象如何去把握、如何去研究、如何形成有效的成果，都需要教师及时给予指导。笔者一般让学生先报选题，然后针对他们的研究对象，在研究资料、切入角度方面给予一定指导。当然学生做选题中最重要的环节就是教师的点评，恰到好处的点评会激发学生更深入的思考，也能给其他同学启发。如果学生的选题并非教师自己熟悉的领域，教师更需要提前做好功课，以免点评时失语的尴尬。学生在展示阶段的不确定因素，都考验教师知识的积累和应变能力，所以学生选题这个环节是对教师提出更高的要求。

二　课外读片课：学生观影经验的有效补充和文本分析的锻炼

因为"外国电影史"课程中大量经典作品的讲解是构成本门课程的主要内容，所以学生能否跟随课堂进度及时看作品是学好这门课程的关键。笔者常常对学生说，如果大家把电影史上每个阶段的重要作品都看了，就掌握电影史了，但这对本科生来说其实很难实现。别说世界那么多国家的电影，就华语电影的数量自电影诞生至今已经远远超过 3 万部了，世界电影的数量之多就可想而知了，这其中所谓经典电影的数量也是相当可观的。为了能尽可能全面地展示世界电影每个发展阶段的状况，我们一堂课会涉及十几部作品，当然这个涉及也只能以一两分钟的影像配合教师的讲解来介绍。这就需要学生能在课下先观看完整影片，然后才能理解教师讲解的内容。但这些作品仅仅靠学生们课下自觉预习难度较大：一方面影片数量较多，让学生每周看完十几部作品不切实际；另一方面作品年代久远，影像资料难以获取。况且凡是被冠以经典作品的影片，大多有丰富的人文、历史或人生的哲理，影片看起来并非那么轻松愉悦。因此这些因素综合起来，就会让学生对课下看作品望而却步，长此以往布置课下看影片就变成有名无实，下一周的课就完全变成了学生被动听。如此恶性循环，会令学生因跟不上进度而丧失对课程的兴趣。

鉴于此，笔者希望利用让学生定时定点观看影片的这种集体观影的仪式化的方式，保证学生的看片习惯、效果和数量。课外读片主要是针对下节课的上课要点而安排，是对学生观影的有效引导，其实相当于为"外国电影史"又单独开了一门配套课。由于这要每周占用学生 2~3 小时的固定课外时间，因此有许多因素要充分考虑。这其中有两个环节很关键，第一是如何让学生能够欣然接受这个额外任务；第二也是最重要的是，选择哪些最有代表性的作品给学生。这些作品不仅在电影史上重要，能代表地域、时代或创作者的特色，还要具备可看性，因为一旦学生看不下去，就谈不上所期望达到的效果了。尽管课外读片课也仅仅一周一部影片，但毕竟能保证观影效果，而且课外读片课安排的影片是下节课的讲述核心，学生看过影片都会有交流的欲望，也更愿意倾听老师的阐释，所以学生有效完成观看会让课堂的讲授和讨论环节更顺利。

教师对课外读片课观影效果的监测有两个渠道：一个是下节课堂上的讨论，笔者会通过课堂提问或者深入讨论的方式督促大家做课下的资料搜集或者自己对作品的独立思考。另一个就是写观影笔记。笔者要求学生们观影后每月选择一部作品做深入细致的影片分析。观影笔记包括两个部分：一是影片的基本资料和信息，前人的相关研究成果的梳理；二是个人对作品的深入解读。这样既能让学生主动查找资料，又锻炼了他们的作品分析能力，还能够更好地理解课上所讲的内容。虽然学生也会"抱怨"作业太多，但每次大部分学生都高质量地完成了这些"格外"任务，并常常表示一学期收获特别大，笔者知道只要学生们的积极性被调动起来，他们的潜能是不可限量的。

由于课外读片课上的影片与课程讲授内容相连，所以课外读片课如果开展得好，将会极大地提高课上的授课效率。当然这几年看来，课外读片课的效果在每一级学生身上体现得也不尽相同，在有的班级学生身上有效性体现得特别明显，他们会积极参与看片并完成相关的观影笔记。而有的班级学生对强制占用他们课余时间的安排表现得不太积极，这就会影响整体的观影氛围。总体上来说，还需继续摸索课外读片课的方式，让课外读片课能真正发挥"外国电影史"配套课程的功能。

三 课前预习问题设置：让学生带着问题去预习

每一个人都承认学习过程中"预习"特别重要，但"预习"这个词语在大学里却提得比较少。对于60分万岁的大学生来说，考及格就万事大吉了，哪会有心思提前去预习？笔者在讲授"外国电影史"的过程中，深深感到让学生主动预习以及提高预习的效率在课堂教学中至关重要。笔者尝试通过设定预习问题的方式，让学生有的放矢地去发挥预习的主动性，增加学生的主动学习来有效提高课堂效率和改善课堂教学气氛。

学生参与式教学的重点是教师提前为学生做好下一次课的预习指导，包括所需观看影像资料、文字资料，其中最重要的是给学生设置问题。以往教学中笔者通常也会在一次课结束时有的放矢地布置下节课的预习内容，但往往比较笼统，比如观看某些影片、看某几本书，虽然认真的学生都会去看，但感觉效果不理想，因为学生看书或看片的目的性不强，所以看过而已，没有深入的思考。总结以往的教训，笔者现在精简了预习内容，并且更具有针对性地要求大家带着问题去预习。比如在讲法国的印象派电影之前，选择了让学生带着问题去找阿贝尔·冈斯的《拿破仑》去看，如果对印象派的几部代表性作品都能去看的话，固然对印象派会有更全面的认识，但由于20世纪20年代的作品既比较难找，看起来又会比较费劲，反而容易让学生知难而退。笔者让学生看《拿破仑》时带着这样的问题：20世纪20年代阿贝尔·冈斯的《拿破仑》所体现出的题材和叙事上的独特性表现在什么地方？请大家从主题、剪辑、摄影机运用方面进行分析。《拿破仑》虽然是法国印象派电影运动后期的作品，但是却比较完整地体现出印象派电影的典型创作特点：加速蒙太奇的使用、用影像表现人物心理、移动摄影和主观镜头的大量尝试，这些都清楚地体现出法国印象派在题材选择和影像上的特征。再加上作为一部20世纪20年代的作品，阿贝尔·冈斯利用三块银幕制造的巨幅宽银幕效果，使影片产生气势磅礴的史诗气质，令学生们不觉惊叹当年电影人的大胆探索创新完全不输当下。在这部极其风格化且可看性极强的电影中，学生们完全可以自己总结出它在影像上的典型特征。由此，学生们对一个20世纪20年代的电影流派的接受，就不再是被动听老师讲那些前人学者归纳的特征，而是能通过对典型代表作品的提前预习，自己归纳出印象派的特点，从而对这一流派的典型特征印象更深刻。在讲超现实主义时给大家的预习问题是：已有的资料中如何定义超现实主义？用你的语言表达你所理解的超现实主义；超现实主义与法国先锋派其他流派的异同在什么地方？在你最新观看的影片中有没有看到具有超现实主义元素的作品？当学生带着具体问题去预习的时候，他们预习的积极主动性就被调动起来，他们看片和看书的目的性就很强，从而能主动看书思考甚至查阅资料，在课堂讲授过程中也变得更活跃，愿意参与到教学讨论中去。

现在"外国电影史"的每一堂课，笔者都精心准备下一次课所涉及影片预习环节的问题设置，这种方式极大地提高了学生学习的积极性，使原来因内容太多、影片作业量大，而令学生望而生畏的"外国电影史"课程，由于学生的积极参与而变得更加生动活泼。这学期的课程改革受到了学生的好评，学生在"外国电影史"的教学评估中说："课程知识量很大，需要的课前课后时间很多，可以学到很多东西，老师也很负责，对于考试与课程改革的地方做得特别好。"做到"课上课下很好地结合"，"各个分类讲得特别细致到位"，"理论与实践相结合，注重课堂讨论"。

很多学生进入大学会感到迷惘，很重要的原因是，大量的时间自己不会安排。与初高中阶段老师会通过布置大量明确的作业来安排学生的学习不同，大学期间更需要学生具有自主学习的能力。但是学生从高中进入大学，这种学习方式和要求的变化又往往缺乏有效的引导，许多学生进入大学会觉得无所适从。一方面有大把空余时间，另一方面有很强的求知欲却不知该怎么安排学习，由此产生的焦虑导致学生的迷惘。笔者在"外国电影史"教改中的这些措施，从让学生做选题，到给他们安排课外读片课，再到课前设置有效的问题，都是希望通过给予他们明确的任务，让学生利用课余时间从被动学习变为主动学习，而这些明确任务中其实也掺杂了对他们自主学习能力的锻炼。当然如果能够根据每一届学生的特点把这些措施单独或者综合运用得当，也仍然需要在教学实践中不断地尝试和总结经验。虽然这些工作需要占用教师大量课堂外的时间，但是如果能让学生在一学期的课程中真正有收获，能引导学生增强自主学习的能力，作为老师还是特别有成就感的。

"蒲松龄与《聊斋志异》研究"课下阅读方法探讨

张庆民[*]

张庆民[*]

摘　要： 在"蒲松龄与《聊斋志异》研究"课的教授中，课下阅读尤为重要。笔者在近几年教授此课时注重引导学生课下阅读，并不断探索阅读方法。总体说来，课下阅读主要包括几个方面：教师指定阅读书目、培养学生问题意识、阅读《聊斋志异》以前及以后的同类作品。

关键词： 蒲松龄　《聊斋志异》　课下阅读

"蒲松龄与《聊斋志异》研究"是汉语言文学专业本科培养方案规定的选修课之一。此课程开设以来，受到学生的广泛欢迎，硕士生亦有选听者。由于其学分为 2 学分，仅 32 课时，而有关蒲松龄生平事迹、思想及《聊斋志异》近 500 篇小说的作品，内容较多，因而课下阅读是必要的。笔者在近几年教授此课时注重引导学生课下阅读，并就阅读方法问题作探讨。

笔者于第一节课上指定选修此课程需要阅读的书目，主要包括袁世硕、徐仲伟著《蒲松龄评传》（南京大学出版社，2000），盛伟主编《蒲松龄全集》（学林出版社，1998）等。蒲松龄是清代著名的文学家，他生平读书、教书、著书，事迹平淡无奇，却于雅俗文学两个领域都作出卓越贡献，尤其以《聊斋志异》著称于后世。《蒲松龄评传》翔实地描述了蒲松龄一生的行迹和交游，对其各类作品的创作心态及先后变化等作深入揭示；对《聊

---

* 作者简介：张庆民，首都师范大学文学院教授。

斋志异》一书从宗教神秘意识转化为文学审美方式来认识，从小说形态学的角度加以评述，深刻中肯。因而要求学生课下阅读该书，以便于了解蒲松龄的生平事迹、思想，领会其作品是如何创作出来的。《蒲松龄全集》收录《聊斋志异》、《聊斋文集》、《聊斋诗集》、《聊斋词集》、《聊斋赋集》、《杂著》（包括《历日文》《省身语录》《历字文》《日用俗字》《家政外编》《家政内编》《农桑经》《药祟书》《怀刑录》）、《戏三出》、（包括《闱窘》《钟妹庆寿》《闹馆》）、《聊斋小曲》、《聊斋俚曲集》（包括《墙头记》《姑妇曲》《慈悲曲》《翻魇殃》《寒森曲》《琴瑟乐》《蓬莱宴》《俊夜叉》《穷汉词》《丑俊巴》《快曲》《禳妒咒》《富贵神仙》《磨难曲》《增补幸云曲》）、《草木传》等，这些作品是了解蒲松龄的最可靠的文献，因此要求学生在课下阅读。

课下阅读一方面是为了让学生能更好地理解蒲松龄，理解《聊斋志异》；另一方面也是锻炼学生的阅读能力，培养他们的理解能力、分析能力等。因而在每一节课后都要布置下一节课应读内容，具体情况如：讲授蒲松龄生平与创作问题，让学生课下先阅读《聊斋自志》，《聊斋志异》中的小说作品依据授课先后要阅读《梦别》《鬼哭》《乱离》《张诚》《鬼隶》《韩方》《张氏妇》《胭脂》《莲香》《巧娘》《夏雪》《王桂庵》《白秋练》《庚娘》《侯静山》《崂山道士》《红玉》《公孙九娘》《画皮》《娇娜》《绛妃》《鸲鹆》《五羖大夫》《杨千总》《祝翁》《狐梦》《马介甫》《周生》等。另外，要求学生课下阅读蒲松龄的俚曲作品，以便于见出与相关小说之间的异同问题，探讨异同之原因所在。此外，重要的诗词比如《偶感》《次韵答王司寇阮亭先生见赠》《大江东去·与张式久同饮孙蕴玉斋中，蒙出新词相示，因和五调》《哭毕刺史》《自嘲》《客秋》《寄紫庭》《张历友、李希梅为乡饮宾介，仆以老生参与末座，归作口号》《蒙宾朋赐贺》等。讲授《聊斋志异》的思想内容，让学生提前阅读相关作品，如关于对科举制度的认识与批判，重点阅读《叶生》《司文郎》《贾奉雉》《三生》《于去恶》《王子安》《僧术》《考弊司》《书痴》，从不同的视角理解蒲松龄对于科举的认识问题；关于狐鬼世界的重构问题，重点阅读《九山王》《张鸿渐》《毛狐》《娇娜》《黄英》《婴宁》《狐谐》《白秋练》《绿衣女》《连锁》《香玉》《爱奴》《凤仙》《阿秀》《青凤》《辛十四娘》《寇三娘》《小梅》《聂小倩》《宦娘》《公孙九娘》《伍秋月》等，以便于学生了解《聊斋志异》中形形色色之狐鬼形象；关于刺贪刺虐问题，重点阅读《梦狼》《席方平》《续黄粱》《促织》《公孙夏》《周生》《韦公子》《红玉》《鸮鸟》《韩方》等；而关于对世风民情的关注问题，重点阅读《张诚》《邵女》《马介甫》《江城》《乔女》《珊瑚》《田七郎》《三生》《三朝元老》《曾有于》《杜小雷》《水灾》《金永年》《金生色》《周顺亭》等，以见出蒲松龄对于家庭伦理道德、社会风气的态度。当然，关于《聊斋志异》的艺术特质问题，涉及与前代同类题材作品之比较，则根据需要让学生阅读《太平广记》中相关作品，《阅微草堂笔记》中相关作品，以便于与《聊斋志异》中有关作品形成比较。要之，做好课下阅读，一方面检验学生的学习能力，加深对于所学知识的掌握；另一方面也有助于培养学生的阅读能力、分析能力、表达能力，因为学生的课下阅读往往体现在课堂讨论、课堂回答问题等方面。

　　当然，仅仅要求学生课下阅读还是不够的，一定要让学生带着问题阅读，这样才有效果，才能调动学生阅读的兴趣，以及培养他们分析问题的能力。比如，要求学生阅读《黄英》，可以引导学生在阅读中思考如下问题："黄英"从语义学的角度看怎样理解？——其实就是黄花，而菊花又名黄花，即黄英。那么，黄英作为小说的女主人公，何以姓陶？自称陶渊明的后人？——因为历史上陶渊明爱菊成癖，那首"采菊东篱下，悠然见南山"的诗实在是太有名了，这就点出这篇小说的文化意蕴所在。结合陶渊明的嗜酒如命，则易于理解小说中的陶三郎那么爱酒，乃至于最终酒醉而死。——因为他是陶渊明的后人，故可以至此。而历史上的陶渊明安贫乐道，所谓忧道不忧贫，故后来者激赏陶渊明的为人；然而蒲松龄在小说中塑造出黄英姊弟以陶渊明后人自居，却不甘清贫，而是靠自食其力发家致富，从而给出了另一种人生思考：光明正大地致富无可厚非，何必要清贫度日？传统观念中的君子固穷观念，在这里受到挑战。——而这也恰恰是蒲松龄对于生活做出的新的思考。可以说，《黄英》是对传统思想观念的反思，乃至挑战的产物。要求学生在阅读中思考蒲松龄何以构筑这样的小说，就将小说与作者的人生、思想等结合起来了。自然，《黄英》结尾"异史氏曰"部分也别有意味，也可以让学生思考作者为何这样构思——那是蒲松龄对于生死问题给出了一种独特的思考：对于一个嗜酒如命的人而言，酒醉而死，何尝不是一种幸福、一种幸运啊？——则见出作者豁达的人生态度、生死观。如此，对于小说的文化内涵，对于作者的思想观念，就有了较为清晰的认知。再如，《三生》是一篇揭示考生与考官之间矛盾的作品，那么蒲松龄何以将小说中的主人公取名"兴于唐"？可以让学生思考这一问题。从科举制的历史看，科举隋代始，而兴盛于唐，因而蒲松龄将小说人物取名"兴于唐"，实包含着对于科举制度的认识问题。那么，科举给广大考生带来的伤害如何呢？小说如此述："有名士兴于唐被黜落，愤懑而卒，至阴司执卷而讼之。此状一投，其同病死者以千万计，推兴为首，聚散成群……"这就将科举制度千百年来对于读书人的残害形象地表现出来。让学生思考小说人物取名的含义，引导学生去思考，在阅读中理解蒲松龄的用心，促使学生进入小说的世界。再如《娇娜》中，蒲松龄为什么要将小说的男主人公设置为圣人之后？这是要让学生思考的问题。子不语"怪力乱神"，然而蒲松龄却独独让圣人之后孔雪笠与狐精谈起恋爱，交友，甚至生育后代，此不是对圣人的调侃？让学生明白这一点，有助于帮助学生了解蒲松龄的为人、性格、思想，蒲松龄自言"狂"，在此类小说中实见出蒲氏狂傲的一面。当然，《娇娜》所表现的思想远不止于此，小说结尾"异史氏曰"尤为耐人寻味："余于孔生，不羡其得艳妻，而羡其得腻友也。观其容可以疗饥，听其音可以解颐。得此良友，时一谈宴，则'色授魂与'，尤胜于'颠倒衣裳'矣。"在封建时代，男女之间授受不亲，而蒲氏竟然渴求有一异性的"良友"，时一谈宴，思想多么前卫或曰超前啊！而蒲松龄之所以有这样的想法，大约与他结交孙惠的小妾顾青霞有关；这样，就将作家个人的生活与作品联系起来，使得学生理解社会生活、作家的人生际遇转化为文学作品的问题。因而，让学生在阅读中思考现实人生与作品之关系问题，就不再是一句空话，而是可以触摸到的，可以认识的问题。

当然，讲授、阅读《聊斋志异》，不可避免地要涉及蒲松龄以前的文学传统与文学作品，因而此前作品的阅读是必不可少的。如讲授《聊斋志异》中狐鬼世界的重建问题，一定会涉及蒲松龄之前文学中狐鬼世界是怎样的问题，于是要求学生阅读《太平广记》中相关的狐鬼小说，尤其是阅读唐传奇《任氏传》，因为这是小说中少见的不害人的狐精，寄予着作者对于现实社会的干预想法——即借小说讥刺社会上无节操的妇女，竟连狐精都不如；这是作家在作品中借助于创作而干预生活的体现，在小说史上的意义是不言而喻的，对于蒲松龄《聊斋志异》的创作是有直接影响的。因而，让学生阅读此类小说是必要的。再如，《聊斋志异》中有不少写轮回转世之类的小说，这些小说显然受到了佛教思想的影响，让学生阅读必要的相关典籍、小说，可以使学生能够更清晰地认识《聊斋志异》是对传统思想与文学的继承，因而要求学生阅读《太平广记》中的《圆观》等作品就非常必要。《聊斋志异》创作的主导原则是"永托旷怀"，"仅成孤愤之书"，而要让学生在阅读中领会蒲松龄是如何撰述孤愤之作的，没有对于前代作品、传统的了解是不可能的。要让学生明了、认识到：六朝志怪，是搜集、记录"怪异非常之事"，同当时人记述世间平常之事一样，都是作为曾经发生的事实记载的。而唐传奇"始有意为小说"，但作者大多重在构思之幻、情节之奇，而不甚注重有所寓意，假借幻设以寄予的作品是比较少的；但《聊斋志异》较之唐人作品有了巨大飞跃，假借幻设以寓意成了作品的主导原则。如此，才能真正把握《聊斋志异》的精髓。

　　《聊斋志异》的影响是深远的，让学生了解其影响的具体表现也是必要的，这自然还要学生阅读受《聊斋志异》影响而产生的作品。大致而言，乾隆末年以来陆续问世的文言小说，大都受到《聊斋志异》的影响，而对《聊斋志异》的态度是不同的，一种是顺承、效仿，另一种是抗衡。顺承、效仿者，较早的是袁枚的《子不语》和邦额的《夜谭随录》，而仿效《聊斋志异》近似而较好的作品有《谐铎》等。抗衡之作主要是纪昀的《阅微草堂笔记》，《阅微草堂笔记》在清代文言小说中的影响仅次于《聊斋志异》，由于其作者纪昀与蒲松龄地位不同、创作理念迥异，因而《阅微草堂笔记》尽管也多写狐鬼之事，然其笔法尤其是个中表现出的意蕴与《聊斋志异》相去甚远。让学生在阅读《聊斋志异》小说文本之外，再去阅读《阅微草堂笔记》之小说文本，一方面见出二者风格之异同，另一方面思考二者何以立意相去甚远。让学生在阅读中比较、分析，思考作家立场不同，所作小说即使题材相同或相近，但表达的意趣却难合。蒲松龄一生绝大部分时间身处乡间僻壤，仅到过江苏宝应做幕一年，到过济南喻成龙府上数日，虽在毕家做馆多年，毕竟见闻多限于乡间；而自己奋斗半生，也仅仅得到秀才之功名。而纪昀身处高位，虽也曾历尽官场险恶，不过终能平步青云，所经所历非蒲氏可比；且纪氏由进士出身，并多次主持科举考试，以考官身份看事物，自不同于蒲氏以考生身份看事物，所以纪昀、蒲松龄之感触迥然不一。因而，同样写狐鬼妖魅，《聊斋志异》所写之情节、立意，完全不同于《阅微草堂笔记》之所写、立意，从而表现出不同的情调、风格；教化、劝善成为《阅微草堂笔记》重要的指导思想，和《聊斋志异》刺贪刺虐、揭露黑暗不公是完全不同的。这样，就引导学生进一步思考，身处不太相远的时代，面对近似的文学传统，不同命运的作家却对社会、人生作出截然不同的思考。如此，就从具体的分析中见出社会生活对于作家的影响。社会生活是丰富多彩的，作家身居其中所感、所见不一，因而传达出来的声音也是不同的。学生就从一个作家的学习中，领会、理解文学理论教科书中讲授的诸多理论方面的问题。

最后是考查环节，本课程不再实行闭卷考试，而是随堂测试。测试的内容是给定《聊斋志异》中一篇小说作品，要求学生当堂阅读、分析，最后形成一篇小论文。当然，对于作品的评论，要结合本课程已经讲授的内容，参合其他小说作品之内容分析，这样才能写出成功的批评性的文章。自然，本课程在平时教授中亦重视学生的发言，即在布置阅读书目之后，注重检验学生阅读的成效，课堂教学中随时提问，给学生表达的机会；让学生阅读的所得、所思、所想，能在课堂表达出来，与老师、同学分享。无疑，有时学生的阅读效果不尽全佳，要适时引导学生，同时采取激励措施，尽可能地调动学生的积极性，尽可能地培养学生的阅读兴趣。在平时课堂教学中，让学生就《聊斋志异》中作品或某些问题发言，乃至调动学生论辩，都可激发学生的阅读兴趣。本课程在教学中每每安排学生就蒲松龄对于科举制度的认识问题作专题性发言；学生在课下往往会做充分准备，查阅资料，因而每次讨论中学生往往有不同认识，当堂交流、论辩，效果是很好的。而学生平时的发言，课堂交流、论辩，往往作为该学生成绩之一部分。这样，既能鼓励学生的阅读、发言，又能避免本课程在最后考试中一次性给学生一个分数的做法。本课程教学是培养学生学习的兴趣，培养学生阅读的能力与分析的能力，而不是培养学生应付考试的能力；因此，平时要给学生机会，而能力是在形形色色的"机会"中锻炼出来的。

　　要之，通过近几年的教授、摸索，笔者逐渐认识到如何通过指导学生课下阅读以培养学生学习的兴趣、阅读的方法，培养学生分析问题、解决问题的能力；使学生在学习中学会读书，真正受益。

参考文献

1. 永瑢等. 四库全书总目［M］.中华书局，1965.
2. 蒲松龄. 蒲松龄全集［M］.学林出版社，1998.
3. 纪昀. 阅微草堂笔记［M］.上海古籍出版社，1980.
4. 李昉等. 太平广记［M］.中华书局，1980.
5. 路大荒. 蒲松龄年谱［M］.齐鲁书社，1980.
6. 王德昭. 清代科举制度研究［M］.中华书局，1984.

中外文学与人文精神

庄美芝　黄　华[*]

摘　要：本文共分两部分，一是中外文学的共同特征，二是中外文学与生存智慧。在第一部分中，从文学与外部世界、文学与主观世界两个方面进行分述。文学与外部世界包括文学的模仿性、文学的道德性。文学与主观世界方面，包括文学的情感性与想象性、文学的超越性与娱乐性。在第二部分中，从中外文学与爱情婚姻、中外文学与为人处世、中外文学与国际交流三个方面分别举例论述。最后得出文学有助于人文精神的培养这一结论。

关键词：中外文学　文学与外部世界　文学与主观世界　人文精神

什么是文学？关于文学的定义汗牛充栋。伊格尔顿认为"文学是虚构意义上的'想象性'写作"，当然，他也承认，文学具有非虚构的文本。文学的媒介是语言，它是以特殊的方式运用语言的一种学科。文学还具有历史性，在历史的不同时期，文学的地位与重要性是不一样的。文学既是一种具有高度价值性的东西，又是脱离现实的一种无用性、非功利性的东西。本文的中外文学，"中"是指中国文学，"外"是指外国文学，外国文学包括两大部分：西方文学（欧美文学）和东方文学（亚非文学）。马克思、恩格斯在《共产党宣言》中从世界市场的形成论及"世界文学"："物质的生

---

* 作者简介：庄美芝，首都师范大学文学院副教授，硕士生导师；黄华，首都师范大学文学院副教授，硕士生导师。

产是如此，精神生产也是如此。各民族的精神产品成了公共的财产。民族的片面性和局限性日益成为不可能，于是由许多种民族的和地方的文学形成了一种世界的文学。"[1]中外文学共同构成了世界文学。中外文学共有的表现方式是叙事和抒情。

一　中外文学的共同特征

（一）文学与外部世界

1. 文学反映外部世界——文学的模仿性

《论语·阳货》说明了诗歌的社会作用："子曰：'小子，何莫学夫《诗》？《诗》可以兴，可以观，可以群，可以怨；迩之事父，远之事君；多识于鸟兽草木之名。'"莎士比亚说他的作品就是"给自然照一面镜子，给德行看一看自己的面目，给荒唐看一看自己的姿态，给时代和社会看一看自己的形象和印记"。司马迁的《史记》、荷马的《伊利亚特》和《奥德赛》、罗贯中的《三国演义》、托尔斯泰的《战争与和平》、易卜生的社会问题剧都证明了文学模仿社会、反映社会的功能。

文学名著反映社会往往带有很强的哲理性。屈原《天问》、曹雪芹《红楼梦》、但丁《神曲》、莎士比亚《哈姆雷特》、歌德《浮士德》都反映了作家对宇宙人生的终极思考。

文学反映了两性关系发展的历史。一部文明发展的历史就是男性中心主义与"厌女症"形成的历史。古希腊剧作家埃斯库罗斯的《奥瑞斯提亚》三部曲表现的就是"父权制对母权制的胜利和进步的法治精神对血族复仇观念的胜利"[2]。这再清楚不过地说明了从古希腊社会开始的西方文明的形成过程也就是男性文化占据主导地位的定型过程。弗洛伊德（Sigmund Freud）在《摩西和一神教》（Moses and Monotheism）中也谈到父权社会秩序对母权社会秩序的替代："这种从母亲向父亲的转变，不仅仅是理性对感性的胜利——它是一种文明的进步，因为母性只是为感觉的依据所证明，而父性则是一种假说，建立在推理（inference）和前提（premiss）之上。注重优于感觉认知的思维过程被证明是重大的进步。"[3]

2. 文学也改造外部世界——文学的道德性

"文以载道""开卷有益""铁肩担道义，妙手著文章"都反映了文学的道德性。范仲淹《岳阳楼记》中的"先天下之忧而忧，后天下之乐而乐"影响了数代知识分子。曹丕在《典论·论文》中说："文章乃经国之大业，不朽之盛事。"杜甫在《偶题》中说："文章千古事，得失寸心知。"李白在《江上吟》中说："屈平词赋悬日月，楚王台榭空山丘。"

马克思也意识到了文学经典的永恒性："困难不在于理解希腊艺术和史诗同一定社会发展形式结合在一起。困难的是，它们何以仍然能够给我们以艺术享受，而且就某方面说还是一种规范和高不可及的范本。……为什么历史上的人类童年时代，在它发展得最完美的地方，不该作为永不复返的阶段而显示出永久的魅力呢？"[4]

寓言这种文学体裁尤其表现了较强的训诫意义。在欧洲，骑士文学的兴起与绅士风度的养成具有很大的相关性，从而形成了西方男性对女性在礼仪上的尊重（Lady first）。简·奥斯汀被誉为"道德教育家"，她的作品被列入"经典"（Canon）是因其作品的纯正，能够以此教化国民。

以上都反映了文学改造外部世界的作用。

（二）文学与主观世界

1. 文学表现主观世界——文学的情感性与想象性

第一，文学的情感性。

"文学是人学。"托尔斯泰强调文艺的情感性，在他的《艺术论》里说："艺术是一种人类活动，其中一个人有意识地用某种外在标志把自己体验的情感传达给别人，而别人被这种情感所感染，同时也体验到这种情感。艺术既不是形而上者所说的某种神秘的思想、美或上帝的体现，也不是生理美学者所言的人们借以消耗过剩精力的游戏，也不是美好事物的产品，总之，并不是享乐，而是为生命和追求个人及全人类幸福的道路中必需的一种交际手法，它把人类联结在同样的情感中。"

刘勰在《文心雕龙》中说："夫缀文者情动而辞发，观文者披文以入情。""诗言志""以我观物"等都涉及了文学的表现主观情感的特征。洞房花烛，美人迟暮，春宵苦短，与尔同销万古愁，人生的种种体验尽显于文学作品中。

柳宗元的《江雪》"千山鸟飞绝，万径人踪灭。孤舟蓑笠翁，独钓寒江雪"，体现出遗世独立、峻洁孤高的意境。陈子昂的《登幽州台歌》"前不见古人，后不见来者。念天地之悠悠，独怆然而涕下"，空间场景的博大凸显了个人的渺小，雄浑中的苍凉悲壮呼之欲出。李白的《早发白帝城》"两岸猿声啼不住，轻舟已过万重山"，时空飞速转换所带来的酣畅淋漓的痛快感形诸笔上。

文学拓展了人类的精神世界。俄狄浦斯情结（Oedipus complex）、厄勒克特拉情结（Electra complex）的提出也体现了文学与心理学的关联。

第二，文学的想象性。

很多文学作品插上想象的翅膀，展现出了理想主义者的精神漫游。像陶渊明的桃花源、托马斯·莫尔的乌托邦、伏尔泰的黄金国都是理想的乐土。李汝珍《镜花缘》、塞万提斯《堂吉诃德》、笛福《鲁滨逊漂流记》、斯威夫特《格列佛游记》、扬·马特尔《少年派的奇幻漂流》都是充满奇崛想象、让人脑洞大开的名作。

2. 文学也改造主观世界——文学的超越性与娱乐性

第一，文学的超越性。

文学"最基本的推动力，就是改善人性、把人类生活提高到至善至美的境界的那种热切的向往和崇高的理想"。[5]海明威在《老人与海》中提出"人可以被毁灭，但不能被打败"，表现了人类向死而生、失而不败的超越性。文学还可以反映人生世相，例如安徒生在《皇帝的新装》中揭示了人类共有的虚荣心，以此警醒人类，使人类更趋于完善。

文学作品与读者也有一种精神互动的关系。海明威把自己的创作比作"冰山"，并用"冰山原理"来形象地概括自己的艺术创作风格和技巧。他曾说："冰山在海里移动，它之所以显得庄严宏伟，是因为只有八分之一露出水面"；"我总是试图根据冰山原理去写它。关于显现出来的每一部分，八分之七是在水面以下的，你可省略去你所知道的任何东西，这只会使你的冰山深厚起来。这是并不显现出来的部分"。历代文学作品中这水面下的八分之七需要历代读者按照自己的理解去填充、重组与想象。

巴赫金指出，一部好的作品既可以与过去时代和当今时代的人们对话，也能够与未来时代的人们对话，因为它除了具有"现实内容"外，还具有"潜在内容"。无疑，这"潜在内容"需要读者借助创造力去还原并重建。

第二，文学的娱乐性。

文学作品能给人带来快感与愉悦性。早在古罗马时期，贺拉斯就在《诗艺》中提出"寓教于乐"的观点。从古已有之的喜剧、笑话、幽默小说，到当今网络和移动终端盛行的微小说、段子，随着众多"太有才了"的段子手和行为艺术家的横空出世，现当代文学艺术愈来愈欲望化与娱乐化。当今的世界，真正的"文学"已然是个奢侈品，文学的疆界愈来愈扩大到文化，大众传媒与互联网、移动终端早已经接收了纸本型印刷品。正如有识之士所说的，"文化产业"已经把大众变成了"广众"（admass，盲目跟广告走的大众）。

二 中外文学与生存智慧

（一）中外文学与爱情婚姻。

1. 择偶，即选择爱情的过程

《诗经·关雎》："关关雎鸠，在河之洲。窈窕淑女，君子好逑。"《诗经》的第一篇写的就是有修养的男子的理想配偶的标准。冯梦龙"三言"中《卖油郎独占花魁》强调男子求偶时要善于帮衬。奥维德《爱经》中传授了很多爱情技巧。奥斯汀《傲慢与偏见》中指出择偶不要先入为主或态度傲慢。

2. 热恋，即进入感情中包括三角恋的情况

曹雪芹《红楼梦》中的宝、黛、钗三人的爱情经过多次纠葛，以黛玉的去世、宝钗的独守空房（"玉带林中挂，金簪雪里埋"）作为结局。歌德的《少年维特之烦恼》中维特以自杀的方式成全爱人。霍桑的《红字》中奇林沃斯以高智商报复的形式实施了对情敌的惩罚，同时毁了自己。车尔尼雪夫斯基《怎么办》中，当薇拉、罗普霍夫、吉尔沙诺夫陷入三角恋情时，罗普霍夫以假装自杀退出这段感情，几年后再携后娶的妻子回来，两

对夫妻像朋友一样相互照应。这是三角恋中最好的一种解决方式，是俄罗斯"新人"的选择。少年维特的放手是自我伤害，罗普霍夫的放手则是一种自我保护，既成全了自己，又成全了他人。

3. 被弃与失恋，即结束感情的方式

中外文学作品中都有痴心女子负心汉模型，中国古代有《诗经·氓》，欧洲古代有欧里庇得斯的《美狄亚》。作为弃妇，美狄亚对丈夫的报复是一种破坏性的，以恶抗恶式的。文学作品中有些家庭悲剧是"不幸的家庭各有各的不幸"，托尔斯泰《安娜·卡列尼娜》中的安娜当感情走到尽头时，选择了扑向铁轨的自杀方式。

（二）中外文学与为人处世

1. 精神独立：文学家具有知识分子特有的担当与精神独立

法国作家罗曼·罗兰在《全景》中说："至于我，我则认为，在战斗和重新建设的共同事业中，各负其责，知识分子的任务是保持精神独立，使精神超脱于混战；有了精神独立，犹如有了电视装置，坐在屋子里就可以指挥部队。"（罗芃译）他还说："民族太小了，世界才是我们的题目。"由于"他的文学作品中的高尚理想主义和他在描绘各种不同类型人物时所具有的同情之心和对真理的热爱"，罗兰被授予1915年诺贝尔文学奖。第一次世界大战爆发后，罗兰发表长篇政论《超乎混战之上》，谴责民族沙文主义，主张人道、和平，呼吁以精神力量遏制战争势力。其反战言论，使他成为狂热的"爱国者"攻击的目标。"卖国贼""德国特务""奸细"等罪名连同大量的恐吓信无端飞来，朋友们纷纷离他而去。罗兰在孤独中仍然宣称，尽管德法两个民族在战场上交战，但他要继续赞美歌德、贝多芬。他自觉地超越了狭隘的民族意识，"人是属于人类的。我是人。我在寻找人类的祖国……"（《战时日记》）战争结束后，罗兰回到法国，在巴黎《人道报》上发表《精神独立宣言》（1919），号召知识界精神独立于统治势力，以预防可能的新的战争。当德国纳粹政府赠予他"歌德奖章"时，他断然拒绝，以实际行动表明自己的反法西斯立场。罗兰的高风亮节与和平进步的立场，使他成为知识界的精神领袖，"欧罗巴的良心"。

与精神独立相关的是文学家一般具有批判性、质疑性、探讨性。易卜生的"社会问题剧"反映了真正的"社会支柱"其实是社会蛀虫，而真正为人民请命的人却成为了"人民公敌"这样严酷的现实。他的《玩偶之家》涉及了妇女的觉醒问题，而鲁迅则在《娜拉走后怎样》中进一步探讨了妇女的困境与出路问题。

2. 读书治学

王国维的治学三境界。王国维在《人间词话》说："古今之成大事业、大学问者，必经过三种之境界：'昨夜西风凋碧树。独上高楼，望尽天涯路。'此第一境也。'衣带渐宽终不悔，为伊消得人憔悴。'此第二境也。'众里寻他千百度，蓦然回首，那人却在，灯火阑珊处。'此第三境也。"

3. 人生感悟

杨万里的"接天莲叶无穷碧，映日荷花别样红"，既是如实写景，又是人生感悟。它表现了只有"接天""映日"，与高层人物接近、走上层路线才是人生捷径的观点。17世纪法国的布瓦洛提出"研究宫廷，认识城市"，研究宫廷就是要花费心思地揣摩圣意，而对城市认识了解即可。这些人情练达之士的经验之谈会使读者在人生路上少走弯路，当然其中也不乏投机取巧之处。

罗贯中《三国演义》中的诸葛亮舌战群儒是脍炙人口的经典桥段。诸葛孔明是舌尖上的高手，他明明是去求孙权办事，但却毫无低声下气之感。他力压群儒一方面是显示自己的才干，证明自己虽然刚出道，但牛皮不是吹的。另一方面，这是登堂入室的必要台阶，只有压倒这些群臣（高管），他才能有资格跟更大的老板谈判。大老板孙权不甘居于人下，但若是直接斥责自己的文臣，既伤感情，又不能让他们心悦诚服。所以孔明的指斥群儒，既为孙权主战扫清了道路，也使自己一方站到了道德的制高点。明明是求人者，却被他演成了拯救者。这种机智应对，对读者而言，是一种有益的智力活动。

（三）中外文学与国际交流

1. 反例：手帕引出的误会

据《半月谈》报道，某旅行社接待了一批来自意大利的客人。旅行社非常有心，送给这些刚踏上中国土地的客人每人一份小礼物，是包装精美的真丝手绢礼盒，上面绣着各种花草图案，非常漂亮，但是这些客人接到这个礼物之后，非常不高兴，其中一位女士特别的气愤，这让旅行社人员非常纳闷，好意送给人家礼物，为什么人家这么反感？这是因为不了解国外的风俗人情造成的。因为在西方尤其是意大利等国家，都是亲朋好友团聚一段时间，将要分手的时候才送对方手绢，意思是擦掉离别的眼泪。而这批客人，刚刚踏上中国的土地，旅行社就送给国外友人真丝手绢，所以客人们理解为他们不受欢迎，并为之恼怒。而那位女士为什么尤其不高兴呢？因为她的那条手绢上绣的是菊花图案。菊花在中国古代寓意着美好与高洁，屈原的"夕餐秋菊之落英"、陶渊明的"采菊东篱下，悠然见南山"、孟浩然的"待到重阳日，还来就菊花"，都显示了菊花的正面含义。而在欧洲等国只有给已故的人才送菊花以示哀悼，在日本菊花也被认为是不吉祥的。所以，旅行社的一条手帕引起一场误会。当然，由于受西方的影响，近些年来中国也逐渐形成了以菊花悼念死者的习俗。

学习外国文学，是了解外国文化的一个有效方式，了解了外国文化，才能尽量地减少文明的冲突，共创世界的和谐。

2. 正例一：毛泽东评《红与黑》

毛主席对法国小说《红与黑》颇为喜爱，读过多次。他还和身边的工作人员一块看过电影《红与黑》。秘书小孟认为："于连是个胆大包天、无事生非的坏蛋，不值得一点点同情。他不安于职守，还想入非非，无耻地勾引市长夫人，破坏别人的幸福家庭……"毛泽东则侃侃而谈："真的幸福家庭是破坏不了的，破坏了，可见不幸福。"小孟反驳说："于连到处钻营，一心往上爬，简直不择手段。"主席听了，收起了笑容，也严肃起来："人往高处走，水往低处流，关键是不要爬，爬，那是动物的一种动作。狗爬，猴子爬。人嘛，可以走，可以跑，但有时也要手脚并用地爬一下，如上山，也叫爬山。但人只能偶尔爬一下，不能一生总在爬。"

在当时"左"倾思想盛行的时候，毛泽东能以如此的眼光看待于连这个个人奋斗的典型，可以说是"相当的"开明。懂得人情，才能懂得国情。学习外国文学，有助于培养我们的人文精神，对普遍人性具有更多的了解，从而避免做出践踏人道主义的决策和行为。

3. 正例二：周恩来的一句话说明书

1954 年，周恩来参加日内瓦会议，同时带去了彩色越剧片《梁山伯与祝英台》。工作人员为了使外国人能看懂中国的戏剧片，写了 15 页的说明书呈周总理审阅。周恩来说："你要用十几页的说明书去弹，那是乱弹，我给你换个弹法吧，你只要在请柬上写一句话：'请您欣赏一部彩色歌剧电影，中国的《罗密欧与朱丽叶》'就行了。"电影放映后，观众们看得如痴如醉，不时爆发出阵阵掌声。

周总理深知《罗密欧与朱丽叶》在西方家喻户晓的程度，所以将中国的《梁山伯与祝英台》与之类比，既抓人眼球，又言简意赅，一句话胜过千言万语。学习外国文学，有利于我们了解世界文化及其风土人情，使我们在外事交往中更为得体，更有分寸，也更符合国际惯例。

4. 正例三：习近平用歌德作品回应"中国威胁论"

2014 年 3 月 28 日下午，国家主席习近平在柏林发表重要演讲，习近平在演讲中指出，"众所周知，经过改革开放 30 多年的快速发展，中国经济总量已经位居世界第二。面对中国的块头不断长大，有些人开始担心，也有一些人总是戴着有色眼镜看中国，认为中国发展起来了必然是一种'威胁'，甚至把中国描绘成一个可怕的'墨菲斯托'（'墨菲斯托'是歌德作品《浮士德》中的魔鬼形象），似乎哪一天中国就要摄取世界的灵魂。尽管这种论调像天方夜谭一样，但遗憾的是，一些人却乐此不疲。这只能再次证明了一条真理：偏见往往最难消除。"[6]中国国际问题研究所欧洲部主任崔洪建说，习主席这样的表达很接地气，"演讲没有自说自话，而是从对方角度思考问题，引用家喻户晓的德国名言和事例，直抵人心，易于接受"[7]。

通过中外文学的共同特征、中外文学与生存智慧这两个部分的论述，我们不难看出，文学有助于人文精神的培养，有助于学生人文素质的提高。

注　释

1. 马克思和恩格斯. 共产党宣言［A］.马克思恩格斯选集［M］.人民出版社，1972：255.

2. 杨周翰等. 欧洲文学史 ［M］.（上卷），人民文学出版社，1979：36.

3. Jonathan Culler, *Reading as a Woman*, in *On Deconstruction*：*Theory and Criticism after Structuralism* Ithaca：Cornell University Press，1982，p. 59.

4. 马克思、恩格斯. 马克思恩格斯选集 ［M］.第 2 卷. 人民出版社，1995：29。

5. 钱谷融.《关于文学精神》,《文汇报》2009 年 1 月 4 日。

6.《习近平用歌德作品回应"中国威胁论"》.《北京晨报》2014 年 3 月 30 日。

7. 同上.

论发现式教学法在现代汉语
教学中的运用

邹立志　江海燕[*]

摘　要：本文通过具体教学案例的实施，说明了大学本科现代汉语课程教学中引入发现式教学法的必要性和可行性，展现了实施过程和实施效果，并进一步提出了实施改进的建议。

关键词：发现式教学法　现代汉语教学　案例

首都师范大学文学院自 2014 级本科生开始，对汉语言文学专业人才培养方案作了新的修订，对很多课程的学分作了调整，其中修订后的必修课现代汉语从 2 个学分调整为 3 个学分，体现出现代汉语课程在整个汉语言文学课程体系中的重要性。随着学分和课时的增加，教师的课程讲授也需要作出相应的调整。现代汉语涵盖语音、词汇、文字、语法、修辞几个部分，知识性内容非常多，在以前每周 2 学时的教学计划中，相应的能力性训练显得不够，课程作业基本就限于教材和教辅提供的练习，学生对课程的学习容易流于生吞活剥。现代汉语语言学理论对鲜活的现代汉语事实能否应付自如，这也是学生们来不及追问的，课程练习可能会因规避一些有争议、难处理的语言事实而变得削足适履，这些正是我们在学分增加后可以改进之处。

一　发现式教学法在大学课程教学中的意义

课程教学理论从传统的以教为中心转向现代的以学为中心，这已经是

---

* 作者简介：邹立志，首都师范大学文学院副教授。江海燕，首都师范大学文学院副教授。

不争的事实。国外很多大学课程区分讲解课（Lecture）和讨论课（Discus-sion），相应教室的结构甚至都有不同，也正是在传统以启发为主的"接受式教学法"基础上，融入以参与互动为主的"发现式教学法"的结果。大学跟中学最重要的不同在于中学更多是传授已知，从大学阶段开始更多是探索未知。在瞬息万变的现代信息社会，终生的学习能力才是最核心的竞争力，这也使得发现式学习变得尤其重要。授人以渔的发现式教学法是让学生根据自己的学习能力、学习任务的要求，积极主动地调整学习策略和努力程度的过程，它更有利于学生在其原有认知基础上进行知识系统的主动建构。

　　只要时间和条件允许，我们的教学就应该尽可能让学生通过自己解决问题去得出结论，而不仅仅是接受一套现成的知识系统和理论。既然一切理论都来源于事实，为什么不让学生直接处理大量的现代汉语语料来讨论和得出结论呢？我们在现代汉语（下）的语法教学中作了这样的尝试，事实证明这样的做法是可行的，而且也有较好的效果。

　　现代汉语语法不同于古代汉语语法的学习，古代汉语语法的学习更像是在学习一门外语的语法，语法是用来解决古汉语的句读问题的。而现代汉语是我们从小习得的母语，我们不用知道这些语法知识也会母语。不过这些也正是现代汉语语法学习的难处所在，现代汉语作为一种基本没有形态变化的语言，它不标记语法信息，按照萨丕尔－沃尔夫"语言决定认知"的假说，可以说这也导致了我们汉语是人脑中有语法而一般并没有明晰的语法知识，中国历来有"修辞"而无"语法"术语就是明证。但历史上长期没有"语法"概念并不意味着汉语没有语法规则，"以任意性为基础的符号处于有条件的、有规则的联系之中，使语言具备有条理、可理解的性质"[1]，我们对母语的运用可以从心所欲而不逾矩，但绝不是随心所欲而"无矩"，只要我们承认汉语是有"矩"的，那它的"矩"到底是什么？近代100多年来，众多学者的探讨也不能说就一劳永逸地解决了这个问题。如果我们只是把这些本来还存在争议的现代汉语语法体系一股脑儿塞给学生，学生即便接受可能也是学过即忘，很难内化为真正可以运用的知识。鉴于学生在中学已有一定的语法知识，这正是学生可以自学的基础。但中学讲的都是一些最典型的、没争议的语法知识，要从中学阶段看似确定的知识转换为大学阶段中变得不那么确定的知识，这也决定了需要学生自己来完成这种转换的必要性。

二 发现式教学法在现代汉语课程中的教改尝试

我们在新的课程改革中，将每次 3 课时分解为 2 + 1 模式，前两节课老师讲解，后一节课学生讨论，从语料分析中得出自己的结论。因为语法的核心内容主要是聚合关系上的词类问题和组合关系上的层次分析问题，对实际语料的这两大块分析就足够能彰显出现代汉语语法分析遇到的绝大部分问题了。

我们把两个班共 80 个学生，分成 5 人一组，共 16 组。我们选取了《新京报》2016 年 1 月 1 日至 16 日共 16 篇社论作为分析的语料，每组一篇。之所以选取《新京报》社论，有三方面考虑：一是从学习动机的激发上考虑，《新京报》非常贴近北京人的当代生活，作为专业媒体，其社论文笔老辣、眼光独到、观察深刻，能切中当前社会现实，语料本身能激发学生的兴趣，比教材上有些老掉牙的材料更有时代性。二是从专业学习的角度考虑，社论作为一种风格谨严的书面语体，比起口语体和别的日常口语化的书面语体来，更能体现出现代汉语书面语语法的特点。三是从练习的可操作性角度考虑，《新京报》社论每篇字数基本都在 2000 字左右，保证了每组学生分得的任务比较均匀，课堂上分配的讨论时间也刚刚好。

这学期除这个作业之外，基本就不布置书上的练习了，因为这两类分析基本已涵盖语法的各个方面，当学生做过这些错综复杂的实际语料分析之后，再来处理书上的练习就很容易了。这种找不到现成答案的作业也让学生的预习－练习－复习等各个教学环节落到了实处。学生在还没有相应语法知识前就要去处理语料，必然要结合对课本的预习；在课堂讨论过后，要纠正自己的错误，自然就起到了复习巩固的效果。相应地，老师比以前更不轻松，实际语料中碰到的问题复杂多样，远远不像教材中精心挑选的练习那样没有争议，需要教师结合书本上的知识帮助学生一起面对问题、解决问题，同时也发现更多的问题，实现了教师的以教促研。

三　现代汉语词类教学中发现式
教学法的实施案例

因篇幅所限，我们就挑这学期的词类分析部分来谈谈我们的教学探索。词类问题是汉语语法的首要难题，比主宾语问题和层次分析问题要难得多，《现代汉语词典》直到第 6 版才标注词性也证明了这一点。在我们布置的词类分析任务中，学生共分析《新京报》社论 16 篇，总字数约 3 万字，总词数约 1 万词，总句数近 400 句。作业任务有几个步骤，先要分词，分词是巩固现代汉语（上）的学习内容，但发现问题多多。分词后标注词性，属于词性归类任务（即确定实际语境中某个词属于什么词性），课堂上分小组发言，每讲完一段大家讨论有疑义之处。词性归类任务完成后，要完成词性分类任务（即确定一个孤立的词属于哪一类或哪几类）。我们将 3 万字语料的分析作业归在一起，用词频统计软件对 3 万字的语料做了词频统计，选取频次出现在 5 次以上的词，每个小组分配了约 30 个词，学生对这些词的词性标注答案进行统计，归纳出大家一共标出了多少种词性，然后提出自己的看法。由于汉语词类的多功能性，每个学生孤立的答案可能还看不出什么问题，但一旦把大家的答案放在一块儿，问题就显示出来了，我们会发现大量的名动形兼类，也就是说大家分了半天，其实并没有达到"大部分词能清楚定类、可以有少量的兼类词"的词类划分要求。疑问出来了，释疑的欲望自然随之而来。

先来看看学生的初步作业结果，对语料中 1 万词的词性标注任务中，标注错误达 2300 个，占 22.4%。按照黄伯荣、廖序东主编《现代汉语》教材体系，将词类分成 14 类，我们统计了各词类的标注错误率如图 1 所示：

这个结果已经将现代汉语词类划分的一些重点和难点问题都体现出来了。

（1）现代汉语词类划分最难在三大类实词——动形名不容易分清。在学生的标注归类错误中，动形名三类排在前三名，其总数高达总错误率的 60%。在讨论的理由陈述中学生自己就会认识到他们的判别标准无非两个：一是意义标准，一是充当句法成分的标准。这两个标准似乎是二而一的，因为充当主宾语，所以表示的是事物，故归入名词；因为充当谓语，表示

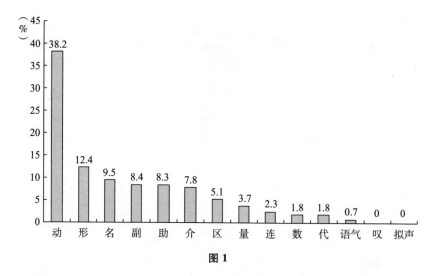

图1

的是动作，所以是动词；因为充当谓语或充当定语，表示性质状态，所以归入形容词。如果能这样分清楚当然再好不过，但从后面经过词频统计后的作业答案汇总来看，动形名三类兼类的就太多了，可以说学生们都是黎锦熙派，根据语法意义和句法功能导致"依句定类、离句无类"的结论，其结果是取消了词的分类。通过语料分析实践体验，学生能比较牢固地掌握词类划分的依据是"词的语法功能、形态和意义"，不必去死记硬背。

（2）动形名分类中谓词（动词和形容词）错误明显高于名词错误，体现了学生对"名物化"问题的困惑。社论文体中将抽象的动作性质词作主宾语很常见，学生基本上都把主宾语位置上的动词、形容词标注为名词，还振振有词：如果译成英语，都得加-ing变成名词啊！

所谓"名物化"，是指主宾语位置上和受定语修饰的动词和形容词的性质发生了变化，如果有不同意见，无非两种：第一，都变成了名词。这是学生的观点，依这样的观点也许未尝不可，但学生从词频统计后的答案汇总作业中直接看到了这样做的后果，即当你孤立地拎出一个词，会发现大量的动形名兼类，因为从逻辑上说绝大多数谓词都可以进入主宾语位置，这样的标准会导致大部分的谓词都具有名词的属性。而词类划分中，却属名动形的区分最为要紧，虽然它们只占14类词类中的3类，但绝对数量上却占到所有词的93.4%（见图2）！

大量的名动形兼类与分类的初衷"兼类尽可能少"相悖。分了半天，

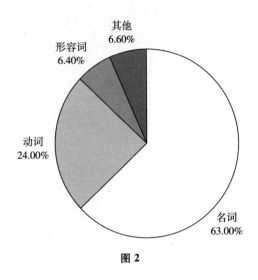

图2

结果大部分分不出来，这样的思路必须忍痛舍弃。

第二，认为它们仍是动词/形容词，这确实跟学生的直觉有些相悖，一时让人难以接受。那在学理上是否能站住脚呢？我们可以看到，虽然这些词的句法功能变了，但事实上仍然保留了谓词的一般组合特征，所以除了句法功能外，引入"词与词的组合能力"作为分类标准非常必要。

其实学生不仅在词的归类上有以西律中的倾向，在语言运用中也存在以西律中的问题，只不过他们自己很难意识到，如首都师范大学学生语文问题调查[2]显示学生的词类使用错误最常见的并不是词类误用，而是名动词的过度使用。如"进行＋动词"："进行图书资料的续借、进行熟悉、进行盲目的学习、进行了良好的铺垫、进行很好的掌握、进行车辆的疏散"；或将动词用定语修饰后再放到主宾语位置上，如"影响到作用的发挥、基础设施的不健全便是其中之一、不文明的现象更多表现在生活细节上的不注意"等。这些表达给人一种半生不熟的欧化感，其实，这里"定语＋动词"构成的名词性短语改成谓词性短语（主谓、动宾或状中）更符合汉语语感，因为汉语语法不必像印欧语那样，主宾语位置一定是名词化形式，汉语的谓词是可以直接作主宾语的。

这样，教师通过语法知识和语言运用的结合，对二者作了有说服力的互证。

（3）跟名动形三大类实词最不易划清界限的是区别词，因区别词总体数量并不大，导致标注区别词的错误率似乎并不高，但事实上单从区别词本身看，其错误率高达 85.3%，即本该标为区别词的词绝大部分都标错了。虽然学生通过预习是按照教材上所说的 14 类词来归类，但因以前从来没听说过有"区别词"这一类，中学和英语语法中都没有此类词，即便看书也还不甚了解，所以能标对的很少，大部分都是标为名词或标为形容词。从学生的作业结果看，学生对"区别词为什么来自于名词和形容词"有了深切的感性认识，也对《现代汉语词典》（第 6 版）为什么将区别词标注为"形容词"[属性词] 有了相当的理解。

（4）虚词的句法功能相对单纯，所以标注错误较少，最为突出的是助词的错误。学生往往把难以归类的词都往助词里装，因为从字面义理解，助词是用来起辅助作用的词，而从广义上说，虚词都是用来辅助和黏合实词的，归入助词似乎也未尝不可。教材的语法体系中其实也体现出相似的问题，一般的虚词基本是封闭类，次类也都相对明确，但唯有助词，定义上"助词的作用是附着在实词、短语或句子上面表示结构关系或动态等语法意义"。"附着"一词相对宽泛和模糊，后面的"结构关系或动态"只标明了结构助词和动态助词，其他的都给"等"掉了，事实上唯有助词里还有一类被含糊其词地称作"其他助词"的，这确实也给大家把助词当成一个"筐"打开了方便之门。所以这也提醒教师，虚词并非就没有归类困难，关于助词的定义和封闭类别还需要细加辨析。

四 现代汉语课程中发现式教学法的实施效果评价与分析

从总体上看，这次的教学尝试很有意义，基本上得到了学生的正面反馈。期末教学评估中跟这次教改作业有关的学生评价可以总结为如下三点。

（1）自主性：如"培养学生自主思考能力""老师让我们对课本进行自我思考""通过作业让同学先自学"等；

（2）实践性：如"通过实践的手段传授知识""很注重学生的实践能力的开发，而不是简单背诵课本知识""课本知识讲解与例题作业讲解相结合"等；

（3）反馈互动性：如"互动性强""作业展现方式很好，让我们不仅知道了自己作业里的错误，还能讨论别的同学的错误"等。

不过也有个别学生觉得内容比较难、作业形式比较多、作业量比较大，有的希望在讲过相应课程内容之后再留作业……学生个体差异大，教师不可能方方面面照顾到，这是一方面；另一方面，发现式教学在课程中的具体运用确实还需要我们结合实际不断去摸索去改进。

注　释

1. 叶蜚声、徐通锵：《语言学纲要》，北京大学出版社，1981，第 24 页。
2. 汪大昌、李春颖：《大学生语文问题调查与研究》，首都师范大学出版社，2012，第 15 ~ 17 页。

参考文献

1. 郭锐 . 现代汉语词类研究［M］. 商务印书馆，2002.
2. 黄伯荣、廖序东 . 现代汉语［S］. 高等教育出版社，2007.
3. 黎锦熙 . 新著国语文法［M］. 湖南教育出版社，2007.
4. 马建忠 . 马氏文通［M］. 商务印书馆，1983.
5. 中国社会科学院语言研究所词典编辑室 . 现代汉语词典［S］（第 6 版）. 商务印书馆，2014.
6. 〔美〕J·H·弗拉维尔等 . 认知发展［M］（第 4 版）. 华东师范大学出版社，2002.
7. 〔美〕杰罗姆·S. 布鲁纳 . 教育过程［M］. 邵瑞珍译 . 文化教育出版社，1982.
8. 〔德〕威廉·冯·洪堡特 . 论人类语言结构的差异及其对人类精神发展的影响［M］. 姚小平译 . 商务印书馆，2011.

教材研究

试论文学理论教材编写的接受之维[*]

孙士聪^{**}

摘　要：当代文学理论教材编写成绩与问题并存，接受维度之被遮蔽是文学理论教材编写最重要的问题之一。在现代知识生产框架中，缺失了来自于学生接受维度的反思，教材编写将难免持续陷入困境之中，知识权威主义、后现代主义语境缠缚、理论偏离现实等为其表现形式。文学理论教材编写的接受维度，意味着重建文学理论知识生产的现实性根基，续接文学与生活、文学理论与生活世界之间的本源性关联。

关键词：文学理论教材编写　知识生产　接受维度　理论与实践

21世纪10年之后再回顾20世纪中国文学理论教材编写的百年历史行程，似乎已了无新意可谈，因为这样的工作早已在世纪之交的反思热潮中被涉及、被关注，文学理论的学科史、教材编写史也早已摆上书架。它们从不同维度清晰勾勒出中国文学理论教材建设中的坎坷与曲折、创见与收获、经验与教训，也为探寻新世纪文学理论教材建设之路提供了弥足珍贵的镜鉴。然而这并不意味着文学理论教材建设的相关"问题"可以"博物馆化"，从而安然沉寂于历史之中静待重新被发现。如若某些问题在自明性、常识性的掩护下逃出了追问与质疑的视野，那么研究对象本身也难免陷入表

---

　*　本文系北京高等学校教育教学改革项目"新媒体与师范大学生文学素养教育教学改革研究"（项目号：2015 - ms166）阶段性成果之一。

**　作者简介：孙士聪，文学博士，首都师范大学文学院文艺学专业副教授、硕士生导师。

面看来客观清晰而实则漫漶不清的陷阱，更遑论"理论过剩"的"后理论"时代背景早已使理论本身，乃至与理论相关的理性思辨看起来近乎一种奢侈品了。

文学理论向来与文学史、文学批评三足鼎立、平分秋色，这在高等教育教材体系中也大致如此。然而，相对而言，文学理论教材却一直处于既作为知识生产又作为理论实践的两难之中，其尴尬在于：作为知识生产，文学理论教材要求稳定性；而作为理论实践，又往往落后于它必须面对的多变的文学现实。于是，文学系的学生觉得它落后，文学世界却又觉得它守旧。无论是20世纪30年代的新兴文学理论发轫与对古典文论的反思，20世纪50年代师从苏联与对此前忽视阶级性的批判，还是20世纪80年代的反思与对苏联体系的批判，乃至新时期的多元化、新世纪的再出发与再反思，文学理论教材的当代性反思，多半太过于执拗于某种"影响的焦虑"而遗忘了它自己的初心：如果不满足于象牙塔内的独思，它是否需要面对自己的受众？它是否接收到了来自受众这一维度的信息？质言之，文学理论教材的理论，到底是谁的理论，又是为谁的理论？

一　现状、困境与反思

今天文学理论教材的某些新变无疑奠基于过往反思的深厚土壤之中，并成为这些反思的重要成果，可概其要者为三：第一，教材编撰多元化，即便今天还无法避免地存在主导性教材体系，但是，教材编撰多元化已是无须争辩的事实；第二，学科建设与教材建设一体化，文学理论教材建设在当下学术评价体系中固然处于不被重视的地位，但文艺学学科建设已经将文学理论教材建设纳入眼帘，并成为其中一个重要环节，这甚至已被视为学科建设的重要经验；第三，教材课堂化，方便学生学习被视为教材编写的重要考虑因素，教材建设与课堂联系起来，表明了文学理论教材建设已经开始某种意义上的"教材"回归。

从新世纪的视野回望过去，文学理论教材建设的上述特点就更加明显。然而，在充分肯定上述新变之余，也应看到某些不变的方面，这主要表现为三个方面：集体化、经典化、单向性。虽然新世纪已经出现了一些完全由专家个人操刀的教材，但编写的集体化倾向并没有得到根本性扭转，这一模式自是有利有弊，究其根源难免与当下学术评价体系有关。所谓教材的经典化，意即个别教材在选择性使用中逐渐获得某种权威性和经典性，只是与前此以往不尽相同的是，当下经典性的获得除了某种意识形态因素之外，看起来似乎还有教材市场自由选择的因素在内，虽然这一结果并非知识市场机制的真实反映。尤其需要注意的是教材编写中的单向性问题。教材编写的主要动机与目的，当然是实际教学与学科建设的需要，但至于学生自身如何设想他们所欲求的文学理论教材，却并非教材编写必须考虑的因素，更非首先因素，只要是教材编写者觉得应该这样或者那样编写也就可以了，因此，单向性就是从教师到教材的单向性，这就不同程度地忽视了原本同时并存的学生到教材的维度。

文学理论教材编写的变与不变，并非可以简单地给出非此即彼的对立判断，而是需要结合传统与现实进行辩证思考，也需要经受具体课堂教学实践的检验。当然，文学理论教材编写与文学理论课堂实践之间，也并不存在一一对应的关系：好的教材并非好的课堂教学的充要条件，反之亦然。然而，一部好的教材将会极大助益于课堂教学，更遑论它给学生的课下学习所带来的便利了，这当是学界共识。教材编写与课堂教学的关系无法割断，而学生对于文学理论课程的认知态度也委实不容忽视。回到当下的文学理论课程学习，可以发现学生在学习中存在以下倾向：第一，畏惧理论；第二，新无用论；第三，定位模糊。感性凸显、功利泛滥的时代多半没有诗人，若此，敬文学理论而远之，似也在情理之中。再者说，学生即便当面不讲，也难免不私下嘀咕：文学理论在这样的时代有什么用呢？文学理论课程不是哲学、美学，也不提供具体批评方法，仅仅满足于所谓文学基础理论，文学理论课程的定位问题在当下时代语境中愈发凸显。

这些倾向或许不具普遍性，却可能具有典型性。考虑到当下文化语境中理论淡化、思想退位等某些方面，学生不怎么喜欢文学理论课程并非偶然，后者在某种意义上正是文化语境的一种症候。相对于这些外在因素及其影响来说，内在的一些因素与影响可能更为重要，这其中就包括文学理论教材问题。比如，是否存在由于教材编写而推动了学生对于文学理论课程的认知的现象？事实上，过往的反思早已在不同程度上指出或涉及上述问题，并为之开出了各种药方，这些努力不同程度上推动了文学理论教材建设的发展。然而，反思过往的反思，却依然可以发现后者有所遗忘，其中之一就是来自作为接受者的大学生的声音。缺失了他们的声音，文学理论教材编写的针对性与实用性将难免大打折扣；缺失了他们的声音，无论怎样的课堂教学艺术，也将难免面对盛宴与客人之间错位的尴尬。来自教材受众的声音何以是必需的，这可以从知识生产的角度做进一步讨论。

二　知识生产性

如果将教材编写纳入现代知识生产的链条之中，那么，文学理论教材编写中的上述单向性问题将会获得一种新的视野。知识生产当然不是一般生产，在此，马克思关于物质生产与精神生产之间关系的一般讨论可做参照。在马克思看来，精神生产只是一般物质生产的特殊环节，因而必须服从于一般物质生产的基本规律，同时，又坚持精神生产的特殊性。这样一种基本认识可以用来观察文学理论知识生产过程。若是，则对于知识生产而言，它也无法逃脱一般生产的基本规律，这就是说，知识生产并不局限于知识的主体创造一维，而是还存在从知识创造到知识交换再到知识消费的一个流程，其中，知识市场是知识生产的必要环节。因此，从知识创造到知识市场再到知识消费，构成了知识生产的完整行程。同时，知识生产的环节分别对应不同的知识主体：教师（主要编写者）是知识创造的主体；学生是知识消费的主体；教师以及其他相关因素是知识市场的主体。知识生产及其主体相对应，约略见图1所示：

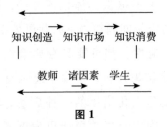

图1

依上述模式，完整的文学理论知识生产过程可以表述为：教师以教材的形式生产文学理论知识，经过教材市场的选择，教材到达作为消费者的学生手中，实现知识消费，并在知识市场机制作用下，将消费者的倾向于梯度通过市场反馈给知识生产者，实现消费对于生产的影响。在上述过程中，出现了知识生产中的三组重要关系：

第一，市场的主体与消费的主体之间的关系，如上所述，知识市场的主体包含诸多因素，其中起主导作用之一的是教师以及考研指定参考书等因素，然而，无论怎样多的知识主体因素。其中唯一不可能存在的，或者绝不会起到主导作用的，恐怕就是学生因素。这就是说，知识消费的主体，反倒成不了知识市场的主体，或者反过来说，消费者所消费的，未必是他想选择的。

第二，从消费到生产的关系，也就是消费影响生产，然而，如上所述，如果消费主体与市场主体错位，这也就意味着消费并不能真正影响生产，消费者的声音处于沉默之中，而沉默的消费就只能聆听生产车间的机器轰鸣。

第三，创造与市场，一般来说，知识生产最终由知识市场来检验，所谓市场机制发挥作用，然而，如果市场主体与知识消费脱节，那么市场机制也许就会以一种虚假的方式反映出来，并虚假地作用于知识生产，质言之，市场畅销的，也许并非消费者喜欢的，他们只是不得不喜欢而已。

由以上三组关系，衍生出关于知识生产主体的以下三组二元对立：双向/单向、一元/多元、反馈/沉默。对于知识创造者而言，教材的编写是从编写者单维度出发，还是从编写者与消费者的双向维度出发，就构成了双向与单向的二元对立，如上所述，教材编写中的单向性依然是一个值得注意的问题。就知识市场而言，是包括教师、考研指定参考书在内的诸因素作为单一一维，还是同时也包纳学生这一维度在内，构成一元与多元的问题，事实上，无论是教师，还是考研参考书，抑或是其他因素，相对于学生的被动接受而言，它们多半以一种权威的面目出现，因而也就牢牢控制着一元的持续和稳固。对于作为知识消费者的学生而言，他的反馈能否找到通达知识市场的途径，并通过知识市场而抵达知识的生产与创造，关乎反馈与沉默的二元选择。

概言之，缺失了来自学生接受的反思，教材编写将难免持续陷入困境之中，甚至陷于某种知识权威主义泥淖中而无法自拔。如同在一个活跃的思想市场中，思想者痴迷于无视消费者的自恋，却幻想通过思想与知识的消费而履行自己的某种担当。结果只能是，在思想与知识的市场中，任由市场机制完全失效。然而，思想与知识的消费者即使无法用脚来投票，这也绝不意味着那些自上而下的知识产品就被现实地消费了，无法否认的事实是：学生手中的教材，如若不是课程最后的考试所迫，多半就像不得不接受的馈赠一样，被随意丢弃于某个角落，甚或踏上一脚："这与我何干？"由此可以理解上述文学理论学习中的某些倾向的由来。

要让沉默的消费者说话，要倾听来自市场的声音，更要有针对消费者的"市场"调查：这是一个怎样的时代？文学发生了怎样的变化？在此前提下，他们需要什么样的产品？然而，在此之前，我们还应该看到，学生学习文学理论的热情不高甚至反感，并不能一股脑儿地归咎于文学理论教材的编写。事实上，这种情况的存在也与文学理论知识存在形式有关。理论原本是从一个看起来非常日常和普通的问题出发，经过逐步完善，才具有今天的形态，才以教科书的形式呈现出来。然而不幸的是，我们所接受的教科书，基本都表现为现成的完善的理论形态，有时难免摆出一副真理在握的架势来，高深莫测、盛气凌人，一下子把学生给蒙住了。理论从来就是如此的吗？不然。历史地看，中国现代理论体系（比如文学理论与美学理论）的建构与形成，不同程度地受到西方影响，后者已经在西方走过了颇为漫长的历程，形成了相对固定的研究范式和理论体系。需要注意的是，我们吸收借鉴那些日趋成熟和完善的理论和方法的同时，却忽略了这些理论的发展过程，其结果就往往使我们产生一些错误的印象，感觉理论就是一些教条，一些公式，或者一些规律总结，它们从来就是如此，就如此这般、现成地摆在那里。一方面，阅读理论文本如对天书；另一方面，理论教材则在白纸黑字中严肃教导学生：看，理论就摆在这里，背下来就是了。显然，这一表面形式消弭了思考的可能，抹去了追问的动机：不仅理论本身僵硬了，思考的热情业已委顿。当然，上述问题也在逐步得到关注与探讨，比如一些教材开始以"问题"为主线展开写作。

三　当代性：我们的与他们的

回到前面关于知识生产的讨论，有必要进一步反思以下三个问题：知识权威主义；后现代主义语境；理论如何面向现实。知识原本既是权威的——否则它们进不了人类文明的大厦，又是历史的——否则就无从解释那些没有被时代所体认的真理性知识如何而来。知识的权威性扎根于历史性，而非仅仅由某个或某种权威就可以一劳永逸地予以保证的，否则，后者就在知识的生产中难免形成了知识暴力。就文学理论教材而言，知识权威主义表现为文学理论知识现成的、客观的形式存在，遮蔽了知识自身的生产性，如此，则进一步遮蔽了知识消费中的反馈功能与机制的存在。知识权威主义的本质是知识形而上学，这正与后现代主义语境相对立。当然，这里所谓后现代主义主要是就其批判一元性、批判现成性而言的，或者反过来说，在后现代主义对于多元性、建构性的激赏中，存在反思文学理论权威主义的现实力量。理论如何面对现实，或者用学生的话来说"理论何用"，则显然不是今天才有的问题，然而对于文学理论而言，却是一个至关重要的问题。信息时代的个体业已迎来分享信息丰富性的历史机遇，同时也面临着被淹没于信息海洋中的危险。意见纷飞曼舞，事实却忽隐忽现，如何不被意见左右而直击真实，除了独立的思考、理论的支援，并无伊甸园存在。对于文学现象与文学事实来说同样如此，如果文学还必然存在的话。上述三个问题归结为一个，那就是：文学理论教材，是我们的还是他们的？

文学理论教材有可能是他们的吗？换言之，他们关于文学理论教材的认识会是理性的吗？或者更为明确地说：他们关于文学理论的看法是否值得文学理论教材编写者注意？还是让我们回到事情本身。通过他们的调查，透过作为教材接受者和知识市场消费者的当代中文系大学生的眼睛，当下文学理论教材所存在的诸问题得以呈现，择其要者：第一，脱离当下时代；第二，脱离学生实际；第三，知识权威主义。如果我们承认这些问题不同程度地存在，那么，他们关于文学理论教材的声音就绝非可有可无；如果我们承认这一些问题，也就意味着我们必须面对以下三组关系：第一，经典权威与时代生活；第二，知识消费与独立思考；第三，形而上与形而下。

首先，文学理论如何切进当下时代，如何切进当代大学生对于文学世界、文学实践的感知与经验，并且为他们理解他们的感知与经验提供某种方向性指引，对于文学理论教材来说并非过高要求。手边的例子就是：文学理论如何面对他们所熟悉的网络文学？不论文学及其理论在评价网络文学地位、价值、水平等方面存在怎样巨大的争议，毋庸置疑的是，网络文学已经走进了这个时代以及这个时代的人们的日常生活之中，对此，只要看看北京地铁乘客手中一直盯着的那些或大或小、形形色色的手机屏幕就一清二楚了。英国文化马克思主义者针对英国工人阶级文化的存在及其价值，曾提出了文化是普通的、日常的这样与文化精英主义针锋相对的看法，这一思路用在网络文学身上似无不妥。正如学生在他们的调查报告中所质问的，作为文学理论例证的文学作品、文学现象，除了《红楼梦》难道就没有其他例证可以枚举吗？难道莎士比亚不也是在阿诺德主义和利维斯主义之后才成为英国文学系必读的经典吗？问题的实质既非文学经典问题，也非文学理论的理论化或者后理论问题，而是直指那个古老的问题：理论是普通的，理论源自人类面对世界最初的惊异。

其次，与物质消费将伴随着物质本身的改变不同，知识的消费就其消费对象而言实际上是一个资本化的过程，换言之，在知识消费过程中建立起来的是一种文化资本；对于消费主体而言，文本资本意味着剩余价值，意味着给人生带来助益。然而，文化资本建构的前提是消费主体的主动性和能动性，否则，知识将是死的，死的知识与文化资本的区别，正如货币与资本的区别。因此，作为知识生产环节的知识消费包含了消费主体在自己真切的生活世界中的独立思考与积极接受，这意味着知识消费不是纯粹娱乐性的，也不是直接功利性的，而是与个体及其世界紧密结合在一起的阐释欲望及其解决。因此，知识消费与独立思考原本两位一体，构成我们处身其中的文学世界及其阐释的内在环节。

最后，文学理论并非执著于解决所有文学问题，纵观中西文学理论史，苏格拉底提出的问题即便在今天也未必得到了公认的彻底解决，因为问题的存在本身就是文学理论追求的价值所在。文学理论被认为是为文学批评与文学史的研究提供某种理论性参照与框架，但它并不能因此而奢望自己获致某种形而上学的地位，如果它离开了一个时代而腾空而去、高高在上，那它无疑正在重蹈哲学曾经的覆辙。这似乎也可以理解。就人类的知识生产谱系而言，文学理论乃是现代学科体系的产物，虽然它不乏引以为傲的遥远过去。历史地看，文学与哲学、伦理学、历史学等学科的关系似乎并不好处理，颇似一个封建大家庭中的怨妇形象，一会儿向哲学撒娇，宣称自己同样可以靠近真理，一会儿瞋目于伦理学，喋喋不休自己的审美趣味，一会儿又断定诗比历史更真实，而如今在全球化和市场化浪潮中，文学与文化的关系似乎更充满了恩怨情仇。与此相应的是，文学理论时常徘徊在真理与审美的两极：在真理的层面向哲学献媚，炫耀自己在柏拉图、亚里士多德那里的悠久谱系；而在审美的层面又强调自己并非历史或者哲学的玩偶，而是具有独立的人格和追求。在英国新马克思主义理论家伊格尔顿看来，当下的文学理论大有将自己理论化的趋势；而在乔纳森·卡勒看来，尽管作为"理论"的文学理论颇值玩味，但时至今日理论确显过剩了。过剩的文学理论与文学理论的理论化是一个问题的两个方面，就其根源而论，与其说是对于哲学的投怀送抱，倒不如说是其自我意识的主动淡化及其对于文学世界的遗忘。

理论一词在希腊文（Theorie）中原本就有观看、实践之意。在古希腊的游行中，路旁观看的人就是 Theorie：他们既观看，也可以参与到游行中来。就此而言，理论既是普通的日常，也是实践的。依雷蒙·威廉斯《关键词》之见，"理论"和"实践"在 17 世纪才普遍被区分开来，一个明显的例子就是哲学被分为冥思者与实践者两部分，而且认为理论不能脱离实践、依附于实践。循此，文学理论则是对于文学的冥思，同样无法割裂与文学实践的关系。伊格尔顿尽可以断言文学理论的黄金时代早已成明日黄花，或者"理论已死"，但他仍不忘指出，我们永远不可能生活在一个"理论之后"的时代，因为毕竟没有理论也便失却了人类的精神生活。忖度其间，则可以说文学理论作为理论而过剩，乃是因为其高蹈于文学乃至世界的云端，从而忘记了自己的现实出身，忘记了自己的普遍性和平常性。即便鲁迅文学奖和茅盾文学奖依然坚守着严肃文学的立场，依然将网络文学排除在获奖视野之外，但诸如《盗墓笔记》之类的盗墓小说、《杜拉拉升职记》之类的职场小说，更不用说《诛仙》之类的玄幻小说、《梦回大清》之类的穿越小说，它们已经成长到国家级奖项评审也不能忽视的程度，如此，文学理论又怎么可以将自己严肃的面庞昂向天空？文学理论如何阐释当下时代的文学及其变迁？在一个颠覆经典、观念多元的时代，关于文学现象的任何讨论都难免流于人言人殊之中，但如若回到理论之所自的人生实践之中，那么寻找一个对话和协商的平台并非不可能。文学理论只有回到关于文学世界的领悟才能重建自身的合法性根基，也才能够在对于文学世界的阐释中为想象生活的文学实践展开一种坐标和参照。

结　语

有人说，这是一个平庸的时代，一个物质的时代，一个娱乐的时代，一个缺乏大师的时代。这大约可以视为对狄更斯写在《双城记》开头那句话的回响：这是一个最好的时代，也是一个最坏的时代，这是一个智慧的时代，也是一个愚蠢的时代。然而，我们不能把一切都推给时代。一个人可能左右不了时代，却可以左右自己的脑袋——他可以看起来很平凡，却不可以流于平庸；他可以没有光彩，却不可以没内容；他甚至可以是没有头发，但不能没有自己独立的思考。可以进一步补充的是，也许多少年之后，关于文学理论的课程笔记早已飞灰湮灭，那些生吞活剥的理论家也将生疏淡漠，甚至那些印象深刻的课堂小插曲、小故事都将漫漶不清，更不用说他们曾经绞尽脑汁写下的关于文学理论教材的调查报告了，然而，那曾经臧否过文学理论教材、指点过思想大师，那些不再生怯的"我认为"，总之，那些在白纸黑字中曾经播种下的品质、思维、精神，都必将在他们的生命旅程中生根发芽，成为他们的生活世界中最具生命力的一部分。

小议朱东润先生《中国历代文学作品选》中编第二册注释、解题中的若干问题

刘　航*

摘　要：朱东润先生主编的《中国历代文学作品选》，作为高校中文系专业基础课"中国古代文学"的权威教材，影响甚巨，但也难免存在一些问题。兹就上海古籍出版社 2002 年 6 月新 1 版《中国历代文学作品选》中编第二册的注释、解题提出一些看法。

关键词：《中国历代文学作品选》中编第二册　注释　解题

朱东润先生主编的《中国历代文学作品选》自 1962 年问世以来，便成为高校中文系专业基础课"中国古代文学"的权威教材，影响很大。1979 年在朱先生的主持下，又对全书作了修订，调整了部分篇目，并修改了一些解题和注释，进一步提升了全书的质量。尽管如此，依然难免有白璧之瑕。凌培《〈中国历代文学作品选〉（简编本）注解商榷》[1]，贺陶乐《朱东润主编〈中国历代文学作品选〉中编第一、二册注释补正》[2]，阳建雄《〈中国历代文学作品选〉中篇第一册注释商榷四则》[3]，阳建雄、陈杨《〈中国历代文学作品选〉下篇第一册注释商榷三则》[4]等文章已提出了一些意见。笔者不揣浅陋，亦欲就上海古籍出版社 2002 年 6 月新 1 版《中国历代文学作品选》中编第二册注释、解题中的若干问题略陈浅见，敬请方家教正。

---

* 作者简介：刘航，首都师范大学文学院教授。

第 13 页晏几道《临江仙》（"梦后楼台"）解题："晏几道《小山词跋》：'始时沈十二廉叔、陈十君宠家有莲鸿、蘋云，品清讴娱客。……'"此处断句有误，应为"沈十二廉叔、陈十君宠家有莲、鸿、蘋、云"。也就是说，《小山词跋》提到的歌女共四位，分别为小莲、小鸿、小蘋、小云，而非两位（分别为莲鸿、蘋云）。此词乃追忆歌女小蘋之作。

晏几道《临江仙》"两重心字罗衣"，第 14 页注释［4］："杨慎《词品》卷二'心字香'条：'所谓心字香者，以香末萦篆成心字也。'心字罗衣'则谓心字香熏之尔。或谓女人衣曲领如心字，又与此别。'这里'心字'似还含有深情蜜意的双关之意。"以上解释皆非。"两重心字"（也作"两同心字"）是宋代女服颇为流行的绣花图案，形状为两个连在一起的篆书"心"字，欧阳修《好女儿令·眼细眉长》写得十分显豁："一身绣出，两同心字，浅浅金黄。"5

柳永《八声甘州》"误几回、天际识归舟"，第 20 页注释［8］："误几回句：多少回错把远处驶来的船只当作爱人的归舟。谢朓《之宣城出新林浦向板桥》诗：'天际识归舟，云中辨江树。'温庭筠《望江南》：'过尽千帆皆不是。'此反用谢意而比温语曲折，失望之感更为突出。"其实柳词本自唐刘采春《啰唝曲六首》其三："莫作商人妇，金钗当卜钱。朝朝江口望，错认几人船。"6当然，从字面上来说，用了谢朓的成句"天际识归舟"。

王安石《桂枝香·金陵怀古》"漫嗟荣辱"，第 23 页注释［13］解释为"空叹兴（荣）亡（辱）"。其实"荣辱"在这里是个偏义复词，侧重于"辱"。此外，这个"辱"字还有另一层意思。曾巩《辱井铭》："辱井有篆文云：'辱井在斯，可不戒乎？'并下文共十八字，在井石槛上，不知谁为文。又有景阳楼下井铭，又有陈后主叔宝辱井记，云：江宁县兴严寺井石槛铭，莫知谁作也。历序隋文帝命晋王广伐陈，后主自投井中，令人取之，惊其太重，及出，乃与张贵妃、孔贵人三人同束而上。其末云：'唐开元二十二年三月十七日，前单父县令、左转此县丞、太原王。'"7可见"辱井"之称，在唐开元二十二年之前就有。王安石也在诗中不止一次地咏及辱井。因此，"漫嗟荣辱"的"辱"，语带双关，既指王朝之衰亡，也是用陈后主之事。如此，"叹门外楼头，悲恨相续。千古凭高，对此漫嗟荣辱"这几句的整体性也更强了。

秦观《踏莎行·郴州旅舍》"桃源望断无寻处"，第 39 页注释［2］认为是"化用刘晨、阮肇入天台山事，喻所向往的事物渺不可寻"。"桃源"之典，常用者有二，一为刘晨、阮肇天台山遇仙事，二为陶渊明《桃花源记》所言渔人入桃花源事。此处应指后者，因为陶渊明所写的桃花源在武陵（今湖南常德），离郴州不远。而刘晨、阮肇为剡县（今浙江省嵊州市和新昌县）人，他们所入的天台山指的应该是浙江省天台县城北的天台山，离郴州非常远。如果用的是刘晨、阮肇天台山遇仙事，"望断"二字就没有着落了。秦观因坐党籍连遭贬谪，先是贬为杭州通判，再贬监州酒税，随后又被罗织罪名贬郴州，然后又贬横州，此词是离开郴州前在旅舍写的。接二连三的打击，使词人的精神非常痛苦。他之所以试图寻觅陶渊明笔下的世外桃源，是希望求一方净土，远离宦海风浪，得身心之安宁。

周邦彦《六丑》"夜来风雨，葬楚宫倾国"，第 45 页注释［4］："韩偓《哭花》诗：'夜来风雨葬西施。'此用其意。楚宫倾国，谓楚宫美人，用以比喻蔷薇花。"其实周词不是"用其意"，而是直接用韩诗，因为"楚宫倾国"在这里指的就是西施。西施为吴宫妃，但"葬楚宫倾国"的"楚"字处，当用仄声，所以用"楚宫"代替"吴宫"。这种做法在一定范围内是允许的。吴楚地域相接，楚宫亦多美女，借用就比较合适。

周邦彦《六丑》"长条故惹行客"，第 45 页注释［12］："蔷薇有刺，会勾佳人的衣服。"这个说法委实奇怪，因为"长条故惹"的明明是"行客"，不知何以解释为"佳人"。

李清照《醉花阴》"玉枕纱厨"，第 52 页注释［3］："纱厨，纱帐。"这"纱厨"并不是简单的挂在床上的帐子。它是用木头做成架子，顶上和四周蒙上纱，形状如小屋，可以折叠。夏天张开摆在室内或园中，中间置榻，坐卧其中，可避蚊蝇。

第 52 页李清照《醉花阴》"有暗香盈袖"未注。此句化用《古诗十九首》其八"庭中有奇树，绿叶发华滋。攀条折其荣，将以遗所思。馨香盈怀袖，路远莫致之。此物何足贵，但感别经时"[8]，流露出"路远莫致之"的深深遗憾，故下文说"莫道不消魂"。如果不做注释，读者就难以理解上下句意的转换。

陆游《钗头凤》"东风恶"，第 70 页注释［3］："东风，暗喻陆游的母亲。"这个说法没什么错，但未言此句系化用周邦彦《瑞鹤仙》"东风何事又恶"[9]。

陆游《诉衷情》"当年万里觅封侯"，第71页注释[1]："觅封侯，寻觅建立功业以博取封侯的机会。《后汉书·班超传》载班超少有大志，尝投笔叹曰：'大丈夫无他志略，犹当效傅介子、张骞立功异域，以取封侯，安能久事笔研间乎？'他后来在西域建立大功，封定远侯。"此句的确是用班超事，但注释未引《后汉书·班超传》后面一段，致使"万里"二字当注而未注："其后（班超）行诣相者，曰：'祭酒，布衣诸生耳，而当封侯万里之外。'超问其状，相者指曰：'生燕颔虎颈，飞而食肉，此万里侯相也。'"[10]

辛弃疾《水龙吟·登建康赏心亭》"把吴钩看了"，第74页注释[5]："看刀抚剑，是希望使用它以立功的意思。"结合下文"栏干拍遍，无人会，登临意"来看，词人想表达的意思应当是：吴钩只闲置身边赏玩，无处用武，借以抒发自己虽有沙场立功的雄心壮志，却英雄无用武之地的苦闷。词人心中不是充满了希望，而是痛感壮志难酬。

辛弃疾《摸鱼儿》"玉环飞燕皆尘土"，第78页注释[9]只言二人都为君王所宠、善妒而且死于非命，其实这里提到杨玉环和赵飞燕还有一个原因，那就是二人皆擅舞。霓裳羽衣舞、胡旋舞都是杨玉环擅长的，赵飞燕则体态轻盈，能作掌上舞。"君莫舞，君不见、玉环飞燕皆尘土"里的"舞"字，语带双关，既契合玉环、飞燕之特长，也含有得意忘形的意思。

辛弃疾《青玉案·元夕》"一夜鱼龙舞"，第82页注释[5]："鱼龙舞，谓玩鱼灯、龙灯。""鱼龙舞"指的是鱼龙漫衍（古代百戏名，有幻化为鱼龙的情节）。《汉书·西域传》："设酒池肉林以飨四夷之客，作巴俞都卢、海中砀极、漫衍鱼龙、角抵之戏以观视之。"[11]颜师古注："漫衍者，即张衡《西京赋》所云'巨兽百寻，是为漫延'者也。鱼龙者，为舍利之兽，先戏于庭极，毕乃入殿前激水，化成比目鱼，跳跃漱水，作雾障日，毕，化成黄龙八丈，出水敖戏于庭，炫耀日光。《西京赋》云'海鳞变而成龙'，即为此色也。"[12]

刘辰翁《永遇乐》"残釭无寐"，第117页注释[17]谓"釭（gōng工）"，误。"釭"应读为gāng。

张炎《解连环·孤雁》"锦筝弹怨"，第126页注释[7]："锦筝，筝的美称。其声调凄清哀怨，古人称为哀筝。"这首词咏孤雁，提到"锦筝弹怨"不只是因为筝声哀怨，还与筝又称"筝雁"有关（因为筝柱斜列如雁行）。如果仅仅是以筝声哀怨来渲染凄凉的气氛，就谈不上精巧了。

林逋《山园小梅》"霜禽欲下先偷眼"，第135页注释［4］谓"霜禽，寒鸟"。"霜禽"历来有两种解释，一作冬鸟，一作白鸟。依据林逋"梅妻鹤子"的情趣，此处"霜禽"当为"白鹤"。

第141页梅尧臣《鲁山山行》"霜落熊升树，林空鹿饮溪"，未加注释，委实欠妥。"熊升树""鹿饮溪"是山行者所见之景，不独野趣盎然，其中更有深意存焉。《庄子·盗跖》："神农之世……与麋鹿共处，耕而食，织而衣，无有相害之心，此至德之隆也。"[13]鹿生性胆怯，如果能安然与人共处，除非对人全无半点戒心。李白《访戴天山道士不遇》也用"树深时见鹿"[14]来衬托道士修为之高，以至其居处一派祥和安宁的氛围。北宋唐慎微《证类本草》："熊形类犬豕，而性轻捷，好攀缘，上高木，见人则颠倒自投地而下。"[15]"霜落"二句之前有"幽径独行迷"的描写，可见除了"幽径"的"独行"者之外，四野无人，一片幽寂。当梅尧臣经过的时候，熊和鹿也没有因为他的出现受到任何惊扰，足见作者的忘机之心。就章法而论，"霜落"二句不仅紧承前一句"幽径独行迷"的"幽""独"二字，也是首句"适与野情惬"的具体化。

王安石《明妃曲》"泪湿春风鬓脚垂"，第149页注释［1］："泪湿句：春风沾泪，鬓发低垂。形容容颜愁惨。"这"春风"并非实指自然界的春风，而是指昭君的面容，出典是杜甫《咏怀古迹五首》其三"画图省识春风面"[16]，以春风状昭君之美貌。

苏轼《新城道中》"树头初日挂铜钲"，第159页注释［2］谓"铜钲"为铜锣。铜钲并不是铜锣，而是一种古乐器，只是形状比较像锣而已。

苏轼《荔枝叹》"可怜亦进姚黄花"，第163页注释［15］："可怜句：作者自注：'洛下贡花，自钱惟演始。'姚黄花，牡丹花中的极品。欧阳修《洛阳牡丹记·花释名》：'姚黄者，千叶黄花，出于民姚氏家。此花之出，于今未十年。姚氏居白司马坡，其地属河阳。然花不传河阳，传洛阳。洛阳亦不甚多，一岁不过数朵。'"这两条材料一言自钱惟演始贡姚黄花，一言姚黄之珍稀，诚不可缺，但遗漏了一条更重要的、可揭此句之意旨的材料，即苏轼《仇池笔记》"万花会"条："钱惟演作留守，始置驿贡洛花，有识鄙之，此宫妾爱君之意也。"[17]

杨万里《初入淮河》其一"何必桑乾方是远"，第186页注释［2］仅谓："桑乾，桑乾河，即永定河上游。在河北省西北部和山西省北部。发源于山西省北部宁武县西南管涔山。"这个注释只能让读者明白桑乾河的地理位置，却无法知晓诗意。在唐代，桑乾河是北方少数民族与大唐的交接处。唐代诗人雍陶《渡桑乾河》"南客岂曾谙塞北，年年唯见雁飞回。今朝忽渡桑乾水，不似身来似梦来"[18]，即谓过了桑乾河才是大唐"塞北"。在北宋，苏辙元祐五年在出使契丹回国离开辽境时所写的《奉使契丹二十八首·渡桑乾》说："胡人送客不忍去，久安和好依中原。年年相送桑乾上，欲话白沟一惘怅。"[19]此时桑乾河虽非宋有，但离北部边境不远。正因前人有过上述边境观念，所以杨万里说"何必桑乾方是远"，表面上似乎是不满前人的看法，其实是通过这种不满的语气表达了对朝廷偏安的怨恨。

陆游《书愤》其一"塞上长城空自许"，第193页注释［4］谓"长城"指南朝宋名将檀道济。唐朝名将李勣也被唐太宗比作长城。

陆游《临安春雨初霁》"小楼一夜听春雨，深巷明朝卖杏花。矮纸斜行闲作草，晴窗细乳戏分茶"，第194页注释［1］："小楼二句：陈与义《怀天经智老因访之》诗：'杏花消息雨声中'，此化用其意。""小楼"一联虽有对陈诗的借鉴，却青出于蓝。南宋都城临安像北宋都城汴京一样，有卖花的风习。《东京梦华录》"驾回仪卫"条云，季春时节，"万花烂熳，牡丹芍药，棣棠木香，种种上市，卖花者以马头竹篮铺排，歌叫之声，清奇可听，晴帘静院，晓幕高楼，宿酒未醒，好梦初觉，闻之莫不新愁易感，幽恨悬生，最一时之佳况"。[20]"新愁易感，幽恨悬生"是当时人的普遍情绪反应，何况敏锐易感的诗人呢？不过，诗人的愁绪，并非简单的伤春。与北宋都市一般无二的临安风情，对至死不忘恢复中原的陆游而言，总是会联想到沦陷的故都，唤起他的忧国之思。此外，"一夜"暗示了诗人整夜未曾入睡。诗人只身住在临安的小楼上，国事家愁伴随着淅淅沥沥的春雨声涌上心头，明媚的春光与落寞的情怀形成了鲜明的对照。第194页注释［2］："矮纸二句：写春雨初晴，闲居无事，以写字、分茶作为消遣。……分茶，犹言品茶。分，鉴别的意思。"东汉张芝有"匆匆不暇草书"[21]之语，其意何谓，众说纷纭。刘熙载《艺概·书概》的解释认同者较多："欲作草书，必先'释智遗形'，以至于'超鸿蒙，混希夷'，然后下笔。古人言'匆匆不及草书'，有以也。"[22]宋代时兴的分茶游戏，碾茶为末，注之以汤，以茶笺击拂，使茶汤汤花在瞬间显出瑰丽多变的景象，如山水云雾、花鸟虫鱼等等。"闲作草""戏分茶"，貌似悠闲，实则蕴藏着诗人无限的感慨与牢骚。陆游素来渴望能为国家做出一番轰轰烈烈的事业，何况国家正值多事之秋呢？严州知府的职位本来就与他的素志不合，依照惯例来觐见皇帝，不知要在客舍中等待多久！由此可见，"闲作草""戏分茶"，并非出于闲淡的心境，而是不得已消磨时光的举动，实在令人嗟叹。

刘克庄《北来人》"寝园残石马"，第 201 页注释 [3]："寝园，指古代帝后的坟园。"说得过于笼统。这里指北宋帝后的坟园。

陈亮《上孝宗皇帝第一书》"唐自肃、代以后"，第 381 页注释 [57]："肃代，唐肃宗李享、代宗李豫。"有错字，应为"唐肃宗李亨"。

注　释

1.《浙江师范学院学报》（社会科学版），1985 年第 1 期。

2.《延安大学学报》（社会科学版），2005 年第 6 期。

3.《衡阳师范学院学报》，2008 年第 4 期。

4.《衡阳师范学院学报》，2012 年第 1 期。

5.《全宋词》，唐圭璋编，中华书局，1965，第一册，第 154 页。下同。

6.《全唐诗》卷八百二，（清）彭定求等编，中华书局，1960，第二三册，第 9024 页。下同。

7.《曾巩集》卷五十，（宋）曾巩撰，陈杏珍、晁继周点校，中华书局，1984，下册，第 686 页。

8.《文选》卷二十九，（梁）萧统编，（唐）李善注，上海古籍出版社，1986，第三册，第 1347 页。

9.《全宋词》，第二册，第 598 页。

10.《后汉书》卷四七《班超传》，（南朝宋）范晔撰，（唐）李贤等注，中华书局，1965，第六册，第 1571 页。

11.《汉书》卷九六下《西域传》，（东汉）班固撰，中华书局，1962，第十二册，第 3928 页。下同。

12.《汉书》卷九六下《西域传》，第十二册，第 3929～3930 页。

13.《庄子集释》卷九下，（清）郭庆藩撰，王孝鱼点校，中华书局，2004 年 1 月第 2 版，下册，第 995 页。

14.《全唐诗》卷一八二，第六册，第 1858 页。

15.《证类本草》卷一六，（宋）唐慎微撰，尚志钧等校点，华夏出版社，1993，第 440 页。

16.《全唐诗》卷二三〇，第七册，第 2511 页。

17.《仇池笔记》卷上，《仇池笔记　东坡志林》，（宋）苏轼著，上海书店，1990，第 3 页。

18.《全唐诗》卷五一八，第十五册，第 5926 页。

19.《苏辙集》，高秀芳、陈宏天点校，中华书局，1990，第一册，第 323 页。

20.《东京梦华录》卷七，《东京梦华录（外四种）》，（宋）孟元老等著，中华书局，1962，第 46 页。

21. 西晋卫恒《四体书势》："（张芝）下笔必为楷则，号匆匆不暇草书。"《晋书》卷三六《卫恒传》，（唐）房玄龄等撰，中华书局，1974，第四册，第 1065 页。

22.《艺概注稿》卷五，（清）刘熙载撰，袁津琥校注，中华书局，2009，下册，第 663 页。

参考文献

1. 凌培.《中国历代文学作品选》（简编本）注解商榷［J］.浙江师范学院学报（社会科学版），1985（1）：94－96.

2. 贺陶乐.朱东润主编《中国历代文学作品选》中编第一、二册注释补正［J］.延安大学学报（社会科学版），2005，27（6）：97－101.

3. 阳建雄.《中国历代文学作品选》中篇第一册注释商榷四则［J］.衡阳师范学院学报，2008，29（4）：86－88.

4. 阳建雄、陈扬.《中国历代文学作品选》下篇第一册注释商榷三则［J］.衡阳师范学院学报，2012，33（1）：114－116.

5. 唐圭璋.全宋词［M］（第一册）.中华书局，1965：154.

6.（清）彭定求等.全唐诗［M］（卷八百二）.中华书局，1960：9024.

7.（宋）曾巩.曾巩集［M］（卷五十）.陈杏珍、晁继周点校.中华书局，1984：686.

8.（梁）萧统.文选［M］（卷二十九）.（唐）李善注.上海古籍出版社，1986：1347.

9. 唐圭璋.全宋词［M］（第二册）.中华书局，1965：598.

10.（南朝宋）范晔.后汉书［M］（卷四七）.（唐）李贤等注.中华书局，1965：1571.

11.（东汉）班固.汉书［M］（卷九六下）.中华书局，1962：3928.

12.（东汉）班固.汉书［M］（卷九六下）.中华书局，1962：3929－3930.

13.（清）郭庆藩.庄子集释［M］（卷九下）.王孝鱼点校.中华书局，2004：995.

14.（清）彭定求等．全唐诗［M］（卷一八二）．中华书局，1960：1858.

15.（宋）唐慎微．证类本草［M］（卷一六）．尚志钧等校点．华夏出版社，1993：440.

16.（清）彭定求等．全唐诗［M］（卷二三〇）．中华书局，1960：2511.

17.（宋）苏轼．仇池笔记［M］（卷上）．上海书店，1990：3.

18.（清）彭定求等．全唐诗［M］（卷五一八）．中华书局，1960：5926.

19.（宋）苏辙．苏辙集［M］（第一册）．高秀芳、陈宏天点校．中华书局，1990：323.

20.（宋）孟元老等．东京梦华录［A］（卷七）．东京梦华录（外四种）［M］．中华书局，1962：46.

21. 西晋卫恒《四体书势》："（张芝）下笔必为楷则，号匆匆不暇草书。"（唐）房玄龄等．晋书［M］（卷三六）．中华书局，1974：1065.

22.（清）刘熙载．艺概注稿［M］（卷五）．袁津琥校注．中华书局，2009：663.

图书在版编目（CIP）数据

文学教育：新媒体时代的探索与实践：首都师范大
学文学院教育教学改革研究论文集／孙士聪主编. -- 北
京：社会科学文献出版社，2017.8
ISBN 978 - 7 - 5201 - 0746 - 4

Ⅰ.①文… Ⅱ.①孙… Ⅲ.①文学 - 教学改革 - 文集
Ⅳ.①I - 4

中国版本图书馆 CIP 数据核字（2017）第 088089 号

文学教育：新媒体时代的探索与实践
——首都师范大学文学院教育教学改革研究论文集

主　　编／孙士聪

出 版 人／谢寿光
项目统筹／宋月华　吴　超
责任编辑／张倩郢

出　　版／社会科学文献出版社·人文分社（010）59367215
　　　　　　地址：北京市北三环中路甲 29 号院华龙大厦　邮编：100029
　　　　　　网址：www.ssap.com.cn
发　　行／市场营销中心（010）59367081　59367018
印　　装／北京季蜂印刷有限公司

规　　格／开　本：787mm × 1092mm　1/16
　　　　　　印　张：16.75　字　数：261 千字
版　　次／2017 年 8 月第 1 版　2017 年 8 月第 1 次印刷
书　　号／ISBN 978 - 7 - 5201 - 0746 - 4
定　　价／89.00 元